풍운강호

황진훈일문벽산(黃塵燻日問碧山)

흙먼지 해를 가릴 제 청산 가는 길을 묻다.

4

風雲江湖

진부동 신무협 장편소설

ORIENTAL FANTASYSTORY & ADVENTURE

dream books
드림북스

풍운강호(風雲江湖) 4 무림대회

초판 1쇄 인쇄 / 2011년 7월 14일
초판 1쇄 발행 / 2011년 7월 25일

지은이 / 진부동

발행인 / 오영배
편집팀장 / 신동철
편집 / 문보람, 윤상현, 박민선, 오승화, 이소라
편집디자인 / 신경선
펴낸 곳 / (주)삼양출판사 · 드림북스

주소 / 서울특별시 강북구 송천동 322-10호
대표 전화 / 02-980-2112 팩스 / 02-983-0660
편집부 전화 / 02-980-2116 팩스 / 02-983-8201
블로그 / blog.naver.com/dreambookss

등록번호 / 제9-00046호
등록일자 / 1999년 3월 11일

값 8,000원

ISBN 978-89-542-4359-9 (04810) / 978-89-542-4355-1 (세트)

* 지은이와 협의하에 인지는 생략합니다.
* 잘못된 책은 구입한 곳에서 바꾸어 드립니다.

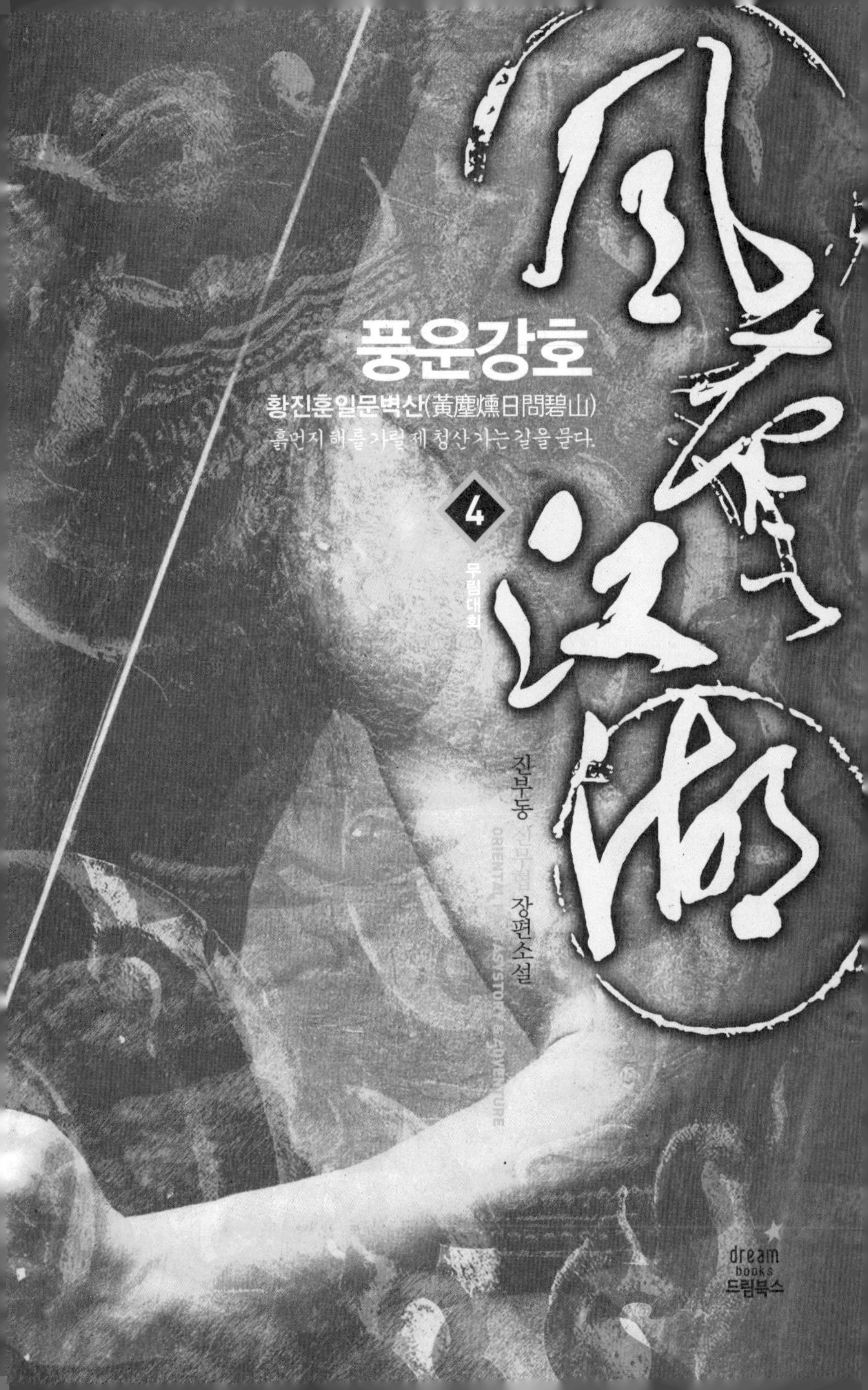
풍운강호
황진훈일문벽산(黃塵燻日問碧山)
흙먼지 해를 가릴 제 청산 가는 길을 묻다.
4
무림대회
진부동 신무협 장편소설
dream books
드림북스

풍운강호

목차

제1장
기린맹

흙먼지 날리는 정원.

어둠 속에 모습을 드러낸 자는 생포한 그의 동료들처럼 야행복을 입고 얼굴은 복면으로 가리고 있었다.

손에는 자기 키만 한 단창(短槍)을 들었는데, 진평을 발견하자마자 말 한마디 없이 곧바로 공격부터 가해왔다.

진평은 철적으로 그의 공격을 막았다.

단 한 번의 격돌.

진평이 상대의 무공 수위를 파악하는 데는 그것으로 충분했다.

단순한 살수라고 보기 어려운 심후한 내공과 실전적인 초식이 결합되어 상당히 위협적이기는 했지만, 절정의 경지라고는 할 수 없는 단계.

진평은 단창 위를 구르듯 몸을 한 바퀴 회전시켜 간격을 좁혔고, 단숨에 상대의 완맥을 움켜쥐었다.

"으으……!"

복면 너머로 부릅뜬 눈이 보였다.

자신이 단 한 수에 제압당했다는 사실을 도저히 믿을 수 없다는 눈빛이었다.

진평이 펼친 한 수는 다소 과하게 손을 쓴 면이 있기는 했다. 벽력탄으로 기문진을 박살내고 들어온 상대이다 보니 또 무슨 수작을 부릴지 몰라서 최대한 빨리 제압하는 길을 택한 것이다.

설가영이 점혈당한 자의 복면을 잡아당겨 벗긴 후 발길로 한 번 걷어찼다.

폭발로 놀라게 한 데 대해 복수를 한 것이다.

진평은 그녀에게 등불을 켜라고 시킨 후 사로잡은 다른 포로들이 있는 곳으로 그를 끌고 갔다.

마지막에 잡힌 자는 왜소한 체격의 사내로, 나이는 사십대 중반 정도, 턱밑에만 수염을 길러서 안 그래도 튀어나온 주걱턱이 더 길어 보였다.

사로잡힌 동료들과 시선을 교환한 그는 낭패한 기색을 감추지 못했다. 부하들을 구하기는커녕 자기마저 잡혔으니 절망감에 빠질 만도 했다.

진평이 마혈을 풀어주자 그가 물었다.

"다, 당신은 누구요?"

진평은 피식 웃었다.

"복면을 쓰고 담을 넘은 놈이 주인더러 누구냐고 묻는 건가? 어이가 없군."

"방금 전 나를 제압한 수법은 무엇이었소?"

"질문을 할 쪽은 나야."

"그런 식의 금나수는 어디에서도 본 적이 없었소."

"우습군. 천하의 무공을 다 알고 있기라도 한 건가?"

주걱턱 사내는 질문을 멈추지 않았다.

"당신 마교도요?"

진평은 잠시 생각한 후 말했다.

"너희들 동창이구나."

중원 여러 문파의 무공을 알고 있고 관에서도 취급이 엄격히 제한된 화약 무기를 사용하는데다가, 각기 출신이 다른 부하들을 이 정도의 조직력으로 구성할 수 있는 집단이라면 동창이 유일했다.

동창이란 말이 나오자 설가영은 검병에 손을 얹었다.

진평이 사내에게 물었다.

"왜 우리를 쫓는 거지?"

상대는 입을 다물었다.

진평으로서는 기분이 좋지 않은 상황이었다. 동창에게 꼬리를 밟혔다면 앞으로 귀찮은 일이 많아질 게 분명했다.

설가영이 사내에게 발길질을 했다.

"어서 대답해!"

그러나 계속 질문을 해대던 주걱턱 사내는 갑자기 입이 붙어버리기라도 한 듯 아무 말도 하지 않았다.

진평은 천천히 고개를 끄덕였다.

"그래. 이게 너희들의 방식이지. 그렇다면 나도 시간 낭비할 이유가 없을 것 같군."

진평은 삼십여 명의 포로들을 향해 지풍(指風)을 날려 마혈을 풀어주었다.

여기저기서 들려오는 켁켁거리는 소리에 주걱턱 사내의 안색이 다시 한 번 변했다.

자신을 단번에 제압한 금나수도 대단했지만, 거리를 두고 지풍으로 혈을 푸는 것은 그보다 훨씬 고명한 수법이라고 할 수 있었다.

그는 진평의 얼굴을 다시 봤다.

이런 정도의 고수가 도대체 왜 아직까지 세상에 알려지지 않았는지 도무지 이해할 수가 없었다.

진평이 포로들을 향해 말했다.

"지금부터 너희들을 차례대로 모두 죽일 것이다. 하지만 누구의 사주를 받았는지 말하는 사람이 있다면 그는 살려줄 것이다. 먼저 말하면 살 수 있다는 뜻이지. 자기 차례를 기다리기 지루하다면 혀를 물고 자결해도 말리지 않겠다."

그리고는 압수한 무기들 중 가장 무거운 칼 한 자루를 골라 쥐었다.

포로들은 겁먹고 당황한 표정으로 자신들의 우두머리를 바라보았다. 주걱턱 사내는 고민하는 표정이 역력했다.

칼을 공중에 휘저어 무게 중심을 가늠해보는 진평에게 설가영이 조심스럽게 말했다.

"형님. 모두 죽이면 아무것도 알 수 없게 되잖아요."

진평은 별것 아니라는 투로 대답했다.

"괜찮아. 또 다른 놈들을 보내겠지. 그럼 그놈들도 모두 죽이고, 그렇게 계속 반복하다 보면 배후가 직접 나서겠지."

그가 포로들 쪽으로 성큼성큼 걸어가자 주걱턱 사내가 외쳤다.

"잠시만 기다려주십시오! 말씀드리겠습니다!"

진평은 의외라는 표정을 지었다.

"정말인가?"

"예. 알고 싶어하시는 모든 걸 다 말씀드릴 테니 제발 저희들을 살려주십시오."

석상처럼 입을 다물고 있던 조금 전과는 반대로, 비굴함까지 느껴지는 모습이었다.

"태도 변화가 너무 심하군."

그러자 주걱턱 사내가 말했다.

"수하들의 생명과 자존심을 지킬 수만 있다면 저는 무슨 일을 당해도 상관없습니다."

진평은 칼을 내려놓았다.

"좋아. 얼마나 성의 있게 대답하는가 들어보지. 우선 네 이름이 무엇이냐?"

"저는 장계상(張癸常)이라고 합니다."

진평은 고개를 끄덕였다.

"시작이 좋군. 너희들은 누구냐?"

"저희들끼리 기린맹(麒麟盟)이란 이름을 정했습니다."

"기린맹이라……. 동창과는 어떤 관계지?"

"아무 관계도 없습니다."

진평이 칼자루를 고쳐 쥐자 주걱턱 사내, 장계상은 황급히 덧붙여서 말했다.

"굳이 관계를 따지자면 저희들은 예전에 동창을 위해서 일한 적이 있습니다."

"예전이라면……."

"저희들은 선덕제(宣德帝)가 살아계신 동안 동창의 역장(役長)이나 당두(糖頭), 번장(番長), 번자(番子) 노릇을 했습니다."

"흐음……."

진평으로서는 뜻밖의 얘기였다.

본래 황제가 바뀌면 이전의 환관들은 모두 물러나고, 새 황제를 어려서부터 모셔오던 환관들이 궁 안의 중요 직책을 장악하기 마련이었다.

동창도 마찬가지라서 우두머리인 창독(廠督)과 천호(千戶), 백호(百戶) 모두가 새사람으로 바뀌었다.

진평이 물었다.

"원래 새 창독이 오면 역장이나 당두까지 바뀌는 건가?"

"창주(廠主)는 자기 마음에 드는 천호와 백호를 임명하고, 천호와 백호는 다시 자기 마음에 드는 장반(掌班), 영반(領班), 사방(司房)을 임명하니까 많으면 절반 가까이 바뀌기도 하지요."

"그럼 너희들은 그 장반, 영반, 사방들로부터 선택을 받지 못한 자들이라는 말이지?"

"그렇습니다. 천호와 백호까지는 황상의 총애를 받는 내관이지만, 그 아래 직급은 대부분 일반 무관들입니다. 관리라는 것들은 문무를 가릴 것 없이 똑같아서, 자기에게 결정권한이 있을 때는 그냥 넘어가는 법이 없습니다."

"뇌물을 바쳐야 뽑아주었다는 얘기군."

"그렇습니다."

장계상은 억울하다는 표정을 지었다.

진평은 코웃음을 쳤다.

동창의 앞잡이가 되었다면 온갖 악행의 선두에 섰을 것이면서, 거기 뽑히지 못했다고 피해자인 척하는 모습이 가증스러웠다.

"그들이 너희에게 기회를 줬나? 나를 잡아오면 다시 받아주겠다고?"

"아닙니다. 저희는 동창의 척살 대상입니다. 그들로부터 일감을 받는다는 것은 상상도 못할 일이지요."

"척살 대상?"

"그렇습니다. 그들은 자신들에 대해 속속들이 알고 있는 우리를 살려두려 하지 않습니다."

진평은 고개를 갸웃거렸다.

"아무리 동창이라고 해도 우두머리가 바뀔 때마다 내친 자들을 전부 죽이지는 않을 것 같은데."

장계상이 씁쓸하게 웃었다.

"사실은 마찰이 좀 있었습니다. 전대 창주께서 우리를 워낙 중용하셨기 때문에 바뀐 조직 안에서도 중책을 맡으리라 기대했는데, 그동안 우리를 시샘하던 무리들이 참소를 하고 농간을 부리는 바람에 신임 창주는 우리를 거들떠보지도 않았고, 새로 직위를 얻은 자들은 우리를 찾아와 거들먹거리고 괴롭혔습니다."

"그래서?"

"어쩌다 보니 말다툼이 싸움으로 번졌고, 몇 명이 죽고 다쳐서 일이 아주 커져버렸습니다."

"그래서 도망자 신세가 된 건가?"

"그렇습니다. 겨우 목숨을 구하고 일가친척을 피신시킨 동지들끼리 이렇게 맹을 결성해서 움직이고 있습니다."

조직적으로 대항해야 생존 가능성을 조금이라도 높일 수 있었을 것이었다.

진평은 장계상을 다시 봤다.

체격은 왜소하고 얼굴도 당나귀를 연상시키는 볼품없는 생김새지만, 동창을 상대로 이 정도의 인원을 지켜냈다면 능력은 인정해줘야 할 것 같았다.

포로들의 눈빛을 보면 다들 장계상을 굳게 믿고 있는 것 같았다. 그만한 능력이라면 자긍심을 가질 만도 한데 위급한 상황이 되자 곧바로 자신이 앞장서서 굽히고 들어오는 것도 인상적이었다.

단순히 남의 밑에서 일하는 게 습관이 되어서라기보다는, 어떻게든 상황에 적응하고 최선의 길을 찾는 데 익숙한 사람 같았다.

진평이 다시 물었다.

"그럼 날 쫓으라고 사주한 사람은 누구지?"

"지주 지부 이숭설의 의뢰를 받았습니다."

진평과 설가영을 서로를 보았다.

뒤꿈치 베인 동생의 복수를 해준 일이 지금의 상황으로까지 이어진 것이다.

진평은 슬쩍 미소를 머금었다. 동창도, 마교도, 성왕부도 아니라는 사실에 그나마 안심이 되었다.

"조카의 죽음이 꽤 한스러웠던 모양이군."

돈을 긁어모으던 조카가 죽고 장원은 타버렸으니 얼마나 화가 났을지 대충 짐작이 갔다.

"은 삼십 냥을 받기로 했습니다."

"고작?"

"당신이 이 정도의 고수일 줄은 몰랐습니다."

진평이 잠시 생각한 후 물었다.

"이숭설은 환관 왕진과 친척인 걸로 아는데, 어떻게 그를 위해 일하게 되었지? 동창에 발각되면 안 된다면서."

"안찰사(按察使)님께서 저희의 은신처를 제공해주고 있습니다."

진평은 고개를 끄덕였다.

안찰사 정도라면 동창의 눈으로부터 이들을 숨겨주는 위험을 감수할 만도 했다.

안찰사의 일이라는 게 본래 형옥(刑獄)을 다스리는 것이다 보니 기린맹 같은 자들을 휘하에 두고 있으면 골치 아픈 사건이 발생했을 때 유용하게 써먹을 수 있는 것이다.

이번 건만 해도 기린맹의 뛰어난 추적술 덕분에 이숭설에게 제대로 점수를 딸 수 있었다. 물론 마지막에 틀어지긴 했지만 진평을 찾아낸 것만 해도 대단한 일이었다.

"나에 대해 무엇을 알게 되었는지 얘기해 봐."

진평의 말에 장계상은 머뭇거렸다.

아는 게 많을수록 목숨은 짧아질 것이기 때문이었다.

진평이 다시 말했다.

"전부 다 솔직하게 털어놓기로 했잖아. 지금 너와 네 부하들에겐 다른 선택권이 없어."

장계상은 한숨을 내쉰 후 말했다.

"이름은 진삼 혹은 진평. 별호는 삼도천 혹은 파사. 직업은 상인. 동릉 포구 맞은편의 노주에 집이 있고 수로맹의 채주들과 친하게 지내는 사이. 최근엔 사천당문과 아미파의 여도사들을 만나 모종의 계획을 꾸미는 중. 이것이 그동안 모은 정보의 전부입니다."

"으음……."

진평은 침음성을 흘렸다. 앞으로는 좀 더 주변에 신경을 쓰면서 움직여야겠다는 생각이 들었다.

"악양루에서 무슨 일이 있었는지 보았나?"

"삼층까지는 올라가지 못했습니다."

"너희가 모은 정보들을 안찰사도 알고 있나?"

"아직 보고하기 전입니다."

"다행이군."

장계상의 표정이 굳었다. 알 건 다 알았으니, 이제 진평이 자신들을 처리할 차례가 된 것이다.

진평이 물었다.

"우리를 잡아간 뒤에는 어쩔 생각이었지?"

"무, 무슨 말씀이신지……."

"안찰사에게 은 삼십 냥을 받은 이후의 계획이 무엇이었는지 묻는 거다."

장계상은 솔직히 대답했다.

"그 즉시 복건(福建)이나 광동(廣東)으로 떠날 생각이었습니다."

"이유는?"

"안찰사님이 지금은 이숭설에게 잘 보이기 위해 우리를 쓰지만, 나중엔 왕진에게 잘 보이기 위해 우리를 팔지도 모르기 때문입니다."

"바보는 아니군."

진평은 다른 질문을 했다.

"벽력탄은 얼마나 가지고 있나?"

"만들어둔 것은 이제 없습니다. 하지만 만드는 방법을 제가 알고 있습니다."

"어디서 배웠지?"

"신강(新疆)에서 위구르족 회회교도(回回敎徒)들에게 거액을 주고 배웠습니다."

"흐음……."

진평은 턱을 만지며 생각에 잠겼다.

그리고 장계상에게 마지막으로 물었다.

"내가 너희들을 어떻게 해야 옳겠느냐?"

"모두 죽여 입을 막아야 합니다."

의외의 대답이라 설가영과 포로들 모두 깜짝 놀랐다.

장계상이 이어서 말했다.

"하지만 당신은 우리를 죽이지 않을 것 같습니다."

진평이 미소 지으며 물었다.

"왜 그렇게 생각하지?"

"어차피 죽여버릴 생각이었다면 우리의 처지나 유용성에 관심을 두지 않았을 테니까요."

"후후……. 그렇긴 하다만, 내가 너희들을 살려서 무엇에 쓰겠느냐?"

"큰 뜻을 품고 천하를 경영하다 보면 늘 아름다운 일만 있는 것은 아닙니다."

"천하 경영이라. 너무 거창하지 않은가?"

"상단이라고 해도 마찬가지지요."

진평은 장계상이 마음에 들었다.

그의 말마따나 사람과 조직엔 저마다 어울리는 쓰임새가 있기 마련이어서 서총관에게 맡길 일이 있고, 석위에게 부탁할 일이 있고, 또 수로맹의 도움을 받아야 할 일도 있었다. 동시에 그들 중 누구에게도 어울리지 않는 일도 있기 마련이었다.

"너희를 살려준다면 나를 위해 일할 수 있겠느냐?"

"물론입니다. 하지만 보수는 주셔야 합니다."

포로들의 안색이 다시 변했다.

살려주는 것만도 감지덕지한데, 돈 애기부터 꺼낼 필요는 없지 않느냐 하는 눈빛들이었다.

그러나 장계상은 당당한 표정을 유지했고, 진평은 그런 그의 태도가 오히려 마음에 들었다. 일을 시키고 대가를 지불하지 않는다면 그들을 붙잡아 둘 명분도 없는 것이다.

그리고 진평의 입장에서 돈이라면 얼마든지 지불할 능력이 있기도 했다.

"기린맹은 모두 몇 명으로 이루어져 있지?"

"마흔둘입니다."

"매달 은 오십 냥이면 어떤가?"

"매달이라고요?"

진평이 고개를 끄덕이자 장계상의 입꼬리가 올라갔다. 정칠품 지현(知縣) 벼슬이 일 년에 은 열 냥을 받으니까 매달 오십 냥을 마흔두 명으로 나누면 지현보다 훨씬 나은 수입이라고 할 수 있었다.

기대감에 부푼 듯 다른 이들의 얼굴에도 화색이 돌았다.

진평이 덧붙여 말했다.

"특별히 어려운 일을 시킬 경우엔 추가로 보수를 주도록 하지."

장계상이 조심스럽게 물었다.

"당신을 위해 할 일이 구체적으로 무엇입니까?"

후한 보수는 높은 위험으로 이어질 가능성이 크기에 확인이 꼭 필요한 시점이었다.

"나를 위해 할 일은 바로 너희들 같은 자들이 나를 따라오지 못하도록 차단하는 것이다."

장계상이 한 번 더 물었다.

"당신의 적은 누구입니까?"

"하나일 수도 있고 여럿일 수도 있다."

장계상은 집요했다.

"당신의 신변이 드러나지 않도록 하려면 상대가 누구인지 정도는 알아야 하지 않겠습니까?"

"그중 하나는 확실하다."

"그게 누굽니까?"

"동창."

장계상을 비롯한 포로들 모두가 놀란 표정을 지었다.

진평이 그들에게 물었다.

"왜? 자신 없나?"

"아, 아닙니다. 만약 동창의 눈을 피하는 것만 놓고 보자면 천하에 우리보다 그 일을 잘해낼 사람은 없을 것입니다."

진평이 이들을 고용하려는 이유가 바로 그것이었다.

장계상이 이어서 물었다.

"왜 동창과 척을 지게 되었는지 여쭤도 되겠습니까?"

"그들이 싫을 뿐이야."

장계상은 고개를 끄덕였다. 더 자세히 알려고 할 필요는 없다고 생각한 것이다.

"좋습니다! 당신을 위해 일하겠습니다."

안찰사에게 몸을 의탁하는 것은 장구한 계책이 될 수 없었다. 그렇다고 복건이나 광동, 혹은 더 멀리 해남도(海南島)까지 간다고 해서 뾰족한 수가 생기는 것도 아니었다.

그럴 바에는 차라리 이 사람을 믿고 따르는 것도 한 방법일 수 있다는 게 장계상의 생각이었다.

자신이 직접 체험한 바에 따르면 진평의 무공은 현재 동창 내 최고 고수라는 당유량에 비해서도 결코 뒤지지 않을 것 같았다.

돈 쓰는 품도 안찰사보다 훨씬 나았고, 특히 동창을 껄끄러워한다는 점이 마음에 들었다.

기린맹과 공동의 적을 가진 셈이니, 적의 적은 친구라는 말이 적용될 수 있는 상황이었다.

진평은 장계상과 포로들의 혈을 풀어주었고, 그들은 간격을 맞추어 도열한 후 일제히 진평 앞에 머리를 조아렸다.

"주군을 뵙습니다!"

진평은 손을 내저었다.

"모두 일어서."

기린맹 무사들은 일어선 후에도 자로 잰 듯이 오와 열을 맞추었다. 확실히 무림인이라기보다는 관료 조직에 익숙한 모습이었다.
진평은 전표 여러 장을 꺼내어 장계상에게 내밀었다.
"우선 첫 달 치 선불이야."
전표를 확인해 본 장계상이 말했다.
"이건 두 달 치 금액이군요."
"아니. 한 달분이야. 그동안의 신변을 정리하고 새로 출발하는 데 돈이 많이 필요할 테니까 나머지는 그 용도로 써."
"감사합니다."
"이제까지와 같이 일정한 간격을 두고 내 주변에 머무르되, 나와 내 동료들 눈에 띄지 않도록 해."
"알겠습니다. 주군이 아니라 주변을 감시하는 일이라면 좀 더 간격을 벌릴 수 있으니까 걱정하지 않으셔도 될 겁니다."
진평은 서로를 만나거나 전할 말이 있을 때 필요한 약속들을 정한 후 장계상에게 말했다.
"나는 이제 이곳을 떠난다."
"예. 저희들도 따르겠습니다."
진평은 검지를 가로저었다.
"아니지. 너희들은 우리를 따라오기 전에 할 일이 있어."
장계상이 의아한 표정으로 물었다.
"그게 무엇입니까?"
진평은 벽력탄에 무너진 담과 돌무더기를 가리켰다.
"저것들을 모두 원상복구해야지."

"아, 알겠습니다."

"삽과 괭이는 헛간에 있어."

진평과 설가영은 그렇게 그들을 남겨두고 배를 탔다.

* * *

파양호까지 돌아가는 동안 설가영이 진평에게 물었다.

"형님. 주군이란 말 이상하지 않으세요?"

"왜 어때서? 그들이 선택한 호칭인데."

"전 이해할 수 없어요."

"뭐가?"

"어떻게 그들을 그렇게 쉽게 믿고 백 냥이나 되는 거금을 선뜻 주신 거죠?"

"그러면 안 되나?"

"그들은 의뢰인을 배신했잖아요. 목표로 삼았던 대상을 주군이라 부르는 자들을 어떻게 믿을 수 있겠어요?"

진평이 미소 지으며 말했다.

"그들이 마음에 들지 않는 모양이군."

"당연하죠. 기린맹? 흥! 고작 환관의 앞잡이 노릇이나 했으면서 기린은 웬 기린? 벼슬길에 나가는 걸 기린이 된다고 생각하는 것 자체가 우리와는 길이 다르다는 사실을 증명하는 거예요."

"길이 다르다……?"

"예. 우리는 천리에 순응하고 인의를 지키는 길을 가지만, 저들은 권력에 아첨하고 입신양명을 추구하잖아요."

"거기서 밀려난 자들이지."

"어쨌거나 바탕은 그쪽이죠. 게다가 별로 도움도 안 될 것 같아요. 형님의 일초지적도 못 되는 실력으로 뭘 할 수 있겠어요?"

"하하! 무공의 고하만으로 쓸모가 결정되는 건 아냐. 너만 해도 무공으로는 나를 이길 수 없지만 기문진으로 저들 전부를 손쉽게 생포했잖아."

설가영은 금방 웃었다.

"그건 그렇죠? 호호호……! 어쨌거나, 저 탐욕스럽고 배은망덕한 무리는 다시 안 봤으면 좋겠어요."

진평이 중얼거렸다.

"물이 너무 맑으면 고기가 살지 않지."

"그게 무슨 말씀이세요?"

"넌 예전에 홍패와 동행하는 것도 싫어했었지."

"그, 그땐 작은 형님에 대해 잘 모를 때고요."

진평은 잠시 사이를 두고 물었다.

"너 이세민(李世民)이란 사람 알아?"

설가영은 그게 무슨 뜬금없는 소리인가 싶었다.

"당나라 태종을 말씀하시는 건가요?"

"그래. 당태종 이세민."

"그야 잘 알죠. 이제까지 있었던 어느 황제보다 뛰어난 성군이잖아요. 그분의 통치기간은 따로 정관의 치(貞觀之治)라고 해서, 백성들은 세금과 노역이 줄어 행복했고, 군대는 강성했으며, 인재는 가문의 후광이 없더라도 과거 시험에서 능력만 입증하면 등용되었다고 들었어요."

"그가 어떻게 해서 황제가 되었는지도 알아?"

"글쎄요. 그건 잘……."

"그에겐 형과 동생이 있었어. 이세민은 그 둘을 죽였지. 자기가 직접 활로 쏘아서. 그리고 황제인 아버지가 늙거나 병든 것도 아닌데 강제로 물러나게 하고 그 자리에 앉았어."

"그, 그랬나요?"

"그런데도 그를 패륜아라 하지 않고 성군이라고 부르는 이유가 뭔지 알아? 그건 태종이 인재를 잘 썼기 때문이야."

설가영은 입맛을 다셨다.

당태종이 그런 과정을 거쳐 황제가 되었다고 생각하니 업적이 퇴색하는 느낌을 받았기 때문이다.

진평의 말이 이어졌다.

"그는 자기 신하의 장점만을 봤어. 그래서 그 능력을 극대화시킬 자리에 앉혔지. 당시의 재상들이 특별히 뛰어난 사람이었던 게 아냐. 그들에게도 단점이 있었는데, 당태종은 단점 보완을 요구한 게 아니라 장점을 극대화시키도록 도와주었지.

덕분에 나라의 모든 부문이 크게 다스려지고, 패륜아는 성군으로 추앙받게 된 거야."

설가영은 천천히 고개를 끄덕였다.

진평의 말을 듣고 보니 그동안 편견을 가지고 사람들을 본 것은 아닌가 반성하게 되었다.

"형님은 어쩜 그렇게 아는 게 많으세요?"

"놀리는 거야?"

"아뇨. 진짜로요. 저하고 나이 차이가 많이 나는 것도 아닌데, 생각하는 건 이삼십 년쯤 더 산 사람 같아요."

"네가 방주 수업을 받았다면 나보다 잘했을 거야."

"설마요."

"너는 뭐든 배우는 게 빠르잖아."

"그건 맞아요. 호호!"

"그랬다면 겉은 어린데 머릿속은 할머니 같았겠지."

"으으……."

"어쨌거나 기린맹은 안찰사의 명령에 따라 나를 추적한 것뿐이니까 청부업자와 의뢰인 사이의 의리를 저버렸다고 보기는 어려워. 설령 그랬다 하더라도 상관없고."

"일만 잘하면 된단 말씀이죠?"

"그들이 우리 방도가 되는 건 아니니까."

설가영은 고개를 끄덕였다.

본혈방과 사해전장, 그 외의 상단들이 완벽하게 분리되어 있다는 사실은 그녀도 잘 알고 있었다.

기린맹도 마찬가지라고 생각하면 그만이었다.

그러나 설가영이 전부를 납득한 것은 아니었다.

"아무리 그래도요, 형님. 그렇게 큰돈을 선불로 준 건 좀 문제가 있지 않을까요?"

"너 꽤 집요하구나."

"생각해보세요. 우리가 이렇게 먼저 떠났으니까 그들은 그 전표를 가지고 그냥 도망쳐버려도 되잖아요. 은 삼십 냥을 벌려고 벽력탄까지 준비한 자들인데, 은 백 냥 꿀꺽할 기회를 왜 놓치려고 하겠어요."

"그럴까?"

"당연하죠. 사람이 죽음 앞에 이르면 못할 말이 뭐가 있겠어요? 그 난국을 벗어나기 위해 형님을 주군이라고 불렀지만, 지금은 자유롭게 선택할 수 있죠. 상대가 동창이 될 수도 있는데 위험을 자초할 것 같지는 않아요."

"그럼 그렇게 하라고 하지 뭐."

설가영은 어이가 없었다.

"돈이 아깝지 않으세요? 그냥 그러라니요."

진평이 미소 지으며 말했다.

"네가 객잔을 경영한다고 생각해 봐. 너 혼자 주문도 받고, 요리도 하고, 음식도 나르고, 식탁도 치우고, 설거지도 하고, 청소도 할 수는 없잖아? 누군가에게 일을 맡겨야지."

“그야 그렇죠.”
“일단 일을 맡기면 그를 믿어야 해. 만약 믿을 수 없다면 애당초 일을 맡겨서는 안 되고.”
“아무래도 그렇겠죠.”
“배신을 할 사람이라면 은 백 냥 먹고 떨어지는 게 나로서도 편해. 그릇의 크기가 그 정도라면 함께 일하고 싶은 마음도 없어.”
설가영은 탄성을 토했다.
“아! 그럼 이건 일종의 시험이군요.”
“기린맹이라면 그 정도 비용은 부담할 수 있지.”
설가영은 그제야 개운한 표정을 지었다.
진평은 단 하나도 허투루 하는 일이 없었던 것이다.

집요한 여자는 설가영 말고도 한 명 더 있었다.
당소민은 짜증인지 어리광인지 분간하기 어려운 콧소리를 내가며 진평을 질책했다.
“도대체 어디 가셨던 거예요?”
“일이 좀 있었습니다.”
“왜 나한테 미리 얘기하지 않았죠?”
“개인적인 일이었습니다. 그보다 약은 어찌 되었습니까?”
“흥! 그거야 다 됐죠. 이제 보니 진소협은 나보다 약에 더 관심이 많으시군요?”

"아닙니다. 나는……."

진평은 말꼬리를 대충 흐렸다. 그녀를 달래려면 약보다 그녀에게 더 관심이 있다고 얘기해야 하는데, 그건 자칫 오해를 불러일으킬 수 있기 때문이었다.

기대감 가득한 두 눈을 말똥말똥거리던 당소민은 얘기가 이어지지 않자 답답했는지 대답을 채근했다.

"진소협은요?"

"당소저에게 진심으로 감사드리고 싶습니다."

진평은 그녀에게 정중히 포권을 했다.

당소민은 입술을 샐쭉거렸다. 그녀가 듣고 싶은 말은 감사인사가 아니었던 것이다.

진평은 등청과 함께 파양채로 가서 완성된 약을 홍채주에게 먹였고 그의 기식과 신색이 안정되는 것을 확인했다.

등청은 기뻐서 어쩔 줄을 몰라 했다.

홍채주는 진평과 등청에게 고맙다는 인사를 했다. 그러나 한편으로는 아쉬운 표정도 감추지 못했다.

아직 전부 다 배우지 못했는데 운중자는 죽고 비급은 수로맹주의 손에 들어갔다는 소식을 들었기 때문이다.

그나마 내공이 증진되었고, 독을 제거한 단약이 많이 남았다는 사실이 위로가 되었다.

채주 홍원승은 크게 잔치를 열었다.

그 자리엔 사천당가도 정중히 초청했다. 약 만들어준 데 대한 감사 인사를 하기 위해서였다.

그러나 당백견이 초대에 응하지 않았다. 이번 무림대회 참석을 기회로 대외적인 평판을 바꿔보려는 게 당가의 계획이다보니 수로맹과는 되도록 거리를 두려는 것이었다.

홍채주는 두 번 청하지 않았다. 진평만 있어도 충분히 즐거운 연회가 될 수 있었기 때문이다.

사흘 동안 이어진 연회가 끝나고, 진평 일행은 파양채에서 내준 큰 배로 바꿔 타게 되었다.

그리고 홍채주는 따로 은량 한 보따리를 당가에 건넸는데, 그것은 당백견도 거절하지 않고 받았다. 여러 날에 걸쳐 까다로운 작업을 했으니 그 정도 사례를 받는 것은 당연하다고 본 것이다.

파양호를 떠나는 배에는 모두 스무 명이 탔다.

진평과 설가영, 당가의 세 사람, 아미파 여도사 여덟 명, 그리고 배를 다루는 선원이 일곱 명이었다.

아미파 정향사태가 진평에게 다가와 물었다.

"이 배를 움직이는 데 저 사람들이 모두 필요한가?"

배에 수로맹 깃발을 꽂은 것도 아니고, 선원들도 모두 장사꾼 차림이긴 하지만, 그래도 수로맹과는 되도록 연관되기 싫음을 에둘러 얘기하는 것이었다.

진평이 대답했다.

"선배님. 지난번 소림사 모임에 참석하려던 문파들이 마교의 습격을 받았다는 얘기는 들으셨을 겁니다."

정향사태는 고개를 끄덕였다.

"그래서 우리도 준비를 단단히 했지. 저 아이들이 좀 어리긴 하지만 실력은 결코 녹록지 않다네. 그리고 내가 있으니까 뭐. 호호호!"

진평이 정색하고 말했다.

"육로뿐만 아니라 수로에도 마교의 손길이 뻗쳐 있습니다. 황하의 수적들이 그들의 앞잡이가 된 지 이미 오래입니다. 숭산까지 가려면 수적들의 영역을 여러 번 통과해야 하는데, 물위에선 무공보다 배를 다루는 능력이 더 중요합니다. 화전(火箭)에 맞아 불길이 치솟고 쇠뇌에 구멍이 뚫려 배가 가라앉는다면, 추격해오는 배보다 빨리 헤엄치는 것 말고는 살아날 방법이 없거든요."

정향사태는 입맛을 다셨다.

얘기를 듣고 보니 강 한가운데서 그런 일을 당하면 정말 끔찍할 것 같았다. 당장 자기부터 수영을 할 줄 모르니 제자들을 구하기는커녕 함께 허우적대다가 화살에 맞기 십상일 터였다.

선원들의 필요성을 인정한 정향사태는 다른 얘기로 화제를 돌렸다. 그녀는 턱짓으로 선실 쪽을 가리키며 물었다.

"당가의 아가씨는 왜 저렇게 심통이 났나?"

"글쎄요. 저도 잘 모르겠습니다."

진평이 파양채에 다녀온 이후, 당소민은 화가 잔뜩 나 있었다. 완성된 약을 가져간 뒤로 무려 사흘 동안이나 코빼기도 비치지 않은 진평이 원망스러웠던 것이다.

파양채에서 초청했을 때 당소민은 가고 싶었지만 당백견이 워낙 완강하게 제지하는 바람에 뜻을 이룰 수 없었다.

당소민은 그에 대한 화풀이까지 진평에게 쏟아 부을 생각이었다. 그래서 늘 하던 대로 아무 말도 하지 않고, 아무것도 먹지 않는 투쟁을 시작했다.

당가에선 항상 통하던 수법.

그러나 진평은 거들떠보지도 않았다.

숙부 당백견과 숙모 왕지령만 애를 태웠지 다른 사람들은 당소민이 세 끼를 굶건, 서른 끼를 굶건 아무도 신경 쓰지 않았다.

그것이 더 속상해서 당소민은 선실에 틀어박혀 나오지 않았다. 물론 그것 역시 누구의 관심도 끌지 못했다.

진평 입장에선 그녀가 틀어박혀 있는 게 더 편했다.

정향사태가 말했다.

"그녀가 자네에게 단단히 화가 나 있는 것 같던데. 조심해야 할 거야."

"무슨 말씀이신지……."

"라마승 음식에 장난을 쳤듯이 우리가 먹는 음식에도 야료를 부릴 수 있다는 말이지."

얘기를 듣고 보니 그럴 가능성이 있었다.

행동이나 사고방식이 어린아이나 마찬가지인 그녀이기에, 자신은 쫄쫄 굶고 있는데 다른 사람들이 맛있게 먹는 모습을 보면 무슨 심술을 부릴지 몰랐다.

"주의를 기울이겠습니다."

"부탁하네."

진평은 설가영을 불렀다.

"음식 만들 때 잘 지켜봐."

의아해하는 그녀에게 진평은 정향사태가 걱정하는 바를 얘기해주었다. 설가영은 웃으며 고개를 끄덕였다.

"당가의 세 사람한테서 눈을 떼지 않을게요."

"당소민만 감시하면 돼. 다른 두 사람은 그래도 경우에 어긋난 행동은 하지 않을 테니까."

설가영은 당소민에게 살짝 연민의 정을 느꼈다.

강호에 처음 나와 세상 일이 자기 뜻대로 안 된다고 느낀 건 자신도 경험해 본 바 있었다.

"형님이 가서 좀 달래주세요."

"내가?"

"제가 생선찜 요리를 할 테니까 그걸 형님이 들고 가 권하면서 듣기 좋은 얘기도 좀 해주세요. 그럼 금방 배시시 웃을 것 같은데요."

말해놓고 나니까 곧바로 후회가 되었다.

배시시 웃으며 진평 곁에 달라붙는 그녀 때문에 자기가 얼마나 속상했는지를 잠시 깜빡했던 것이다.

당소민이 다시 갑판에 나와 돌아다닌다면 선실에 드러누워 끙끙 앓는 사람은 자기가 될 것이 분명했다.

이미 뱉은 말을 다시 주워담을 수도 없어서 어쩔 줄 몰라 하고 있는데, 다행히 진평이 고개를 가로저었다.

"그녀에게 오해를 살 행동을 해선 안 돼."

설가영이 조심스럽게 물었다.

"무슨 오해요?"

"당가에서 금지옥엽을 강호에 내보낸 것은 그녀의 혼기가 꽉 찼기 때문이야. 즉, 무림대회 참가를 겸해서 사윗감도 찾으려는 거지."

설가영은 고개를 갸웃거렸다.

"매파(媒婆)가 할 일을 왜 직접 나서서 하나요? 그것도 남자가 아닌 여자 쪽에서."

"당가의 사정이 좀 특별하거든."

"어떻게요?"

"당가엔 대대로 아들보다 딸을 낳는 경우가 더 많은 편이야. 독을 다뤄서 그런 건지, 혈통이 원래 그런지는 모르겠지만 아들이 귀한 편이지."

"당가의 며느리들은 마음고생이 심하겠네요."

진평은 시집도 안 간 여자가 별걸 다 안다는 눈길로 그녀를 한 번 쳐다본 후 말을 이었다.

"당가는 독과 암기 모두 자신들만의 비법을 계승 발전시키면서 외부로는 일절 새어나가지 않도록 각별히 신경 쓰기 때문에 며느리건 사위건 당가 사람과 결혼하면 가주의 허락 없이는 당가타를 떠나지 못해."

"남자는 데릴사위가 된다는 건가요?"

"며느리는 그나마 남편과 함께라면 바깥세상 구경이라도 할 수 있지. 지금 선실 안에 있는 당백견의 부인처럼. 하지만 사위의 경우에는 평생 나오지 못할 가능성이 더 커."

"완전히 감옥이군요!"

"당가타는 상당히 넓으니까 감옥이라고 하기엔 좀 그렇고. 일종의 유배 생활이라고 할 수 있지."

설가영은 진저리를 쳤다.

"으으……. 그럼 누가 당가의 여인과 혼인하고 싶겠어요? 평생을 사천에 틀어박혀 지내야 하고, 처가 식구들은 전부 다 독과 암기의 달인이니……."

진평이 씩 웃으며 물었다.

"내가 요리 접시를 가지고 들어가 볼까?"

설가영은 손사래를 쳤다.

"안 돼요! 앞으로 당소민에게는 일부러 화를 내고 퉁명스럽게 대하세요. 혹시라도 딴마음 먹지 않도록."

"너무 몰아붙이면 무슨 반응을 보일지 몰라. 당가를 자극하는 건 현명한 처신이 아니라고."

설가영이 잠시 생각한 후 말했다.

"좋아요. 제가 음식을 가지고 가서 얘기해볼게요."

진평은 미소 지었다.

"네 요리 솜씨라면 그녀의 단식을 깰 수 있을 거야."

진평의 예상은 적중했다.

설가영이 실력을 발휘하여 몇 차례 선실로 들어간 후 당소민은 못 이기는 척 다시 음식을 먹기 시작했다.

그러나 선실 밖으로는 나오지 않았다.

진평이 들어와서 뭔가 한 마디라도 해주기를 기다리는 것인데, 그런 일은 일어나지 않았다.

배는 물결을 따라 편안하게 흘러 강남으로 향했다.

강폭이 넓어지면서 배의 출렁거림이 심해지자 아미파 제자 한둘이 뱃멀미를 하기도 했지만 큰 문제는 아니었다.

양주 근처에 이른 배는 운하를 따라 북상하지 않고 선수를 남쪽으로 돌려 소주로 들어가 정박했다.

진평이 당백견과 정향사태에게 양해를 구했다.

"제 장사 때문에 이곳에 사나흘 머물러야만 할 것 같습니다. 괜찮으시겠습니까?"

두 사람은 선선히 그러라고 했다.

얻어 타고 가는 처지에 괜찮고 말고 할 게 없었다. 더구나 배를 탄 이후 일정이 많이 단축되고 있기 때문에 일부러라도 며칠 쉬어 가야 할 판이었다.

소주는 그러기에 더할 나위 없이 좋은 곳이었다.

선착장에서 보이는 풍경만으로도 당가의 세 사람과 아미파 여도사들은 잔뜩 상기된 모습이었다.

당가타나 아미산에서는 절대로 볼 수 없는 대도시의 번화한 거리 풍경이 펼쳐졌기 때문이다.

빽빽하게 들어선 건물, 멋들어지게 휘어진 처마 아래로 사람들이 바삐 오가고 가게들은 형형색색 진귀한 물건으로 가득 찼으며, 객잔에서 풍겨오는 음식 냄새가 사람을 유혹했다.

진평이 두 사람에게 말했다.

"저 때문이 지체되는 것이니 여기 머무는 동안 숙식은 제가 책임지도록 하겠습니다."

그리고는 양관루(陽關樓)라는 으리으리한 객잔에 방을 넉넉히 빌려 그들 일행이 머무르게 해주었다.

당소민은 기다리고 있다가 진평의 시선이 자기 쪽으로 향하기만 하면 냉소를 지으며 고개를 홱 돌려 버리는 놀이에 열중하느라 아무 말도 하지 않았지만 당백견은 진평에게 사례를 했다.

정향사태도 마찬가지였다.

"고맙네, 고마워!"

그녀는 항주나 소주의 물가가 얼마나 비싼지 알고 있었다. 아미파가 비록 무림에서는 명문이지만, 부자 문파는 아니었다. 모처럼 번화한 강남에 와서 눈으로는 좋은 구경을 한다 해도 정작 밥 한 끼 먹을 돈, 잠자리 마련할 돈은 쪼개 써야 할 형편이었다.

그런데 진평이 번화한 거리 중심가에서 가장 큰 객잔에 방을 빌려주고, 먹고 싶은 건 무엇이든 시켜 먹으라고 선금까지 치렀으니 그 호의가 고마울 수밖에 없었다.

진평은 부를 자랑하는 성격은 아니었다.

그렇다고 인색하지도 않았다.

무림맹 모임 때 자신에게 대놓고 적개심을 드러낸 문파도 있었다는 사실을 생각하면 기회가 있을 때 아미파와 당가의 환심을 사두는 것도 나쁘지 않은 일일 것이었다.

진평과 설가영이 떠난 후 양관루 주인이 직접 나와서 아미파와 당가, 그리고 수로맹 사람들을 안내했다. 두둑한 전표를 미리 받았으니 그에 합당한 대접을 해야 하는 것이다.

"먼 길 오시느라 시장하실 텐데, 식사는 무엇으로 준비해 드릴까요?"

"글쎄. 점심을 늦게 먹어서 그다지……."

정향사태는 음식보다 소주 거리 구경에 더 마음이 있었다.

객잔 주인이 말했다.

"그러면 간단하게 차리겠습니다."

아미쌍수 중의 한 명인 장여락이 궁금한 표정으로 물었다.

"간단하다면 뭐가 나오는 거죠?"

"예. 우선 첫 번째 상에는 네 가지 과일, 두 번째 상에는 여섯 가지 냉채가 나옵니다. 세 번째는 상어 지느러미 요리인데, 찜과 탕을 선택하실 수 있습니다. 그다음은 만두와 녹두과자, 그리고 마지막은 비둘기 알과 과일로 끝납니다."

일행의 입이 쩍 벌어졌다.

정향사태도 거리 구경하고 싶은 마음이 싹 사라졌다.

특히 상어 지느러미 요리는 그녀도 꼭 한번쯤 먹어보고 싶은 음식이었다.

"진소협이 도대체 돈을 얼마나 낸 거야?"

객잔 주인은 손을 비비며 웃었다.

"헤헤……. 그건 신경 쓰지 마십시오."

진평이 나중에 와서 낸 돈보다 더 먹으면 그만큼 계산해주겠다고 했는데, 이런 식으로 먹이지 않으면 받은 돈도 다 못 쓸 지경이니 계속 비싼 음식을 추천해야 했다.

당소민이 물었다.

"그게 간단히 차리는 거면 정찬엔 뭐가 나오지?"

"냉채 다음으로 나오는 요리가 달라집니다. 그날 들어온 식재료 중 가장 싱싱한 날짐승, 들짐승, 해산물, 야채를 골라 여덟 가지 요리를 만드는데, 오늘은 상어 지느러미가 나왔지만 제비집이나 해삼, 전복, 물고기 부레, 성성이 입술, 사슴 힘줄, 석이버섯, 그물버섯 등으로 바뀔 수 있습니다. 그리고 그것 외에도 생선과 새우, 닭과 거위와 메추리, 돼지와 소와 말과 양고기는 원하는 부위를 원하는 방식으로 찌고, 굽고, 삶고, 지지고, 데치고, 튀겨드립니다. 아! 그리고 말씨를 들어 보니 사천에서 오신 것 같은데 저희 숙수 중에 성도(成都) 출신도 있으니 원하는 요리가 있으면 무엇이건 말씀하십시오. 사천에서 먹는 것보다 더 맛있는 사천요리를 해 드릴 테니까요."

정향사태와 아미파 제자들이 침을 삼켰다.

수로맹 식구들 중 한 명이 물었다.

"술은 뭐가 있어?"

"우선 백주와 탁주 중 어떤 걸 좋아하시느냐에 따라……."

그러자 다른 선원이 손을 내저었다.

"그냥 이 집에 있는 모든 종류의 술들을 전부 다 한 병씩 내와. 맛을 보고 결정할 테니까."

"그렇게 하셔도 됩니다. 준비할까요?"

"당장!"

일행은 거리가 내려다보이는 누각에 자리를 잡았고 오래지 않아 접시들이 계속해서 상 위에 올라왔다.

그들이 소주의 진미를 맛보는 동안 진평과 설가영은 다른 골목에 있는 작은 객잔으로 들어갔다.

가게는 허름해도 손님은 꽤 있었다.

구석 자리에 앉은 진평과 설가영이 국수를 시켜 먹고 있는데 한 사람이 다가와 걸상을 끌어당겨 앉았다.

설가영은 그를 보고 깜짝 놀랐다.

일꾼 복색을 한 본혈방 총관 서원직이었다.

진평을 살펴본 그가 만면에 미소를 머금으며 말했다.

"큰 진전이 있으셨군요. 축하합니다!"

"고맙습니다."

서원직은 설가영에게도 아는 체를 했다.

"잘 지냈느냐?"

"예. 총관님."

"변장술이 더 정교해진 것 같구나."

"감사합니다. 그런데 여긴 어쩐 일이세요?"

"이 객잔은 방주님이 전장에 들어가는 모습을 보이고 싶지 않으실 때 따로 만나는 장소 중 하나야."

"아! 그랬군요."

어쩐지 사해전장이 아닌 엉뚱한 곳으로 간다 싶었는데 그런 이유가 있었던 것이다.

진평이 시선을 의식하는 대상은 기린맹이 분명했다.

방도가 아닌 고용 관계이니 굳이 사해전장을 드러낼 필요가 없는 것이다.

진평은 뭔가를 적은 쪽지 한 장을 서원직에게 주었다.

"이것들을 준비해주십시오."

서원직이 내용을 훑어본 후 대답했다.

"자정 전까지 가져오겠습니다."

"그리고 면포 장사에 대해 잘 아는 사람 한두 명을 준비시켜 주십시오."

"파시(罷市)를 통한 장사 말씀입니까?"

"그렇습니다. 제가 낙양 상단으로 사람을 보내면 그들에게 교육을 시킬 수 있도록 준비해주십시오."

"알겠습니다."

서원직은 고개를 끄덕였다.

그동안 진평은 자신을 면포 장사꾼이라고 밝혔다.

공납을 피해 파시에 은밀히 팔린 면포를 불법적으로 유통시키는 방식인지라 일종의 장물아비가 되는 셈이지만 그럭저럭 수입이 짭짤했다.

여기저기 돌아다니면서 물건을 찾고, 사고팔 때 모두 흥정을 잘해야 하기 때문에 흑도 문파들이 하기에는 번거롭고, 그렇다고 큰 규모의 상단이 뛰어들기에는 관부의 단속이 두려운 사업.

진평이 둘러대기에 딱 좋은 업종이라고 할 수 있었다.

그런데 지금까지 표면적인 명분에 지나지 않았던 면포 장사를 부하들에게 실제로 가르치겠다는 것은, 진평이 무림의 일에 좀 더 적극적으로 개입하겠다는 의사 표시라고 할 수 있었다.

우선 확고한 신분부터 만들 필요가 있는 것이다.

서원직이 돌아가고 국수를 마저 먹은 두 사람은 방을 잡았다. 빈 방이 여럿 있음에도 불구하고 방을 하나만 달라고 하자 설가영은 다시 가슴이 콩닥거렸다.

"형님. 침상이 하나뿐이네요."

"응."

"그리고 상당히 좁은데요."

"방을 하나라도 더 만들려니까 좁아질 수밖에 없지. 강남의 객잔들은 다 비슷해."

설가영은 입술을 샐쭉거리다가 물었다.

"잠은 어떻게 자죠?"

"안 잘 거야."

"예? 왜요?"

밤새도록 뭔가 할 일이 있는 거냐고 묻고 싶었다.

묻지 않아도 진평이 대답했다.

"지금부터 운기조식을 시작해. 오늘 밤은 네게 아주 중요한 날이 될 테니까 잡념도 모두 떨쳐버리고."

설가영은 비로소 눈치를 챘다.

내공이 부족해서 혼원십이검을 펼치지 못한다고 노래를 부르다시피 했는데 드디어 영약을 먹게 되는 것이다.

진평이 방에 머무는 것은 혹시라도 행공 중에 주화입마에 빠지기라도 할까 봐 호법을 서주려는 것이었다.

깊은 밤.

과연 서원직이 가져온 것은 작은 병 세 개였다.

진평이 적어준 대로 약재들을 달여 온 것이었다.

그것들을 진평의 지시대로 먹은 설가영은 폭주하는 진기 때문에 여러 차례 기절을 할 정도로 시달려야만 했다.

다행히 본혈방의 연구 성과를 고스란히 이어받고, 영약의 조제도 직접 처방한 진평이 옆에 붙어 있었기 때문에 적절한 조치를 통해 위험을 넘길 수 있었다.

밤새도록 진기의 불구덩이에 시달린 설가영은 인시(寅時)무렵이 되어 조금씩 안정을 찾았고, 묘시(卯時)말에 이르자 진기를 자신의 의지대로 움직일 수 있게 되었다.

진평은 그녀의 명문혈에서 조심스럽게 손을 뗐다.

아침 햇살이 창의 격자무늬를 방바닥에 비스듬히 깔 무렵, 설가영이 눈을 떴다.

정광이 번쩍이는 두 눈.

그러나 그 기운은 곧 갈무리되었다.

진평이 물었다.

"어때?"

"괴, 굉장해요!"

설가영은 기쁨을 감추지 못했다.

머리끝부터 발끝까지 온몸에 뜨거운 기운이 가득 차서 공중에 둥실 떠 있는 기분이었고 눈, 코, 입, 귀의 감각도 예민하기 이를 데 없었다.

그녀는 탁자에 걸어 둔 검을 뽑아 공중에서 한 바퀴 휘저어 보았다. 혼원십이검의 검초 중 내공 부족으로 제대로 펼쳐내지 못한 초식이었는데, 마치 검이 아닌 젓가락을 쥐고 돌리는 것처럼 막힘이 없었다.

"와! 돼요! 이젠 된다고요! 고마워요. 형님."

진평은 검지를 입술에 댔다.

"쉿! 옆 방 사람들 생각도 해야지."

"아, 알았어요."

설가영은 목소리를 낮추었다.

그러나 기쁨까지 줄어든 것은 아니었다.

그녀가 미소를 감추지 못하며 말을 이었다.

"무공에 뜻을 둔 사람에게 있어 기연은 평생에 한 번 있을까 말까 한 일로 아는데, 저는 벌써 두 번이나 기연을 얻었네요. 특히 오늘의 기연은 정말 굉장해요!"

진평은 살짝 씁쓸한 미소를 지었다.

그녀 입장에선 쉽게 얻은 것처럼 느껴지겠지만, 사실 그녀의 내공 증진엔 백 년의 연구와 노력이 집대성되어 있었다.

원나라에 강토를 빼앗긴 백 년.

본혈방이 마땅히 나서서 싸웠어야 할 그 기간 동안 연이은 주화입마로 은둔할 수밖에 없었던 전대 방주들의 한이 내공 연구와 영약 수집으로 이어졌고, 지금에 이르러 결실을 보는 거라고 할 수 있었다.

검을 집어넣은 설가영은 거울 앞에 앉더니 면구를 확 잡아 뜯었다. 내공이 증진되면 살결도 더 고와질 거라는 기대가 충족되었는지 확인하고 싶어서였다.

아쉽게도 거기엔 큰 차이가 없었다.

애당초 피부가 좋았기 때문이다.

입맛을 다시며 거울을 보던 설가영은 코를 실룩거렸다.

어디선가 불쾌한 냄새가 나서였는데 놀랍게도 냄새의 근원지는 바로 자신이었다.

내공이 증진되는 과정에 노폐물들이 땀을 통해 모두 배출되어 옷에 밴 것이다.

"혀, 형님. 저 전장에 좀 다녀올게요."

목욕을 하지 않고는 못 견딜 것 같았다.

진평은 선선히 고개를 끄덕였다.

"그렇게 해. 간 김에 정호법을 만나서 그간의 성취도 좀 자랑하고."

"전보다는 덜 맞을 자신 있어요."

"그건 해봐야 아는 거지."

"자신 있다니까요."

설가영은 면구를 다시 쓰고 사해전장으로 갔다.

제2장
고가장

혼자 아침을 먹고 차를 마시는 진평 맞은편에 서원직이 앉았다. 그 역시 차를 주문한 후 입을 열었다.

"막내의 진전이 예상보다 훨씬 빠르군요."

"자질이 뛰어난 편입니다."

"방주님이 각별히 아껴주시는 이유도 있겠지요."

그러면서 서원직은 기대감 가득한 표정으로 진평을 바라봤다. 방주가 결혼하여 자식을 낳는 것은 본혈방에 있어 몹시 중요한 일이었다.

서원직은 설가영이 전장에 머무는 동안 가까이에서 지켜보았고, 방주의 아내로서 부족함이 없다고 판단했으며 정려군 역시 동의를 한 상태였다.

지금이라도 진평이 자신의 의사를 확실히 밝혀줬으면 하는 게 서원직의 바람이었다.

눈치를 챈 진평은 화제를 바꾸었다.

"은 매집은 잘되고 있습니까?"

서원직은 나직이 한숨을 내쉬었다.

"예. 드러나지 않도록 주의하면서 꾸준히 모으고 있습니다. 그런데 강남에 숨은 손이 있는 것 같습니다."

"무슨 뜻입니까?"

"여러 상단들을 배후에서 포섭하고 조종하는 미지의 세력이 있는 것으로 추정됩니다."

진평은 잔을 내려놓고 슬쩍 미소 지었다.

"그런 애매한 말씀은 총관님답지 않군요."

서원직은 단지 사해전장을 경영하는 일만 하는 게 아니었다. 상단을 통해 들어오는 정보와 소식들을 모으고 분석하여 강호 정세를 파악하는 게 더 큰 임무였다.

그런 그가 실체를 파악하지 못하고 있다는 것은 결코 자랑이 될 수 없었다. 서원직의 얼굴 표정에도 그런 감정이 드러나 있었다.

"만약 은을 매집하는 데만 정신이 팔려 다른 상단들의 움직임을 면밀히 살피지 않았다면 전혀 눈치채지 못했을 겁니다."

진평은 생각에 잠겼다.

강남의 상단들은 대부분 고관대작이나 유력한 세가와 줄을 대고 있었다. 사해전장만 해도 매달 꼬박꼬박 인사치레를 하는 관료가 수십 명에 달했다.

한 관리가 다른 관리의 밥그릇에 수저를 들이대기는 어려운 상황. 그렇다면 암중 세력은 무림 문파라고 봐야 했다.

그러나 닳고 닳은 상인들이 무림인이라고 해서 쉽게 자신들의 곳간을 열어줄 리가 없었다.

"마교일 수도 있겠군요."

진평의 말에 서원직이 동의를 표했다.

"저도 그들을 의심하고 있습니다. 천하에 뜻을 뒀다면 가장 필요한 게 자금이니, 천하의 부가 몰린 강남에 오래전부터 뿌리내렸을 가능성이 큽니다."

권력은 북경으로 모이지만 부는 양주, 소주, 항주로 이어지는 강남에 집중되어 있었다. 그러니 마교의 세력이 어떤 형태로든 뻗어 있다고 보는 게 합당했다.

"좀 더 많은 정보를 모아주십시오."

"그렇게 하겠습니다."

"저도 따로 알아보겠습니다."

진평은 기린맹에 대해 서원직에게 얘기해주었다.

서원직은 기뻐했다.

"동창 출신이라면 그런 쪽으로는 일을 잘하겠군요."

"기대하고 있습니다."

"면포 장사도 그들에게 시킬 생각이십니까?"

"하는 걸 봐서요."

서원직이 잠시 생각한 후 말했다.

"오늘밤엔 거처를 옮기시지요."

기린맹이 관부 출신이다 보니, 사해전장으로 오지 않은 것에 더해서 매일 만나는 장소를 바꾸자고 권하는 것이었다.

진평은 고개를 끄덕였다.

"막내는 나중에 양관루로 보내주십시오. 저도 그리로 갈 생각입니다."

"알겠습니다."

서원직을 돌려보낸 진평은 객잔 문설주에 석필로 빗금 두 개를 그은 후 자기 방으로 들어갔다. 그리고 기다린 지 반 시진쯤 지나자 한 사람이 문을 두드렸다.

"찾으셨습니까?"

"들어와."

방으로 들어선 사람은 기린맹의 우두머리 장계상이었다. 복면과 야행복 대신 길에서 흔히 볼 수 있는 장사꾼 차림을 하고 있었다.

얼굴에는 무엇을 붙였는지, 묘하게 인상이 달라져 있어서 목소리가 아니었다면 다른 사람이라고 생각할 정도였다.

동창 식의 변장인 듯했다.

돈만 받고 달아날 수도 있다는 설가영의 우려와 달리, 기린맹은 동릉 노주의 집수리도 말끔히 끝냈고 진평의 지시도 충실히 수행하고 있었다.

진평이 가공할 능력을 지닌 고수라는 사실 하나만으로도 의지가 되고 몸을 의탁하게 되는 것. 그런 게 바로 강호 무림의 논리였다.

"강남에 숨어 있는 마교의 세력을 수색하고 싶다."

진평의 말에 장계상은 고개를 갸웃거렸다.

"우리의 적은 동창 아니었습니까?"

"방금 마교도 포함되었어."

"그, 그렇군요."

"힘들면 그만두고."

장계상은 정색을 했다.

"아닙니다! 맡겨 주십시오. 원래 마교의 동태를 살피고 그들의 세력을 찾아내는 것은 우리가 가장 잘하는 일 중 하나였습니다."

"너희 때와는 달라. 옛 백련교의 잔당들이 아니라 새롭게 태어난 마교를 상대하는 거야."

"그래도 자신 있습니다."

장계상은 이번 기회에 새 주인에게 자신들의 능력을 입증하고 싶었다.

"좋아. 실력을 보여 봐."

진평은 전표 한 장을 건네며 말을 이었다.

"인원의 절반은 강남에 남기도록 해. 거점을 마련하고 장기적으로 일하려면 돈이 필요할 거야."

장계상은 사양하지 않고 돈을 받은 후 물었다.

"마교도를 발견하면 잡아야 합니까?"

"아니. 소재만 확실히 파악해 둬. 내가 처리할 테니까."

"그렇다면 별로 어려울 것도 없군요. 소주, 항주, 양주 순으로 확장하면 되겠습니까?"

"항주보다는 양주를 먼저 해."

"알겠습니다."

"그리고……."

진평이 잠시 사이를 두고 말을 이었다.

"불필요한 호기심이 명을 단축시킬 수도 있다는 사실을 잊지 마."

"그 일이라면 걱정 마십시오. 저희들은 기본적으로 지시 사항에서 벗어난 일은 하지 않습니다."

진평은 고개를 끄덕였다.

관리 출신다운 얘기였다.

장계상을 돌려보낸 진평은 양관루로 돌아갔다.

그가 나타나자 모두들 반가이 맞았다.

진미가효(珍味佳肴)가 효력을 발휘한 것이다.

그동안 일행은 소주의 거리와 운하 구경을 하고 돌아와서 잘 차려진 음식을 먹은 후 다시 놀러 나가는 식으로 하루에 다섯 끼, 여섯 끼씩 먹던 참이라 시간이 더 필요하다는 진평의 말을 오히려 반겼다.

진평은 그들과 어울렸다.

술맛과 음식 맛 모두 그의 마음에도 들었다.

단 하나 진평을 불편하게 하는 건 당소민이었다.

시선 돌리기가 별 성과를 거두지 못하자 그녀는 진평을 노려보는 것으로 작전을 바꾸었다.

진평이 왜 그러냐고 묻기라도 하면 팔짱을 끼고 코웃음을 치며 고개를 홱 돌리는 것이다.

물론 진평은 그런 철부지 놀이에 참여해 줄 생각이 없었다. 그렇다고 대놓고 비웃을 수도 없어서 수로맹 식구들을 데리고 따로 술집을 찾아 나갔다.

본래 뱃사람, 그것도 수적들이 술을 먹을 때는 왁자지껄하게 떠들어대고 그릇도 몇 개 깨지고 해야 제맛인데, 양관루에서는 그렇게 할 수가 없어서 다른 술집으로 간 것이다.

당소민은 거기까지 따라나섰지만 비린내가 코를 찌르는 어시장 골목을 몇 차례 돌던 진평 일행이 결국 노상의 뱀탕집에 자리를 잡고 앉자 발길을 돌리고 말았다.

늘 물 위에 사는 뱃사람들은 뱀을 화의 기운이 강한 동물이라 해서 보양식 삼아 즐겨 먹었다.

수적들은 물론 진평도 좋아했다.

양관루의 음식들만큼 맛있지는 않지만 푹 곤 국물은 어느 육수보다도 진하고 고소했다.

귀찮은 혹을 떼어버린 진평은 아예 다음 날까지 양관루로 돌아가지 않을 작정을 했다.

한편, 어시장에서 발길을 돌린 당소민 일행은 내친김에 저자 구경을 했다.

당백견과 왕지령은 철부지 조카의 관심을 돌리려고 옷 가게와 노리개 가게를 지날 때마다 사줄 테니 한 번 둘러보자고 했지만 당소민은 한숨만 내쉴 뿐 흥미를 보이지 않았다.

결국 큰길을 따라 걸어 양관루에 도착해보니 뭔가 이상한 분위기가 감돌고 있었다.

똑같은 무복을 차려입고 한 손에는 검을 든 자들이 객잔 한쪽에 도열했는데 그들이 향한 곳은 일행이 머무는 이층의 누각이었다.

당가의 세 사람은 계단 위로 올라갔다.

방 안엔 아미파 제자들이 앉아 있고 방 입구엔 두 명의 청년이 서 있었다. 한 명은 이십대 중반, 다른 한 명은 약관의 나이였는데 어린 쪽 청년은 옷에 흙이 묻어 있었다.

나이 든 청년이 정향사태에게 정중한 어조로 말했다.

"제 아우의 실수를 용서해주십시오."

정향사태는 못마땅한 표정으로 헛기침만 할 뿐, 이렇다저렇다 말을 하지 않았다.

청년이 팔꿈치로 툭 치자 아우라 불린 사내가 마지못해 고개를 숙였다.

“제가 고인을 알아보지 못하고 결례를 범했습니다. 부디 너그러이 아량을 베풀어주시기 바랍니다.”

두 청년은 모두 큰 키에 장대한 체격의 소유자였고, 쭉 뻗은 검미 아래 매서운 눈매가 인상적이었다.

정향사태는 여전히 그들 쪽을 쳐다보지 않은 채 말했다.

“사과받아야 할 사람은 내가 아닌데.”

그러자 청년이 아미쌍수 중 한 명인 황수주를 향해 포권을 했다.

“무례를 용서해주시기 바랍니다.”

황수주는 그를 노려봤다.

소주 거리 구경을 나섰던 아미파 제자들은 그동안 가보지 못한 곳을 구경하기 위해 복잡한 수로 사이를 지나다가 잠시 길을 잃고 양곡 창고들이 가득한 곳으로 들어서게 되었다.

거기서 만난 사람이 바로 고가장(高家莊)의 둘째 아들 고장승(高長昇)이었다.

고장승은 황수주에게서 눈을 떼지 못했다. 강남에 미인이 많다고 하지만 황수주에겐 그들과는 다른 각별한 매력이 있었던 것이다.

고장승은 곧바로 황수주에게 다가가 수작을 걸었다. 평소에 기녀는 물론 여염집 여자라도 예쁘기만 하면 반드시 자신의 것으로 만들고야 마는 버릇이 나온 것이다.

"여기는 외인이 들어오면 안 되는 곳이오. 내가 나가는 길을 안내해 드리리다."

그러나 상대는 아미파의 제자.

대뜸 다가가 손목을 잡으며 희롱하려던 고장승은 황수주의 퇴법(腿法)에 정강이를 채여 바닥을 굴렀다. 곁에 있던 고가장 무사 두 명이 달려들었지만 그들 역시 발길질에 나동그라지고 말았다. 그녀는 역겨운 치한들에게 손조차 대기 싫었던 것이다.

고장승은 어려서부터 글공부와 무공 모두에 담을 쌓고 오로지 주색잡기에만 열중했다. 그러나 상대의 무공 수위를 알아볼 정도의 눈은 있기에 곧바로 꼬리를 내렸다.

그렇다고 순순히 보낼 생각은 없었다.

부하를 따라 붙여 아미파의 숙소를 알아내게 한 후 자기와는 달리 무공이 뛰어난 형 고장길(高長吉)을 데리고 양관루로 몰려온 것이다.

고장길은 상대가 아미파의 고수들임을 알아보았다. 그래서 혼내주길 바라는 동생의 기대와는 달리 사과를 하게 했다.

잠시 망설이던 황수주는 고장승의 사과를 받아들였다.

"오해가 있었던 듯하군요. 괘념치 마십시오."

불쾌함이 가시지 않았음에도 불구하고 사과를 받아준 것은 일이 확대되는 것을 막기 위함이었다.

고장길을 보니 내뿜는 기도가 동생과는 확연히 달랐고, 몰려온 무사의 수로 추측하건대 그 세력도 만만치 않아 보였다. 객지에서 온 자신들이 본고장의 유력한 문파와 충돌을 벌여봤자 좋을 일 없을 거라는 게 그녀의 판단이었다.

고장길이 한 차례 웃은 후 말했다.

"하하! 과연 명가의 제자답게 대범하시군요. 이렇게 만난 것도 인연이니, 여러분 모두를 저희 장원으로 초대하여 거듭 사죄의 뜻을 표하고 싶습니다. 부디 거절하지 말아 주십시오."

황수주는 손을 내저었다.

"거기엔 응할 수 없습니다."

고장길은 이해할 수 없다는 표정을 지었다.

"다른 뜻이 있어서 그러는 게 아닙니다. 저희 장원이 비록 누추하지만 음식과 잠자리 모두 여기보다는 훨씬 나을 것입니다."

황수주는 고개를 가로저었다.

"이곳의 숙식도 불편하지 않습니다."

거기가 어디인 줄 알고 함부로 따라나서겠는가. 어림도 없는 초청이었다.

그러나 고장길은 끈질겼다.

"저희는 오래전부터 아미파에 대한 소문을 듣고 그 고명한 수법들을 존경해왔습니다. 부디 기회를 주십시오."

그러자 이제까지 듣고만 있던 정향사태가 버럭 소리를 질렀다.

"사내자식이 무슨 말이 이다지도 많단 말이냐? 한 번 싫다고 하면 알아듣고 꺼질 것이지."

고장길의 눈썹이 꿈틀거렸다.

그가 사과를 하고 좋은 말로 초청을 한 것은 아미파를 두려워해서가 아니라 그들을 좀 더 확실하게 제압하고 싶어서였다.

장원으로 데리고 가기만 하면 음식에 독을 타건, 한밤중에 기습을 하건 여러 방법을 동원할 수 있는 것이다.

그러나 정향사태가 심기를 건드리는 바람에 그 계획 대신 즉각적인 방법을 쓰게 되었다.

"이것들이 권주를 마다하고 기어이 벌주를 마시려 하는구나! 소주에서 감히 우리 고가(高家)를 건드리고도 살아서 도망칠 수 있을 거라고 생각하느냐?"

발을 구르며 내지르는 호통이 어찌나 큰지 서까래의 먼지가 우수수 떨어져 내릴 정도였다.

상대가 구파일방에 속해있기는 하지만, 설령 소림이나 무당이라고 해도 자기 동생을 그렇게 대해서는 안 될 일이었다. 그런데 아녀자들로 이루어진 아미파가 그런 무례를 범했으니 절대로 그냥 넘어갈 수 없다는 게 고장길의 속마음이었다.

그의 돌변한 태도에 깜짝 놀란 아미파 제자들은 일제히 검을 들고 일어나 방어 자세를 취했다.

한 사람, 정향사태는 고장길이 그렇게 나올 줄 알았다는 듯 천천히 고개를 끄덕이며 몸을 일으켰다.

"그래. 처음부터 그렇게 얘기했으면 시간을 낭비하지 않았을 것 아냐. 자, 이제 얼마나 대단한 실력을 지녔기에 감히 우리 아미파 앞에서 죽이느니 살리느니 떠들어대는지도 확인해 볼까?"

정향사태는 검에 손도 대지 않았지만 단지 일어서서 마주 서는 것만으로도 압도적인 기도를 내뿜었다.

기세 좋게 큰소리 친 고장길도 기세가 주춤할 수밖에 없었다. 그때 그의 동생 고장승이 나섰다.

"네년들을 곱게 죽일 줄 아느냐? 전부 유곽의 창녀로 만들어 천 사람이 타고 만 사람이 누르도록 할 것이다. 하하하!"

상황 파악을 못 하고 떠들어대는 동생을 잡아끌면서 고장길은 큰 소리로 외쳤다.

"쳐라!"

하지만 정작 형제는 한 걸음 뒤로 물러섰다.

먼저 상대의 실력을 가늠해보기 위함이었다.

고가장의 무사들은 저마다 무기를 뽑아들고 함성을 지르며 달려들었다. 그들은 모두 같은 무복을 입고 있었지만 쓰는 무공은 저마다 달랐다.

본래 돈이 모이는 곳으로 사람도 모이는 법인지라 강남에는 무공의 고수도 많았다.

그들 입장에서는 소가주 앞에서 자신의 실력을 드러낼 절호의 기회가 바로 지금이었다. 상대가 아미파라는 사실이 오히려 도전 욕구를 자극하는 상황.

그러나 정향사태는 아미파 중에서도 장문인 다음으로 손꼽히는 고수였다.

고함 소리는 요란했지만 정작 바닥에 쓰러지는 건 모두 고가장 무사들뿐이었다.

제자들 앞을 막아선 정향사태는 검신의 측면으로 뺨을 때리듯이 후려쳐 덤벼드는 자들을 연달아 점혈했다.

무공의 차이가 월등함을 드러내는 모습이었다.

그녀가 피를 보지 않고 상대를 제압하는 데는 이유가 있었다. 만약 싸우는 장소가 외딴 벌판이나 산속이었다면 정향사태의 성격상 곧바로 살초가 나왔을 것이었다.

그러나 번화한 강남의 저자 한복판에서 그렇게 했다가는 나중에라도 아미파에 누가 될 가능성이 있었다.

증인이 너무 많기 때문이다.

더구나 상대가 행세깨나 하는 세가라면 더더욱 뒷감당을 고려해야 했다.

형만 믿고 나서서 큰소리를 쳤던 고장승은 정향사태의 검술에 놀라 슬금슬금 뒷걸음을 쳤다.

그러나 고장길은 달랐다.

그가 손짓을 하자 고가장 무사들은 전술을 바꾸었다.

누각의 좌우 칸막이를 부수고 정향사태가 지키는 정면뿐만 아니라 좌우에서도 동시에 공격을 가했다.
그러나 정향사태의 신경은 분산되지 않았다.
아미쌍수인 황수주와 장여락이 좌우로 나뉘어 실력을 발휘하기 시작한 것이다.
황수주는 정향사태의 제자로 소양검법(少陽劍法)에 능했다. 소양검은 나아갈 때는 바람과 같고, 지킬 때는 물과 같다는 것이 그 요체로, 변초의 다양함에 있어 가히 아미파 최고의 검술이라 할 수 있었다.
장여락은 장문인의 제자로 금정검법(金頂劍法)을 익혔다. 금정검은 쾌와 변으로 이루어진 소양검과 달리 단순하면서도 무거운 검초들로 이루어져 있었다. 그러나 단순히 힘을 많이 주는 게 아니라 경(勁)으로 상대의 경을 누르는 묘용이 있기 때문에 쉽게 보고 덤볐다가는 큰코다치기 십상인 내가검술이었다.
정향사태보다 수월할 거라 기대하고 덤볐던 고가장 무사들은 황수주와 장여락의 검에 혈을 찔려 나동그라지기 바빴다.
고장길은 분통을 터뜨렸다.
"아무짝에도 쓸모없는 밥벌레들 같으니라고!"
아무리 아미파의 명성이 대단하다고 해도 이 정도로 차이가 날 줄은 몰랐던 것이다.
그는 허리에 차고 있던 칠보 반월도를 뽑아들고 직접 누각 안으로 뛰어들었다.

민첩한 보법과 함께 쩡! 소리를 내며 그의 칼과 정향사태의 검이 부딪혔고, 정향사태는 놀란 표정을 지었다.

고장길의 내력이 만만치 않았기 때문이다.

이어지는 도초들 역시 대응하기 쉽지 않았다.

우선 초식의 변화가 기이한데다가 내공이 충실해서 정향사태 역시 정색을 하고 제대로 실력을 발휘해야 했다.

"크하하! 아미파도 별것 아니구나!"

고장길은 득의양양했고 두 사람의 접전은 순식간에 오십여 초를 훌쩍 넘겼다.

그들의 대결 때문에 다른 싸움은 중지될 수밖에 없었는데, 시간이 지날수록 두 사람의 실력 차이가 드러났다. 기세 좋던 처음과 달리 고장길의 칠보도는 점점 더 많이 밀렸다. 결국 고장길은 한 차례 세차게 칼을 휘두른 후 황급히 뒤로 물러설 수밖에 없었다.

그는 낭패한 모습이 역력했다.

기식은 흐트러졌고 손은 가늘게 떨렸으며, 정향사태를 노려보는 눈에는 자신감보다 두려움의 기운이 더 짙게 배어 있었다.

그녀가 진짜 실력을 발휘하자 자신으로서도 감당하기 어려운 고수라는 사실을 깨닫게 된 것이다.

정향사태가 그에게 물었다.

"네 도법을 무엇이라 하느냐?"

그녀는 고씨 형제의 못된 버르장머리보다 그가 익힌 무공에 더 관심이 많았다.

고장길은 대답하지 않았다.

대신 좌우의 부하들과 눈빛을 교환했고, 뒤쪽에 서 있던 무사 서너 명이 갑자기 앞으로 나서며 정향사태 일행에게 흰 가루를 뿌렸다.

이층 누각은 금세 흩날리는 가루들로 가득 찼다.

힘으로 안 되니까 미혼약을 쓴 것이다.

정향사태가 다급하게 외쳤다.

"숨을 참아라!"

고장길도 부하들에게 외쳤다.

"방어진을 펼쳐라!"

미리 해약을 먹은 고가장 무사들은 가루를 마셔도 별 문제가 없었다. 그들로서는 약기운이 퍼질 때까지만 버티면 되는 것이다.

반대로 아미파 여도사들은 갑작스럽게 펼쳐진 암수에 크게 놀라고 당황했다.

정향사태는 피를 보더라도 탈출로를 뚫어야겠다고 마음먹었다.

그녀가 숨을 참은 상태에서 진기를 끌어올리는데 갑자기 돌발 상황이 벌어졌다.

방어 대형을 갖추고 있던 고가장 무사들이 일제히 게거품을 물며 쓰러지기 시작한 것이다.

고장길은 깜짝 놀랐다.

"이, 이게 무슨 일이냐?"

그러나 그 역시 무릎이 풀리며 휘청거렸고, 곧 바닥에 널브러지고 말았다.

정향사태 일행은 당황했다.

자기들이 쓴 암수에 스스로 당하는 어이없는 일이 벌어졌기 때문이다.

그러나 그들을 쓰러트린 건 미혼약이 아니었다.

"괜찮으세요?"

아미파 일행에게 다가와 팥알만 한 해약들을 내놓은 사람은 바로 당소민이었다.

"이 단약은 거의 만독불침의 효능을 지녔으니까 다들 하나씩 드세요."

안 그래도 기분이 좋지 않던 당소민은 고가장 무사들이 비겁한 수를 쓰자 곧바로 그보다 독한 약을 퍼뜨린 후 아미파 여도사들에게 해약을 내민 것이다.

정향사태는 그 약을 받아 들고 잠시 망설였다.

그러나 곧바로 입에 털어 넣고 제자들도 먹게 했다.

현재 상황에서 고가장 무사들보다는 당가가 더 믿을만하다고 판단한 것이다. 과연 알약을 삼킨 지 얼마 지나지 않아 관자놀이를 지끈거리게 하던 어지럼증이 씻은 듯이 사라졌다.

정향사태가 조심스럽게 운기조식을 하는 동안 당소민의 숙모 왕지령은 작은 병을 열어 누각 바닥에 묻은 흰 가루를 조심스럽게 긁어 넣었다.

당가 사람들은 강호행을 할 때 독을 보면 그냥 넘어가는 법이 없었다. 뭔가 새로운 성분이 있지는 않은지 채취해서 분석해봐야 직성이 풀렸다.

정향사태는 제자들 모두 아무 이상이 없음을 확인한 후 당소민에게 사례했다.

"고맙군."

"이제 얼추 비겼다고 해도 되겠지요?"

당소민은 얼마간 기분이 풀린 모습이었다.

그녀가 황수주에게 말했다.

"이놈들은 언니가 직접 죽여서 분풀이를 하라고 일부러 약한 독을 썼어요."

그녀가 가리키는 사람은 눈을 뒤집고 쓰러진 고장길과 고장승 형제였다.

그러나 황수주는 함부로 손을 쓰지 못하고 스승을 바라보았다. 정향사태가 당소민에게 물었다.

"저들을 그냥 놔두면 어떻게 되지?"

"사나흘 앓아누울 거예요. 저하고 가까운 거리에 있었던 사람들은 좀 더 고생할 거고요."

"그 독이 이곳의 다른 사람들에게 피해를 주지는 않을까?"

"이미 다 날아갔어요. 저놈들이 쓴 가루하고는 달라요."

정향사태는 고개를 내저었다.

그녀는 당소민이 계단을 올라올 때부터 계속 신경을 쓰고 있었다. 그런데 그녀가 언제 손을 썼는지 전혀 눈치채지 못했다. 새삼 당가를 적으로 만났다면 정말 끔찍했을 거라는 생각이 들었다.

정향사태가 당소민에게 말했다.

"불필요한 살생은 피하는 게 좋아."

당소민은 불만이 없었다.

모욕을 당한 당사자가 손을 쓰지 않겠다는데 자기가 손을 더럽힐 이유는 없었다. 당가 역시 불필요한 충돌로 무림대회 참가에 차질이 생기는 건 바라지 않았다.

일행은 널브러진 고가장 무사들을 그대로 내버려두고 아래층으로 내려갔다.

황수주는 마지막으로 나오면서 고가 형제를 한 번씩 걷어차는 것으로 분풀이를 했다.

아래층엔 위를 기웃거리는 구경꾼이 가득했다.

객잔 주인이 안절부절못하는 표정으로 달려왔다.

"아이고! 이게 무슨 변괴랍니까? 다들 괜찮으십니까?"

정향사태는 피식 웃었다.

그가 무사함을 확인하려는 대상이 자기들인지, 고가장 사람들인지 애매했기 때문이다.

정향사태는 헛기침을 한 번 한 후 말했다.

"고가장의 소가주 형제가 내 제자의 미색을 탐하여 미혼약 가루를 뿌렸다네."

"예? 그, 그런 일이……."

"그런데 난데없이 바람이 불어와서 그 가루를 자기들이 고스란히 들이마셨지 뭔가."

"그, 그럴 수가……."

"정말이라네. 아마 한두 시진은 지나야 일어날걸."

객잔 주인은 점소이들에게 손짓을 했다.

"물과 수건을 준비해라. 어서 가서 깨워야지."

객잔 주인 입장에선 떠날 손님보다 고가장이 더 신경 쓰이는 게 당연했다.

정향사태가 그를 만류했다.

"이층에 온통 미혼약 가루가 퍼져 있으니까 지금 올라가면 다들 쓰러질 거야."

"예? 그, 그럼 어쩌죠?"

"내일 새벽쯤에 가 봐."

"아, 알겠습니다."

적당히 겁을 준 일행은 객잔을 나와 포구로 향했다.

*　　*　　*

정향사태는 즉시 소주를 떠나고자 했다.

고가장이 아미파와 당가에 위협이 되지 못한다 해도, 소주에 뿌리 내리고 있는 세가라는 점에서 껄끄러웠던 것이다.

그러나 진평과 수부들이 보이지 않으니 배를 움직일 수 없었다.

당백견이 뱀탕집으로 찾아가 보았지만 그곳을 떠난 지 이미 오래였다. 동네가 작으면 이 집 저 집 찾아보기라도 하겠는데, 소주는 워낙 큰 도시라 술집이 천 개가 될지, 만 개가 될지 알 수 없는 노릇이었다.

그렇다고 주인도 없는 배를 마음대로 타고 갈 수도 없는 터라 일행은 여러 무리로 나뉘어 인근의 객잔들을 돌아다녀 보았다.

그러나 애당초 당소민에게서 벗어나기 위해 호젓한 곳을 찾은 진평이 그들 눈에 뛸 리 없었다.

다시 배로 모인 일행은 진평이 돌아올 때까지 기다리기로 했다. 육로로 소주를 떠나자는 의견도 있었지만 고가장이 그 정도까지 두렵지는 않다는 게 정향사태의 생각이었다.

진평은 밤이 깊도록 돌아오지 않았다.

등롱을 끄는 유선(遊船)이 하나둘 늘어나는 것으로 보아 자정이 가까워지는 시각.

한 사람이 급한 걸음으로 선착장에 나타났다.

양관루에 들렀다가 사단이 난 것을 알고 황급히 달려온 설가영이었다.

그녀는 배에 오르자마자 물었다.

"형님은 어디 있습니까?"

그러나 그건 정향사태가 묻고 싶은 말이었다.

"함께 있었던 것 아니었나?"

"아닙니다. 전 다른 일을 하느라……."

"그렇다면 어서 찾아서 데려오게. 진소협이 갈 만한 곳을 자네라면 알고 있겠지?"

"그, 그게……."

설가영도 소주의 지리에 어두운 편이었다.

사해전장 근처의 골목들이야 두루 꿰고 있지만 그 외의 지역은 잘 알지 못했다.

그렇다고 가만히 있을 수는 없었다.

설가영은 일단 배에서 내렸다.

사해전장에라도 도움을 청할 생각이었다.

잰 걸음으로 선착장을 지나던 설가영은 갑자기 걸음을 멈추었다.

'살기!'

아직 익숙하지 못한 그녀로서도 확연히 느낄 수 있는 살기가 주변을 온통 에워싸고 있었다.

설가영은 검을 뽑아들었다.

적의 수가 계속해서 늘고 있었기 때문이다.

살기를 느낀 사람은 설가영뿐만이 아니었다.

정향사태와 아미파 제자들도 배에서 내렸다.

정향사태가 앞으로 나서서 말했다.

"못난이 형제가 원군을 데리고 왔구나. 이번엔 자신이 있느냐?"

그녀는 선착장 위 방죽에 서 있는 고장길 형제와 고가장 무사들을 알아본 것이다.

그런데 그녀의 표정엔 웃음기보다 긴장감이 더 했다.

고가장 무사들의 실력은 낮에 확인했기 때문에 그다지 걱정할 필요가 없었다.

문제는 그들과 함께 온 열 명 남짓의 사내들이었다.

저마다 비단옷을 차려입어서 겉보기엔 부유한 상인쯤으로 보였지만, 실제 내뿜는 기도는 무림 고수의 그것이었다.

특히 가운데 선 홍포인(紅袍人)의 기도는 정향사태를 긴장하게 만들기에 충분했다.

고장길이 그 홍포인에게 다가가 공손히 머리를 숙인 후 말했다.

"바로 저들입니다."

몹시 공경하는 태도였다.

홍포인의 입이 열렸다.

"아미파란 말이지……."

낮고 길게 끄는 어조였다.

그의 뒷짐 진 손가락이 까닥인다 싶은 순간, 좌우에 있던 사내들이 일제히 몸을 날렸다.

정향사태는 급히 검을 뽑으며 외쳤다.

"복호검진(伏虎劍陣)을 펼쳐라!"

싸워보기도 전에 검진부터 펼치라고 한 것은 그만큼 상대의 기세가 만만치 않다는 뜻이었다.

양측의 격돌은 격렬하고 급박하게 이루어졌다.

금의(錦衣) 입은 자들은 저마다 짧은 반월도를 들고 있었는데, 정향사태는 첫 격돌 후 손바닥과 손목으로 전해지는 압박감에 깜짝 놀랐다.

'어디서 갑자기 이런 고수들이 나타났단 말인가!'

그녀는 힐끗 뒤를 돌아보았다.

제자들의 안위가 걱정되었던 것이다.

상황은 심각했다.

선착장이 좁아서 복호검진은 제대로 된 형태를 갖추기 어려웠다. 거기에 정향사태도 놀랄 정도의 고수들이 난입하자 아미파 제자들은 속절없이 뒤로 밀렸고, 결국 검진은 완성되지 못했다.

정향사태는 제자들을 돕고 싶었지만 금의인 두 명이 좌우로 달라붙는 바람에 몸을 뺄 여유가 없었다.

그녀가 펼쳐내는 소양검법은 그 빠르기와 변화의 다양함에 있어서 가히 독보적이라, 비록 두 금의인의 무공이 뛰어나다고 해도 그녀를 이기기는 어려웠다.

문제는 정향사태가 그들 둘을 제압하는 데 시간이 필요하다는 점이었다.

'조금만 버텨다오.'

정향사태는 진기를 끌어올리며 이를 악물었다.

그녀와 마찬가지로 황수주와 장여락 역시 강한 책임감을 느꼈다. 제자들 중에선 자신들의 무공이 가장 고강하기 때문에 다른 제자들을 지켜줘야 하는 것이다.

그러나 그 일은 생각처럼 쉽지 않았다.

금의인들의 반월도는 단순히 베기만 하는 게 아니었다. 버마제비의 앞발처럼 특이한 각도를 이루며 꺾여 들어오는 초식이 섞여 있었고, 거기에 실린 내력도 결코 만만치 않았다.

아미쌍수의 무공 수준으로는 혼자서 여러 명의 금의인들을 감당하는 게 버겁기만 했다.

두 사람 중에서도 장여락이 좀 더 빨리 위급한 상황에 처하게 되었다. 그녀의 검술은 무겁고 힘이 있는 반면 민첩함은 다소 부족했다. 금의인들이 그 틈을 파고들자 장여락의 검은 길을 잃기 시작했다.

반월도 한 자루가 기회를 놓치지 않고 득달같이 그녀의 요혈을 베어 들어왔다.

순간, 챙! 소리와 함께 그 칼은 튕겨 나갔고, 공격했던 금의인은 중심을 잃고 물러서다가 강에 빠지고 말았다.

장여락을 구해준 사람은 바로 남장한 설가영이었다.

그녀는 잠시 넋을 놓고 자신의 검을 보았다.

자기가 초식을 펼쳐놓고도 예전과 너무나 달라진 위력에 스스로 놀란 것이다.

금의인들은 서로 시선을 교환한 후 아미쌍수 대신 설가영을 새로운 목표로 정했다.

설가영은 얼른 정신을 차리고 그들의 집중되는 공격을 낱낱이 받아냈다.

내공이 비약적으로 증진된 이후 처음으로 접하는 실전인데, 달라도 너무 달랐다.

단순히 검초에만 힘과 속도가 붙은 게 아니라 보법과 신법에도 내공 증진의 효과가 미쳤기 때문에 좌우에서 협공이 가해져도 그다지 위협적이라는 느낌이 들지 않았다.

설가영은 눈을 빛내며 반격을 시작했다.

어려서부터 익힌 가전의 검술이 먼저 나왔다.

가장 익숙한 초식들이라 위력도 배가되었다.

그러나 금의인들도 마음의 준비를 단단히 했기 때문인지 쉽게 물러서지 않았다.

오히려 압박의 강도가 심해지면서 설가영은 홍패에게서 배운 경공술을 사용해야 했다.

그녀가 수세에 몰리자 아미쌍수가 좌우에서 설가영을 도왔다. 전세는 다시 역전되었고, 여유를 찾은 설가영은 진평에게 배운, 이른바 경을 읽는다는 수법들을 응용해서 펼쳐내기 시작했다.

처음엔 별 차이가 없었지만 설가영의 검에 닿은 금의인들의 칼 움직임은 조금씩 법도를 잃고 흐트러지기 시작했다.

그러자 금의인들 중 한 명이 짧은 휘파람을 불었고 일시에 육각 형태의 진형이 갖추어졌다.

애당초 그들을 막아내기 위해 아미파 제자들이 검진을 펼치려고 했던 것인데, 지금은 그 입장이 뒤바뀐 것이다.

기뻐할 일은 아니었다.

일단 진형이 갖추어지자 금의인들의 반월도 위력이 배가되었던 것이다.

설가영과 아미쌍수는 수세에 몰렸다.

그들이 뒷걸음질을 치기 시작하자 이제껏 보고만 있던 당소민이 숙부 당백견의 소매를 당겼다.

나가서 도와주라는 의미였다.

당소민은 처음에 아미파 제자들이 밀릴 때부터 손을 쓰고 싶었지만, 안타깝게도 맞바람이라 독을 쓸 수 없었다.

설가영의 가세로 우세를 점하는 듯해서 그냥 보고 있었지만 이제는 나서야 할 때였다.

당백견은 민첩한 보법으로 설가영과 아미쌍수의 측면으로 가세했다. 그의 왼팔에 둘러진 잠룡투는 훌륭한 방어구이자 동시에 육중한 무게를 지닌 공격 병기이기도 했다.

그리고 금의인들은 모르는 숨겨진 효용이 있었다.

꽝! 소리와 함께 금의인 한 명이 공중으로 떠올랐다. 그의 두 발이 땅에서 떨어진 순간, 이미 그는 절명한 상태였다.

굉음에 놀라고 갑작스러운 상황 변화에 당황하는 사이 폭음이 연달아 울렸다. 거기에 따라 금의인들이 연거푸 암기에 맞아 뒤로 날아갔다.

나중에 당한 금의인들은 당백견의 팔에서 암기가 발사된다는 사실을 알아차리고 반월도를 들어 요혈을 보호했지만, 그 칼을 부러뜨리면서 몸에 박힐 정도의 위력이다 보니 당해낼 재간이 없었다.

아미파 제자들을 공격하던 금의인들이 순식간에 몰살당하고 남은 건 정향사태를 협공하던 두 명뿐이었다.

방죽 위에서 홍포인이 말했다.

"물러서라."

그러자 금의인들은 정향사태를 버려두고 황급히 몸을 날려 방죽 위로 돌아갔다.

당백견은 그들에게는 암기를 쏘지 않았다.

절반인 여섯 발을 쏘았으니 나머지는 만약의 사태에 대비하여 아껴둘 필요가 있었던 것이다.

정향사태와 아미파 제자들은 안도의 한숨을 내쉬었다.

참으로 위험한 순간이었는데 당백견 덕분에 아무도 다치지 않고 넘어갈 수 있었기 때문이다.

정향사태가 당백견과 당소민 쪽을 보고 살짝 고개를 끄덕여

보였다. 고맙다는 뜻이었다.

반면 설가영은 좀 아쉬운 마음이 들었다.

이제 본격적으로 혼원십이검법을 실전에서 사용해보려는 참인데 적이 모두 죽어서 기회가 사라진 것이다.

정향사태의 인사를 받은 당소민은 기분이 좋아졌다.

그녀가 한 걸음 앞으로 나서서 말했다.

“봤지? 우리 당가에 덤비면 그 결과는 오로지 죽음뿐이야. 목숨이 아깝거든 이쯤에서 돌아가는 게 좋을 거야. 안 그랬다가는 멸문지화가 무엇인지 경험하게 될 테니까.”

고장길과 고가장 무사들은 겁먹은 기색이 역력했다.

아미파에 대해서만 신경을 쓰고 있었는데 함께 있는 일행이 사천당가라니 이보다 더 끔찍한 상황이 있을까 싶었다.

양관루에서 허망하게 중독되었던 원인이 무엇이었는지도 비로소 알 수 있었다.

고장길이 조심스럽게 홍포인에게 말했다.

“사부님. 아무래도 오늘은 운이 나빴다 생각하고…….”

“못난 놈.”

홍포인이 말허리를 잘랐다.

그리고 계단을 통해 천천히 방죽을 내려와 정향사태 맞은편에 섰다.

기어이 싸우겠다는 뜻이었다.

고장길은 사부의 무공이 고강하기 이를 데 없다는 사실을 잘 알고 있었다. 하지만 당가 암기의 위력은 생전 듣도 보도 못한 것이었다. 거기에 아미파 여검객들의 실력도 만만치 않기에 수하들이 그토록 속절없이 당했던 것이다.

사부가 과연 그것들을 모두 넘어설 수 있을지 걱정이 되었다. 하지만 우려와는 달리 한편으로는 은근히 기대가 되기도 했다.

정향사태가 홍포인에게 물었다.

"난 아미의 정향이다. 넌 누구냐?"

"권중련(權仲鍊)."

그는 이름을 밝혔다. 아미파에 대한 최소한의 예의인 듯했다. 그러나 달랑 이름뿐이었다.

뭔가 더 물어보려던 정향사태는 상대의 왼쪽 소매에서 길게 삐져나오는 것을 보았다. 거무튀튀한 도신을 가진 반월도였다.

홍포인 권중련은 칼을 가슴 앞에 세우는가 싶더니 곧바로 몸을 날려 정향사태를 공격했다.

정향사태는 크게 놀랐다. 상대의 움직임이 눈으로 따라가기 어려울 정도로 빨랐기 때문이다.

그녀는 정신을 바짝 차리고 대응했다.

순식간에 교환된 십여 초.

권중련이 쓰는 도법은 고장길이나 다른 금의인들이 쓰던 수법과 동일했다. 그러나 같은 초식이라고 해도 그 위력에는 현격한 차이가 있었다.

뒤로 밀리는 한 걸음이 금방 서너 걸음이 되었고 누가 보아도 그녀의 열세가 확연해 보였다.

정향사태로서는 당황스러운 일이었다.

'권중련이라고?'

우선 자신을 이렇게까지 몰아붙이는 고수가 있다는 사실이 곤혹스러웠고, 이름을 전혀 들어본 적 없다는 사실도 놀라웠다.

아미파 제자들은 검진을 만들어 사부를 도우려 했다.

그러나 그녀들보다 먼저 당백견이 나섰다.

홍포인의 무공이 예상보다 훨씬 뛰어났기 때문에 정향사태가 버텨주는 지금이 아니면 상대를 제압할 기회가 없을 거라고 판단한 것이다.

그는 정향사태의 좌측으로 펼쳐 서서 기회를 엿보다가 팔을 쭉 뻗어 잠룡투의 암기를 발사했다.

꽝! 소리와 쨍! 하는 타격음이 거의 동시에 울렸다.

그리고 당백견은 놀라움에 입을 쩍 벌렸다.

홍포인이 정향사태와 초식을 교환하는 중에 딱 한 번의 동작으로 반월도를 휘둘러 탄환을 튕겨낸 것이다.

당백견은 잠룡투의 탄환이 얼마나 빠른지 잘 알고 있었다. 자신이 직접 계산해본 바에 따르면 화살보다 적어도 여섯 배 이상 빨랐다. 그런데 그걸 정확히 보고 쳐내는 사람이 있다는 게 도무지 믿어지지 않았다.

우연이 두 번 겹칠 리는 없다고 생각한 당백견은 한 번 더 암기를 발사해 보았다.

이번엔 그의 다리를 겨냥했다.

꽝! 하는 폭음에 이어진 또 한 번의 쨍! 소리.

당백견은 척추를 타고 서늘한 기운이 내려가는 것을 느꼈다. 상대는 분명히 탄환을 보고 막아내고 있었다.

하늘 밖에 또 하늘이 있다는 얘기는 들어왔지만 소주의 선착장에서 그런 고수를 직접 만날 거라고는 상상조차 못했던 당백견이었다.

그는 자기도 모르게 주춤주춤 뒤로 물러섰다.

탄환이 네 발밖에 남지 않다 보니 두려움과 함께 당소민과 자기 아내를 보호해야 한다는 생각이 고개를 든 것이다.

당백견이 발사한 암기 덕분에 잠시 반격할 기회를 얻을 수 있었던 정향사태는 홀로 남겨지자마자 다시 뒤로 밀리기 시작했다.

설가영은 아미쌍수와 시선을 교환한 후 싸움에 가세했다. 황수주와 장여락 역시 검진을 포기하고 각각 한 방위를 맡아 권중련을 에워쌌다.

그들이 복호검진을 포기한 것은 상대의 무공이 워낙 뛰어나기 때문이었다. 그 정도 고수를 상대하려면 검진의 구성원 사이에 무공 차이가 거의 없어야 하는데 현재로서는 그럴 여건이 되지 못했다.

네 사람이 에워싸고 협공을 시작하자 정향사태의 뒷걸음질은 일단 멈추었다.

그렇다고 해서 권중련의 움직임이 위축된 것은 아니었다. 그는 네 자루 검을 낱낱이 받아내는 동시에 위협적인 공격을 가했고, 움직임을 점점 더 빨리 가져가고 있었다.

그 광경을 보고 당백견이 다시 가세했다.

그로서는 당가의 안전이 가장 중요한데, 가만히 보니 지금 네 명의 합격진이 무너지면 그 화가 자신들에게 미칠 게 분명해 보였기 때문이다.

당백견이 끼어들자 상황이 일변했다.

사람 수로는 넷이 다섯으로 늘었을 뿐이지만 무거운 잠룡투가 제대로 된 방패 역할을 하면서 네 여인의 검이 활로를 찾은 것이다.

특히 정향사태의 장검이 본격적으로 새파란 검기를 뿜어내자 권중련의 표정도 심각하게 변했다.

뒤에서 당소민이 의기양양한 어조로 말했다.

"당장 무기를 버리고 항복하는 게 좋을걸!"

아미파라면 다섯 명이 한 사람을 궁지에 몰아넣은 것에 대해 자랑스러워하지 않겠지만, 사천당가는 이런 상황을 보는 관점이 약간 달랐다.

그녀의 말을 들은 권중련의 입가에 미소가 감돌았다.

동시에 그의 신형이 갑자기 시야에서 사라졌다.

그것은 착시 현상이었다.

움직임이 너무 빨라 공간을 건너뛰는 것처럼 보이는 이형환

위(移形換位)의 신법이 펼쳐진 것이다.

정향사태는 황급히 검막을 펼쳐 권중련의 공격을 막았다. 그러나 권중련의 칼은 그녀의 검과 부딪히지 않았다.

그가 진짜로 노린 목표는 따로 있었다.

이형환위의 신법이 한 번 더 펼쳐졌고 꽝! 하는 폭음이 울렸다.

위험을 느낀 당백견이 잠룡투의 암기를 발사한 것이다.

그러나 안타깝게도 탄환은 권중련을 맞추지 못하고 사람들 사이를 지나 선착장의 다른 배에 박히고 말았다.

권중련의 급작스러운 방향 전환이 너무 빠르게 이루어져 팔의 움직임이 따라갈 수 없었던 탓이다.

"크윽……!"

당백견이 신음을 토했다.

권중련의 칼이 잠룡투에 휘감겼다 싶은 순간, 감당하기 어려운 회전이 이루어졌고, 팔꿈치에서 우둑! 하는 소리가 들려왔다.

몸을 공중에 띄워보았지만 탈골을 막기는 이미 늦은 상황.

정향사태보다 당가의 암기를 더 큰 위협으로 간주한 권중련은 잡은 기회를 놓치지 않았다.

두 발이 모두 땅에서 떨어진 채 회전하고 있는 당백견의 몸은 무방비상태나 마찬가지. 주변에 있던 사람들이 다급한 외마디 신음을 토했지만 도울 방법이 없었다.

권중련의 칼이 수직으로 내리꽂히는 순간.

귀를 찢는 파공음이 들려왔다.

권중련은 깜짝 놀라 날아오는 물체를 막아냈고, 그 충격으로 한 걸음 뒤로 밀려났다가 겨우 신형을 바로 세웠다.

모두를 놀라게 한 물체는 강물에 빠져 가라앉았지만 그것을 던진 사람은 몸을 날려 선착장에 내려섰다.

고가장 무사들의 머리 위를 새처럼 뛰어넘어 권중련과 마주 선 사람은 바로 진평이었다.

그는 본래 파양채 식구들과 밤새워 술을 마실 생각이었다. 마음껏 큰 소리를 지르며 호탕하게 술을 마시기에는 그들만한 술 상대가 없었다.

그러나 고가장의 움직임이 심상치 않다고 판단한 기린맹이 진평에게 보고를 했고, 황급히 달려오다가 위기의 상황을 보고는 자신의 철적을 던져 당백견을 구한 것이다.

권중련과 마주 선 진평은 속으로 놀랐다.

전에 본 적이 있는 사람이었기 때문이다.

삼태산에 숨겨진 선대인의 장부를 찾을 때 갑자기 튀어나와서 공격했던 바로 그 자였다.

권중련도 진평에게서 익숙한 기운을 느꼈다. 지금은 복면을 쓰고 있지 않지만 한 번 격돌했던 고수의 기도는 쉽게 잊기 어려운 법이었다.

"무림맹 사람이었나?"

그의 물음에 진평은 어깨를 한 번 으쓱했다.

"반쯤은 그렇다고도 할 수 있지."

"내 이름은 권중련이다."

진평도 이름을 밝혔다.

"난 진삼이다."

그리고 곧바로 공격을 가했다.

길게 얘기해봤자 좋을 일이 없었기 때문이다.

복면을 쓰고 삼태산 혈사에 가담했다는 사실이 알려지면 무림대회에 참가하는 사람들 중 자신을 원수로 여길 사람이 한둘이 아닐 것이었다.

권중련도 더 이상 입을 열지 않고 싸움에 열중했다. 진평의 공세가 워낙 위협적이라 마음을 분산시킬 여유가 없었다.

진평은 양팔을 나비의 날갯짓처럼 활짝 펼쳐 휘두르는 특이한 초식으로 공격을 해왔는데, 온통 허점투성이로만 보이는 그 움직임이 의외로 상대하기 까다로웠다.

'속전속결을 원하는구나.'

권중련은 상대가 자신을 유인한다는 사실을 알아차렸다. 이유는 알 수 없지만 승부를 서두르는 것만큼은 분명했다.

그의 입가에 옅은 미소가 번졌다.

지난번 삼태산에서 손을 나눈 경험이 있기에 상대의 무공 수위는 가늠이 된 상태.

상대가 조급해한다면 자신으로서는 반가운 일이었다.

당가의 암기에 더해진 정향사태의 무위는 약간 버거운 정도에 불과하지만, 진평과 싸우는 동안 정향사태가 합세한다면 그것은 치명적일 수 있기 때문에 권중련으로서도 승부가 빨리 나기를 바랐다.

그는 진평의 초식 변화를 주의 깊게 살피다가 허술한 겨드랑이 쪽으로 치명적인 공격을 가했다.

피할 방위가 없는 일격.

진평은 활로를 택했다. 상대의 휘두르는 팔 안쪽으로 급격히 파고드는 것만이 유일한 길이었다.

그러나 권중련은 이미 그 상황을 예견하고 기다리는 중이었다. 진평이 허술한 초식으로 자신을 유인했듯이, 자신도 전력을 실은 척 칼을 휘두르면서 정작 왼손 장심에 모든 진기를 집중시켜놓은 상태였다.

"받아랏!"

그의 강맹한 장력이 진평의 대맥혈로 향했다.

회심의 미소를 띤 권중련은 순간적으로 진평과 시선을 마주치게 되었다. 지극히 짧은 순간이었지만 상대의 눈빛이 차분하게 가라앉아 있다는 사실만큼은 확연히 느낄 수 있었다.

뭔가 잘못되었을지도 모른다는 불안감. 그때 격렬한 통증이 그 불안감보다 더 빠르게 그의 신경들을 엄습하여 장악해버렸다.

"크악……!"

손목부터 팔꿈치를 거쳐 어깨까지 연달아 탈구되면서 왼팔의 길이가 짧아지는 느낌이 들었다. 전력을 다한 일장이 어마어마한 반탄력에 짓이겨진 것이다.

어떤 수법에 당한 건지 판단할 여유도 없이 진평의 크게 휘둘러 치는 주먹이 권중련의 정수리에 떨어졌다.

두 번째 타격도 첫 번째 못지않게 막강했지만 이번엔 비명이나 신음이 없었다.

목뼈가 부러지며 즉사하고 만 것이다.

선착장 주변은 일시에 조용해졌다. 방죽에 부딪히는 물결소리가 시끄럽게 느껴질 정도였다.

진평은 자기 손을 내려다본 후 기식을 차분히 가라앉혔다. 지난번 삼태산에서 만났을 때와 비교해 보면, 동릉에서의 수련이 확실히 효과가 있었다는 사실을 재삼 확인할 수 있었다.

정향사태를 비롯한 아미파 여도사들은 놀라움을 감추지 못했다. 자기들이 직접 싸워봤기 때문에 권중련이 얼마나 무서운 고수였는지는 모두들 충분히 알고 있었다.

그런데 그가 진평에게 이렇게 쉽게 제압당했다는 사실이 도무지 믿기지 않았다.

승부는 권중련의 일장이 회풍류에 당하는 순간 갈렸지만, 그것은 겉으로 드러나 보이지 않았다.

그녀들 입장에선 진평의 팔을 크게 휘두르는, 위력은 있겠지만 허술하기 짝이 없는 초식이 우연히 적중한 덕에 무서운 고수를 쓰러트린 것으로 밖에는 보이지 않았다.

그래서 놀라움이 더 클 수밖에 없었다.

정향사태는 장이 교차될 때 뭔가가 있었다는 사실을 알았지만 그녀가 선 자리에선 권중련의 등에 가려 두 사람의 손이 보이지 않았기 때문에 정확한 내막을 알 수 없었다.

모두 멍하니 서 있는 중에 당가의 두 여인이 움직였다.

"여보!"

"숙부님!"

그들이 쓰러진 당백견을 부축하여 일으키는 동안 방죽 위에서 있던 고가장 무사들은 슬금슬금 뒷걸음질을 쳤다. 그리고 고장길이 제일 먼저 등을 보이고 달아나기 시작했다.

그렇게 주변이 어수선해지자 정향사태가 검을 검집에 꽂고 진평에게 말했다.

"고맙네. 자네가 오지 않았으면 위험할 뻔했어."

"선배님의 싸움을 방해해서 죄송합니다."

"호호! 이건 방해한 게 아니지. 그나저나 저 자는 누구인가? 전부터 알던 사이인가?"

"아닙니다. 우연히 만나서 싸울 뻔하다가 승부를 뒤로 미루었는데 오늘 다시 만나서 셈을 마친 것뿐입니다."

정향사태는 고개를 내저었다.

"권중련이란 이름은 들어본 적도 없는데, 이런 정도의 고수라니. 도대체가……."

"그는 마교의 인물입니다."

"뭐라고? 그게 정말인가?"

아미파 제자들과 당가 사람들 모두 깜짝 놀랐다.

"죽었으니 정확한 신분은 알 수 없지만 장로 아니면 각주 정도일 겁니다."

"으음……."

정향사태는 침음성을 흘렸다.

무림첩에 적힌 마교의 위세에 대한 얘기가 단지 무림대회를 성대하게 치르기 위한 엄살만은 아니었다는 생각이 들었다.

일개 장로나 각주의 무공이 이 정도라면 마교의 위협은 정말 심각한 수준이 아닐 수 없었다.

정향사태는 권중련에게 다가가 그의 상태를 살펴보았다. 왼팔이 형편없이 망가진 것을 보니 자기 시야를 벗어난 곳에서 승부가 결정 난 게 분명했다.

고수들끼리의 대결에선 우세를 점한다 해도 그것을 승리로 마무리 짓기가 쉽지 않은 법인데, 짧은 접전에서 이런 결과가 나왔다는 사실이 그저 놀라울 따름이었다.

그녀는 진평을 다시 보았다.

이제까지 그는 호기심의 대상이었다.

그러나 권중련과의 대결을 기점으로 정향사태의 진평을 대하는 감정은 경외감으로 바뀌었다.

그 사이 진평은 바닥에 떨어진 권중련의 반월도를 집어 들었다. 아끼던 철적이 수로에 빠져버렸으니 당분간 그의 칼을 사용할 생각이었다.

설가영이 진평에게 말했다.

"형님. 이들이 마교도라면 고가장이 마교와 내통한 것 아닙니까? 가서 그들의 죄를 묻고 남아 있는 다른 무리가 없는지 확인해봐야 합니다."

진평은 그녀에게 눈짓을 했고 그제야 설가영은 자기가 나설 계제가 아니라는 사실을 깨달았다.

정향사태가 헛기침을 한 후 말했다.

"홍소협의 말이 맞네. 어서 놈들을 따라가세!"

설가영은 씩 웃었다.

이제껏 자신을 진평의 하인 정도로 대한다는 느낌이었는데, 아미파 제자들을 도와 함께 싸우고 나니까 곧바로 홍소협이 된 것이다.

진평은 뒤늦게 도착한 파양채 식구들에게 부상당한 당백견과 당가의 두 여인을 배에 태우고 선착장을 떠나 강심에 떠 있도록 했다.

그리고 아미파 제자들과 함께 고가장 무사들을 따라갔다.

제3장
오해

고가장의 가주 고석산(高錫山)은 식은땀을 흘렸다.

좌우에 두 아들, 고장길과 고장승을 꿇어 앉히고 머리가 땅에 닿도록 빈 것은 이른바 무림의 고수라는 자들이 하룻밤 사이에 자기 가문을 박살낼 수도 있다는 사실을 잘 알기 때문이었다.

믿고 있던 큰아들의 사부까지 단매에 죽임을 당했다면 그들에게 저항을 한다거나 관의 위세를 빌어 위협하는 것은 전혀 도움이 되지 않았다.

그저 용서를 비는 것만이 살 길이었다.

"저희들은 정말 몰랐습니다. 그들이 마교의 무리라는 사실을 미리 알았더라면 어찌 제 아들에게 무공을 가르치게 했겠습니까? 조정의 눈 밖에 나는 순간 상단이 끝장날 텐데 말입니다."

진평은 그의 말이 거짓이 아님을 알았다. 마교가 자신의 정체를 밝히면서 세력을 확장했을 것 같지는 않았다.

정향사태가 고석산에게 물었다.

"그들의 거처는 어디인가? 우리를 안내해줄 수 있나?"

"물론입니다."

고석산은 곧바로 길을 안내했다.

일이 이 지경에까지 이르렀으니 옷 안에 들어온 벌을 털어버리듯, 그들과의 인연을 빨리 청산할수록 좋다고 판단한 것이다.

"저 모퉁이만 돌면 됩니다."

그런데 그들이 골목을 돌아서자 불길이 치솟는 게 보였다. 살아남은 자들이 장원에 불을 지르고 달아난 것이었다.

정향사태는 불 끄는 데 도움을 청했고, 장주 고석산은 고가장 무사들을 전부 동원하여 수로에서 물을 날랐다.

그러는 사이 진평은 이웃 건물의 지붕 위로 올라가 달아나는 자들이 없나 찾아보았다.

그러나 어디에서도 움직임은 감지되지 않았다.

지금과 같은 상황에 미리 대비를 해둔 듯했다.

진평은 수로 몇 개를 건너 현장에서 멀찍이 떨어진 뒤 기린맹의 장계상을 불렀다.

"장원에 불 지르고 달아난 자들을 추적할 수 있겠나?"

"잡아올까요?"

"아니. 어디로 가는지 확인만 하면 돼."

"시간이 오래 걸릴 수도 있습니다."

"그건 상관없어."

"즉시 인원을 배정하겠습니다."

장계상은 군례를 한 후 바로 어둠 속으로 사라졌다.

진평이 장원으로 돌아와 보니 불길은 모두 잡힌 상태였다.

하지만 건질 수 있는 게 아무것도 없었다. 장부와 서류들을 태웠음직한 흔적만이 남아 있을 뿐이었다.

마음 같아서는 집 안 구석구석을 뒤져보고 싶었지만 그럴 여유는 없었다. 관군이 나타난 것이다.

고석산이 정향사태에게 말했다.

"명망 높으신 여도사님들이 저들을 상대하실 필요가 있겠습니까? 여기서부터는 제게 맡겨 주십시오."

마교도들이 달아나면서 불렀는지, 아니면 단순히 순찰 중에 불난 것을 보고 왔는지는 알 수 없지만, 어쨌거나 그들과 얽혀서 좋을 일이 없다는 건 분명한 사실이었다.

정향사태는 진평 쪽을 바라보았다.

두 사람의 눈빛이 통했다.

마교의 근거지를 찾아놓고 아무 소득도 없이 물러난다는 게 아쉽긴 하지만, 적이 미리 준비를 해놓았다면 오래 머문다고 해서 뭔가를 건질 수 있을 것 같지는 않았다.

진평 입장에선 권중련이 죽고 그의 근거지가 모두 불타버린 게 오히려 개운한 면도 있었다.

뜻을 정한 정향사태가 고석산에게 말했다.

"너희 삼부자의 얼굴과 장원의 위치를 알고 있으니, 네 두 아들이 나쁜 짓을 했다는 소문이 들리면 다시 찾아올 것이다. 그리고 그때는 그냥 넘어가지 않을 게야."

고석산은 연거푸 머리를 조아렸다.

"절대로 그런 일 없을 테니 믿어주십시오. 그리고 앞으로 매년 중추절마다 아미파에 사람을 보내 향도 올리고 재도 지낼 것을 천지신명께 맹세합니다."

정향사태의 얼굴에 장난기가 번졌다.

"일 년에 고작 한 번?"

"아, 아닙니다. 사시(四時) 모두 공양을 하겠습니다."

"그럼 중추절은?"

"그것까지 합쳐서 일 년에 다섯 번을 하겠습니다."

정향사태는 흡족한 표정으로 고개를 끄덕였다.

"식언을 해선 안 되네."

"저를 믿으십시오!"

고석산 입장에선 자식이 마교도에게 무공을 배웠다고 소문나는 것보다는 아미파와 친분이 두텁다고 소문나는 게 훨씬 안전하기 때문에 인색하게 굴 이유가 없었다.

상황에 따라 유리한 쪽에 붙는 것.

그게 상인다운 처신이었다.

진평과 아미파 여도사들은 관군과 마주치지 않도록 후원 쪽으로 빠져나왔다.

선착장에 도착하여 배를 부른 진평은 즉시 소주를 떠나도록 지시했다.

사람이 죽고 장원이 불탔으니 시간을 지체했다가는 수군들이 배까지 검문할 게 분명했다.

공연히 거기에 걸려 시간을 지체할 이유가 없었다.

파양채 수적들은 배 다루는 솜씨가 워낙 뛰어나서 어두운 수로를 지나 운하로 들어서는 데 오랜 시간이 걸리지 않았다.

배의 선수 쪽에 앉은 정향사태는 긴 한숨을 내쉬었다.

"나도 늙었나……."

씁쓸한 읊조림이었다.

산을 내려올 때는 사해팔황에 아미파의 매서운 이름을 떨치겠노라고 자신이 충만했었는데, 정작 마교의 간부 한 명을 감당하지 못해 쩔쩔맸다는 사실이 부끄럽기 짝이 없었다.

소주라는 대도시에 파견되어 활동했던 만큼 권중련의 마교 내 서열이 꽤 높았을 거라고 짐작할 수는 있지만, 그렇다고 해서 실망감이 줄어드는 것은 아니었다.

해가 뜰 때까지 꼼짝 않고 앉은 채로 그녀는 권중련의 움직임들을 되짚어 보았다. 아무리 골몰해도 그를 제압할 마땅한 수단이 떠오르지 않았다.

"이런 망할……!"

내공으로나 초식으로나 자신이 그보다 못했다는 사실에 화가 났다. 그리고 진평에 대한 경외감은 더 깊어졌다.

자리에서 일어선 그녀는 선실 안으로 들어가 보았다.

당백견과 진평이 가부좌를 튼 채 앞뒤로 앉고, 당가의 두 여인이 걱정스러운 표정으로 그들을 보고 있었다.

잠룡투는 빼서 따로 챙겨두고 당백견의 부상당한 왼팔엔 부목과 붕대가 둘러져 있었다.

진평이 당백견의 명문혈에 장심을 대고 진기를 주입해주는 것은 권중련에게 당한 상처가 단순한 골절상에 그친 게 아니라 내상까지 겹친 상태였기 때문이다.

당소민과 왕지령은 접골을 하고 외상을 치료했음에도 불구하고 당백견의 안색이 창백하다 못해 시퍼렇게 변해가고, 호흡도 점점 가빠지기만 하는 상황에 크게 놀라 어쩔 줄을 몰랐다.

다행히 진평은 예전에 권중련과 손을 나눈 경험이 있기 때문에 그의 음한(陰寒)한 진기를 어떻게 다루어야 하는지 잘 알고 있었다.

그래서 밤새 자신의 내력을 소모하여 당백견의 혈색을 원상태로 돌려놓아준 것이다.

당백견이 스스로의 의지로 기식을 조절할 수 있게 되자 당소민과 왕지령은 진평에게 거듭 감사하다는 말을 했다.

"고마워요. 정말!"

당소민은 이제껏 진평의 주의를 끌기 위해 신경전을 벌여왔다는 사실을 모두 잊어버렸다.

"감사합니다."

왕지령은 절도 있게 포권을 하며 짧게 한마디 했다.

그녀의 눈자위는 충혈된 상태였다. 남편이 죽을 줄로만 알고 있었기 때문에 감정을 다 추스르지 못한 것이다.

그들을 보며 정향사태는 입맛을 다셨다.

나이로 보나 배분으로 보나 자기가 가장 윗사람인데 진평이 부상자를 돌보는 동안 자기는 싸움의 복기에만 열중하고 있었으니 미안하다는 생각도 들고 자격 미달이라는 생각도 들었다.

그렇다고 사과까지 할 일은 아니라 슬쩍 선실 안의 사람들 눈치를 살펴보았는데 분위기가 좀 묘했다.

진평의 의제 홍구가 냉막한 표정으로 당소민과 자기 제자 황수주를 번갈아 노려보고 있었다.

왜 그러나 싶어 보니 당소민과 황수주 모두 진평을 향한 눈빛이 예사롭지 않았다.

당소민은 진평을 처음 봤을 때부터 그랬으니 이상할 게 없었지만 황수주는 지난밤 권중련과의 대결 이후 진평에게 완전히 마음을 빼앗긴 모양이었다.

'하긴…….'

정향사태는 자기도 모르게 고개를 끄덕였다.

황수주는 검술에 몰두하는 아미파 제자인 동시에 꽃다운 나이의 처녀이기도 했다. 권중련을 제압하는 그런 멋진 광경을 보고 마음이 흔들리는 것은 어쩌면 당연한 일이었다.

'혹시……!'

정향사태는 다른 제자들도 그런 건 아닌가 싶어서 모두를 둘러보았다. 그녀들 역시 진평의 무위에 반한 건 마찬가지지만 황수주처럼 노골적으로 자신의 속마음을 눈빛으로 드러내지는 않았다.

황수주는 아미쌍수로 불릴 만큼 미모와 검술에 모두 빼어난 데다 자신들의 사저이기도 하니까 애당초 경쟁이 안 된다고 보고 포기한 것이다.

다행이라고 생각한 정향사태의 시선이 장여락의 얼굴에서 멈추었다.

그녀는 꿈꾸듯 몽롱한 시선으로 한 남자를 보고 있었다.

순간 긴장했던 정향사태는 곧 안도의 한숨을 내쉬었다. 그녀가 보는 대상이 진평이 아니기 때문이었다.

장여락은 홍구에게서 시선을 떼지 못하고 있었다.

자기가 위험에 빠졌을 때 멋진 검술로 구해준 일을 잊지 못하는 것이었다.

정향사태는 다시 홍구를 봤다.

확실히 호감 가는 얼굴은 아니었다.

하지만 그가 마교도들과 싸울 때 보여준 검술은 대단히 인상적이었다.

이제까지는 수로맹 사람들과 친분이 있는 진삼에 대해 어느 정도 의구심을 품고 거리감도 느낀 게 사실이었다.

그러나 홍구가 쓴 검술은 분명 무당 검술과 관계가 있었다. 사문내력을 숨기기 위해 일부러 초식을 바꾼 부분도 보였지만 그 뿌리까지 숨길 수는 없었다.

게다가 내공도 만만치 않았다.

그 사실을 실전에서야 겨우 발견한 자신의 안목에 정향사태는 다시 한 번 실망감을 느꼈다.

어쨌거나 의제가 무당파 속가제자라면 진평도 정파와 깊은 관계를 맺었다고 보는 게 맞을 것 같았다.

그렇지 않다면 마교도를 그렇게 시원하게 제압할 리도 없고 무림대회에 참가할 리도 없는 것이다.

'좋은 기회로군!'

정향사태는 진평에게 배를 얻어 타는 동안 단순히 여행의 편리함만 취할 게 아니라 좀 더 친밀한 관계로 발전시켜 나갈 기회로 삼아야겠다는 생각을 했다.

그녀는 생각을 바로 실천에 옮겼다.

좁은 배 안.

정향사태는 식사를 할 때마다 당소민과 진평 사이에 끼어 앉아서 방해를 하는 한편 황수주는 진평과, 장여락은 홍구와 가까이 있을 수 있는 기회를 최대한 많이 만들어주기 위해 노력했다.

진평과 설가영에겐 당혹스러운 상황이었다.

화를 내는 사람도 있었다.

바로 당소민이었다.

그녀는 정향사태가 자꾸 끼어들어도 꾹 참고 선배 대접을 해주려고 부단히 노력했지만, 결국 오래가지 않았다.

"선배님! 도대체 왜 이러시는 거예요?"

"내가 뭘 어쨌다고?"

"왜 일점진구주(一點鎭九州) 진대협과 저 사이를 자꾸 갈라놓으려고 하시냐고요."

"일점진구주는 좀 어울리지 않는 것 같은데."

"왜 말을 돌리세요?"

"라마승들과 싸울 때는 확실히 점혈 수법이 돋보였지만 지난번에 마교의 권가 놈을 쓰러트릴 때는 장법과 권법이 더 뛰어나 보이더란 말이지."

"그럼 일장권점진구주라고 하면 되죠."

"그때 그것들이 팔문금나장의 초식들이었던 것 같아."

"자꾸 딴소리만 하시네."

"본 실력을 알고 나니까 이젠 한 번 싸워보자는 소리도 못하겠어. 그것참…….”

당소민이 입술을 샐쭉거리다가 물었다.

“아미파 제자들은 왜 육식을 하는 거죠?”

정향사태가 비로소 당소민 쪽으로 시선을 돌렸다.

“그게 어때서?”

“아미파는 부처님을 모시지 않나요?”

정향사태가 눈을 가늘게 떴다.

“왜? 우리 음식에도 독을 타려고?”

“호호! 그럴 리가 있나요. 그냥 궁금해서 묻는 거예요.”

“우리는 태상노군의 도를 따르고 있어.”

“하지만 아미산에 처음 들어선 건 복호사(伏虎寺)라는 절로 알고 있는데요.”

정향사태는 고개를 가로저었다.

“아미산 자락에 들어선 사찰과 도관을 전부 합치면 육백 개가 넘어. 그중에 절이 더 많다고 해서 우리가 모두 비구니인 것은 아니지. 우리는 삼교일원(三敎一元)의 교리를 가지고 있는데 그게 무슨 뜻인가 하면, 유교의 충효와 불교의 구제까지 모두 중시한다는 뜻이야. 하지만 주된 것은 태상노군과 남화진선의 도이기 때문에 고기를 먹어도 되고, 술을 마셔도 되고, 혼인을 해도 돼.”

정향사태는 특히 마지막 말을 강조했다.

당소민이 듣고 싶지 않을 말이었다.

"흥! 뭐 그런 잡탕이 다 있담."

당소민이 코웃음을 치자 정향사태가 발끈했다.

"뭣이라? 지금 우리 아미파의 교리를 모욕한 게냐?"

왕지령이 황급히 나서서 백배사죄했다.

"노여움을 푸십시오. 그런 뜻으로 한 말이 아닙니다."

당소민은 어려서부터 무엇이건 제 마음대로 하던 성격이라 물러서지 않았다.

"왜 숙모님이 머리를 조아리세요? 그런 뜻으로 한 말이 맞는데. 유불선에서 좋은 것만 따다가 교리를 만들었다는 게 웃기지 않아요?"

정향사태의 안색이 굳었다.

어린아이가 버르장머리 없이 굴어도 애당초 자기가 도발했으니 그냥 웃어넘길 수 있었다.

하지만 사문을 모욕한다면 얘기가 달랐다.

그녀의 손이 검자루로 향하자 진평이 나서지 않을 수 없었다.

"선배님. 고정하십시오."

그리고 당소민에게도 말했다.

"당소저. 선배님에게 사과하십시오."

당소민은 입술을 깨물었다.

상대가 아버지라고 해도 사과 같은 건 절대로 해본 적 없는 그녀였다. 하지만 요구하는 사람이 진평이다 보니 자존심을 꺾을 수밖에 없었다.

그녀는 정향사태에게 살짝 고개를 숙였다.

"미안해요. 제 말이 적절하지 못했네요. 삼교를 동시에 아우르는 게 과연 가능할까 궁금해서 한 말일 뿐이니까 너무 노여워 마세요."

미안하다고는 했지만 사과로 들리지 않았다.

그러나 정향사태는 그쯤에서 노기를 거두었다.

고작 제자들 연애에 도움을 좀 주는 대가로 당가와 척을 질 수는 없는 일이었다.

"진소협을 봐서 내가 참도록 하지."

그 일이 있은 이후로도 정향사태는 낭소빈에 대한 견제를 멈추지 않았다.

흰 머리를 앞세우면 좀 염치없이 굴어도 크게 흉이 되지 않는 데 반해 당소민은 진평의 눈치를 봐야하기 때문에 불리한 상황이었다.

그러나 황수주가 딱히 유리할 것도 없었다.

애당초 남녀 관계라는 게 남자 쪽에서 적극적으로 구애를 해야 뭔가 이루어지는 법인데, 진평 쪽에서 아무런 움직임도 보이지 않는다는 게 문제였다.

귀한 손님으로 대접할 뿐, 그 이상도 이하도 아니었다.

황수주는 빼어나게 아름다운 미모에 뛰어난 검술까지 갖추었지만 산속에서 사부님을 모시고 공부하며 보낸 시간이 대부분이라 남녀 간의 교제에 대해 잘 알지 못했다.

기껏해야 사저, 사매들과 수다 떨면서 주워들은 단편적인 지식들이 전부였고, 그중에서 여자가 먼저 다가가는 얘기는 없었다.

더욱이 당소민처럼 속마음을 드러내놓고 달려드는 성격도 아니다 보니 그녀가 할 수 있는 일은 그저 진평을 하염없이 바라보는 것밖에는 없었다.

정향사태는 답답했지만 거기서부터는 자기가 도와줄 수 있는 단계가 아니었다.

진평은 황수주의 마음을 짐작하고 있었다.

여인들이 그렇게 반짝이는 눈으로 자신을 바라볼 때는 아무 말이나 한두 마디만 해도 넘어온다는 사실을 경험을 통해 잘 알고 있기도 했다.

그러나 그는 그렇게 하지 않았다.

이미 마음속에 다른 여인이 꽉 들어차 있기 때문이었다.

홍구 설가영은 진평보다 곤란한 처지에 놓였다.

장여락이 달라붙어서 자꾸 말을 거는 것이었다.

그녀는 황수주보다 붙임성이 좋았다.

또한 모두가 주시하는 진평, 당소민, 황수주 세 사람에 비해 주목도 덜 받았기 때문에 좀 더 적극적으로 친밀감을 표시해 왔다.

설가영 입장에선 고역이 아닐 수 없었다.

"장소저. 내겐 이미 정인(情人)이 있소."

"아! 그, 그러시군요."

그 한 마디로 해결될 줄 알았는데 오산이었다.

장여락은 한나절 고민하는가 싶더니 다시 전처럼 달라붙었다. 정인이 있어도 빼앗고야 말겠다고 결심한 모양이었다.

좁은 배 안이다 보니 피할 곳도 없었다.

물론 장여락은 매력적인 아가씨였다.

키는 약간 작지만 애교가 넘쳤고, 특히 배시시 눈웃음을 지을 때는 참기 어려울 만큼 귀여웠다.

문제는 홍구 설가영이 여자라는 점이었다.

배가 서주(徐州)를 지날 무렵.

설가영은 모두가 잠든 새벽이 되기를 기다려 선수에 앉아 있는 진평에게 다가가 말을 걸었다.

"형님. 아무래도 안 되겠어요. 저들은 그냥 이 배에 태워 소림사로 보내고 우리는 다른 길로 가도록 해요."

진평은 씩 웃었다.

"왜? 이번 기회에 장소저와 한 번 사귀어보지."

"말이 되는 소리를 하세요!"

"후후……. 어쨌거나 며칠만 더 참아."

설가영은 입술을 삐죽였다.

"형님은 미녀가 좌우에서 달려드니까 기분이 좋은가 봐요?"

"무슨 소리야? 나도 고역이라고."

"그렇게 안 보이는데요?"

"당가의 데릴사위가 되고 싶은 마음은 털끝만큼도 없어."

"그럼 아미파는요?"

"그쪽도 마찬가지야."

"정말요?"

"진짜라니까."

설가영이 생긋 웃은 후 말했다.

"그러니까 우리는 적당한 항구에 내리자고요. 상단 일이 있어서 어쩔 수 없다고 하면 되잖아요."

그녀는 예전처럼 진평과 단둘이 배를 타고 싶었다.

진평이 고개를 가로저었다.

"이들과 친분을 맺어두는 건 중요해."

설가영은 이해할 수 없었다.

"우리는 방의 비밀을 지켜야 하잖아요. 그러니까 무림인들과의 교류가 적을수록 좋은 것 아닌가요?"

진평이 입맛을 다신 후 말했다.

"웬만하면 나서지 않는 게 좋겠지. 하지만 마교의 숨겨진 힘이 어느 정도인지 모르는 지금, 뒷짐 지고 물러나 있을 수는 없어."

설가영은 눈을 동그랗게 떴다.

"강호 일에 적극적으로 개입할 생각이세요?"

"이미 그렇게 하고 있잖아."

"그럼 우리 방의 비밀은요?"

"진삼과 홍팔, 홍구에 대해 궁금증을 가지는 사람이 많아지겠지. 하지만 우리가 유명해져도 방의 비밀은 지킬 수 있어. 전보다 좀 더 주의해야 하겠지만 말야."

설가영은 유명해진다는 말에 가슴이 두근거렸다. 여협으로 대강남북에 명성을 떨치겠다는 꿈을 정말로 이룰 수도 있다는 생각이 든 것이다.

삼도천 놀이를 마음껏 할 수만 있다면 본명이건 가명이건, 본얼굴이건 면구를 썼건, 그런 건 상관없을 것 같았다.

본혈방의 비밀도 크게 걱정할 필요가 없었다.

설령 사해전장과의 연관성이 밝혀진다고 해도 그곳을 버리고 다른 상단으로 거점을 옮기면 그만이었다.

다섯 명의 방도가 입을 열지 않는 한 본혈방에 대해 알려질 가능성은 없는 것이다.

또, 누군가 배신해서 온 천하에 본혈방의 정체가 떠들어댄다고 해도 별 소용이 없을 것 같았다.

방에 대대로 전해지는 무공 비급과 영약, 심법, 천하에 흩어져 있는 상단들에 대해 모두 알고 있는 사람은 방주 한 사람뿐이었다.

최악의 경우 네 명이 다 배신한다고 해도 방주만 무사하다면 본혈방은 계속 이어질 수 있는 것이다.

'그럼, 마음껏 강호행을 해도 된단 말이지?'

생각이 거기에 미치자 아미파와 당가 사람들을 한 배에 태웠다는 인연이 소중하게 느껴졌다.

설가영이 진평에게 말했다.

"그 팔문금나장이란 것에 이론적인 배경을 좀 만들어볼까요? 형님이 팔문이란 단어를 쓴 건 구궁팔괘와 연관시키고 싶어서인 것 같은데……. 맞죠?"

진평은 미소 지었다.

길게 설명하지 않아도 헤아려주고, 언쟁하지 않아도 이해해주는 이런 사려 깊은 사람을 언제 다시 만날 수 있을까 하는 생각이 들었다.

그가 고개를 끄덕이며 말했다.

"내가 지은 이름은 아니지만 연관은 되어 있을 거야. 대충 틀을 짜 봐."

설가영은 곧바로 대답했다.

"팔문이면 뭐…… 진(震)에서 나와 손(巽)에서 가지런히 하고, 이(離)에서 마주 보고, 곤(坤)에서 친 후 태(兌)에서 발경하고, 건(乾)에서 비틀고, 감(坎)에서 가두고, 간(艮)에서 마무리하면 되겠네요."

"하하! 간단히 결정됐군."

진평의 웃음이 끝나기를 기다려 설가영이 물었다.

"형님. 저들과 함께 가는 게 전적으로 두 문파와의 우호 관계 때문인 거죠?"

"아무렴."

"당소저와 황소저는 상관없는 게 확실하죠?"

"그렇다니까. 나도 그 둘 때문에 골치 아파 죽겠어."

"좋아요. 제게 좋은 방법이 있어요."

"그게 뭔데?"

설가영의 입가에 미소가 번졌다.

"이제부터 일 각(刻) 동안만 제가 하는 대로 가만히 계세요. 그럼 두 문파와 우호 관계는 유지하면서 두 여인은 떼어버릴 수 있어요."

"정말? 해 봐."

진평으로선 궁금하기 짝이 없었다.

설가영은 진평 옆으로 바짝 다가앉더니 느닷없이 그의 허리를 와락 끌어안았다.

"어라? 너 뭐 하려는 거야?"

설가영은 검지를 세워서 진평의 코 앞으로 내밀었다.

약속한 일 각 동안 자기에게 맡겨두라는 뜻이었다.

진평은 입을 다물었다.

설가영은 헛기침으로 목을 고른 후 굵직한 사내 음성으로 말했다.

"형님. 도저히 더 이상은 참을 수 없습니다."

그러더니 느닷없이 진평에 입을 맞추었다.

"읍! 이, 이게 무슨 짓이야?"

입을 다물기로 했던 진평이지만 너무나 의외의 상황이라 반사적으로 그녀를 밀어내지 않을 수 없었다.

설가영은 진평의 뒤통수를 손으로 딱 받치고 좀 더 낮고 굵은 목소리로 말했다.

"어허! 가만히 계십시오. 괜히 큰 소리를 내면 다들 깰 테니까요. 형님도 원하시는 일 아닙니까. 눈빛을 보면 압니다."

그러더니 다시 한 번 진평과 입을 맞추었다.

"으으……."

진평은 자기도 모르게 신음을 토했다. 처음엔 입술에 면구가 닿아서 기분이 별로 좋지 않았지만, 그녀의 달큰한 호흡이 느껴지면서 가슴이 점차 빠르게 뛰었다.

그러나 설가영은 입술로 요란한 소리를 낼 뿐 거기서 더 상황을 진척시키지는 않았다.

진평은 비로소 알아차렸다.

그녀가 갑자기 목소리를 키워 저음을 낸 것은 배에 탄 다른 사람들 들으라고 한 게 분명했다.

"너 미쳤어? 이런 짓을 하면 나에 대한 소문이……."

설가영은 앙탈하는 진평의 입을 자신의 입술로 다시 덮었다. 그리고 두 사람은 한동안 그 자세로 가만히 있었다.

설가영이 입을 떼고 나니 사방이 조용했다.

숨소리조차 들리지 않는 것은, 선실에서 자던 사람들 모두가 깨어나서 숨을 죽인 채 바깥의 동정을 살핀다는 뜻이었다.

설가영은 흡족한 미소를 머금었고, 진평은 긴 한숨을 내쉬었다.

그녀의 행동은 즉흥적인 것이었다.

예전에 파양채 부채주 등청이 두 사람의 관계를 의심한 적이 있는데, 바로 그때 일이 기억나서 써먹은 것이다.

성대에 내공을 주입하여 목소리를 바꾸는 기술도 영약을 먹은 이후 훨씬 더 노련해져서 배 안의 사람들 모두를 속이기에 충분했다.

넋이 나간 표정으로 멍하니 있는 진평에게 설가영이 귓속말로 물었다.

"이게 우리의 첫 입맞춤인 거죠?"

진평도 퍼뜩 정신을 차렸다.

"말도 안 돼! 이건 제대로 한 게 아니라고."

"그래요? 그럼 어떻게 해야 하는지 가르쳐주세요."

"으으……."

진평은 그러고 싶었다.

빨라진 심장 박동 수도 아직 가라앉지 않았고, 입술의 감촉과 향기도 남아 있었다.

그러나 이런 상황에서 남장한 그녀와 장난처럼 입을 맞추는 것은 마음에 들지 않았다.

"그만 둬. 그나저나 효과가 없기만 해 봐."

효과는 다음 날 바로 드러났다.

일어나자마자 항상 진평부터 찾던 당소민이 강물을 내려다보며 한숨만 내쉬는 게 우선적으로 나타난 변화였고, 아미파 제자들도 진평과 눈을 마주치지 않으려고 애썼다.

진평으로선 기가 막힐 노릇이었다.

혹시나 하는 마음에 황수주를 바라보았는데, 그녀는 자신과 설가영 쪽을 번갈아 한 번씩 노려본 후 고개를 홱 돌리더니 두 번 다시 시선을 주지 않았다.

억울함을 느낀 진평은 정향사태 쪽을 봤다.

그러나 그녀의 반응도 마찬가지였다.

미간에 노여움의 기운이 서려 있었는데, 진평이 한 걸음 다가서자 화들짝 놀란 표정을 짓더니 얼른 선실 안으로 들어가 버렸다.

"으으……!"

졸지에 역병에 걸린 환자 취급을 받게 된 진평은 설가영을 노려봤다. 그녀는 무표정한 얼굴이었지만 두 눈만큼은 확실히 웃고 있었다.

그녀로서는 쾌재를 부를 만했다.

입술 대고 쩝쩝거리는 소리 몇 번 낸 것으로 원수 같던 당소민과 황수주가 동시에 떨어져 나갔으니 돌 하나로 새 두 마리를 동시에 잡은 격이었다.

뿐만 아니라 장여락도 자신을 슬금슬금 피했다.

장차 아미파 제자들이 소문이라도 퍼뜨려준다면 더 이상 진평 앞에 알짱거리는 여인이 없을 테니 그보다 더 좋은 일은 없을 터였다.

부수적으로 자신의 변장술이 경지에 올랐다는 사실도 확인할 수 있었다.

정향사태가 자신을 남자라고 믿는 게 그 증거였다.

설가영은 고수들이 자신의 남장을 쉽게 알아차리는 것에 대해 고민한 적이 있었다.

원인은 체형이었다. 아무리 목소리를 바꾸고 면구를 완벽하게 마무리해도 어깨와 골반의 비율 차이, 걸음걸이 등이 다를 수밖에 없는 것이다.

그래서 설가영은 옷의 어깨 부분을 덧대고, 헐렁한 바지를 입고, 일부러 팔자걸음을 걷는 것으로 그 문제를 해결했다. 더불어 향유나 화장품류를 전혀 쓰지 않았다.

어제 새벽에 입을 맞춘 후에 진평이 그토록 떨떠름한 표정을 지은 것도 설가영이 진짜 남자 같아 보인 때문이었다.

* * *

황하를 거슬러 올라가는 내내 진평과 설가영 두 사람은 외톨이가 되었다.

진평은 그저 한숨만 내쉴 뿐이었다.

파양채 수적들까지도 눈이 마주치면 얼른 피하며 키득거릴 정도이니, 설가영의 면구를 벗기고 모두에게 사실을 밝히고 싶은 마음이 굴뚝같았다.

그러나 그녀의 안전을 위해 그럴 수도 없었다.

결국 진평은 포기하기로 마음먹었다.

좋을 대로 생각하라고 마음을 정하고 나니까 홀가분한 기분이 되었고, 반나절쯤 지나자 더할 나위 없이 편해졌다.

좁은 배 안에서 당소민과 황수주를 피해 다니느라 여념이 없던 어제까지와는 달리 느긋하게 기식을 조절할 여유까지 생겼다.

그가 태도를 바꾸자 여인들도 조금씩 간격을 허용해 주었다. 경계심이 호기심으로 바뀐 표정들이었다.

배가 개봉부 근처에 다다르자 정향사태가 진평에게 먼저 다가와서 말했다.

"이보게 진소협. 얘기를 들으니 곧 개봉이라더군."

"그렇습니다."

"소림사로 바로 가면 너무 이른 것 같은데……."

진평은 그녀가 원하는 게 무엇인지 바로 알아차렸다.

"안 그래도 개봉에 한두 달 머물며 맛난 음식도 먹고 구경도 좀 할 생각이었습니다. 괜찮으시겠습니까?"

돈으로 환심을 사는 것은 진평으로서도 가장 쉬운 일이라 마다할 이유가 없었다.

"우리야 괜찮지. 호호호!"

소주에서처럼 지낼 수만 있다면 그녀로서는 더 바랄 게 없었다. 아미파 제자들과 당가의 세 사람도 은근히 기대하는 눈치라 배 안의 분위기가 일거에 활기를 띠었다.

사실 그들은 미심쩍은 소리를 듣고 진평을 의심하고는 있지만 무슨 확실한 증거가 나오거나 현장을 목격한 것은 아니었다.

대낮의 진평은 여전히 기개가 헌앙한 청년 영웅이었다.

소주에서처럼 고급 객잔에 머물며 진미를 먹게 해준다면 그가 남자를 좋아하건, 여자를 좋아하건, 아니면 둘 다를 좋아하건 상관없었다.

개봉부로 들어간 일행은 일단 저자를 걸으며 분위기를 익혔다. 사천과도 다르고, 강남과도 다른 고도(古都)의 풍광이 골목마다 배어 있었다.

가장 크고 요리 잘하는 객잔을 찾기 위해 주변을 두리번거리던 진평은 뭔가 불안한 기운을 느꼈다.

잠시 시간이 지나자 정향사태의 눈빛도 달라졌다.

그녀가 진평에게 다가와 말했다.

"수상한 자들이 따라붙고 있군."

"선착장에서부터였던 것 같습니다."

정향사태는 깜짝 놀랐다.

"그럼 배가 위험한 것 아닌가?"

"자기 몸 하나 건사할 재주는 있는 친구들입니다."

정향사태는 주변을 한 차례 더 살핀 후 물었다.

"마교도라고 생각하나?"

"그럴 겁니다."

"우리가 여기에 정박할 줄 어떻게 알았지?"

"원래부터 이곳에 배치되어 있는 자들일 겁니다. 무림대회에 참가할 것으로 보이는 정파 사람들은 모두 다 공격하라는 임무를 받았겠지요."

정향사태는 고개를 끄덕였다.

검을 차고 같은 색의 도복을 입은 여인 여덟 명이 몰려다니는 것은 확실히 사람들의 시선을 끌만 한 일이었다.

둘의 대화를 들은 당가의 세 사람은 다소 불안한 표정을 지었다. 당백견의 왼팔이 아직 부목을 풀지 못한 상태라 그 아내 왕지령이 대신 잠룡투를 끼었는데, 그녀는 그것을 자유자재로 휘두를 만큼 완력이 강하지 못했던 것이다.

당소민이 이런 상황에 대비하여 잠룡투를 양손 모두에 착용할 수 있도록 만들었어야 한다고 투덜거렸지만 당장 보탬이 될 얘기는 아니었다.

진평은 개봉의 지리를 어느 정도는 알고 있었다.

그가 인적이 뜸한 쪽으로 발길을 돌린 것은 추격자들을 끌어내자는 의도였다.

조바심을 느낀 쪽은 상대방이었던 듯, 진평 일행이 한적한 골목으로 접어들자마자 앞다투어 모습을 드러냈다.

인원은 모두 오십여 명.

짧은 시간에 동원된 것치고는 상당히 많은 수였다.

저마다 장사꾼 차림, 농부 차림으로 외양이 제각각이었는데 날카로운 무기 하나씩은 감춰 들고 있었다.

진평은 나서지 않고 정향사태의 옆으로 섰다.

그녀에게 선배 대접을 하는 것이었다.

그러나 정향사태는 이미 진평의 실력을 알고 있는 상태. 자기가 선배라는 이유만으로 진평 앞에 서는 것은 어울리지 않는다고 생각했다.

그녀는 진평에게 미소와 함께 턱짓을 해 보였다.

진평이 적의 우두머리로 보이는 자에게 물었다.

"너희들은 누구냐? 왜 길을 막는 거지?"

"흐흐흐……."

상대는 수염과 눈썹이 시커먼 사십대 중반의 사내로, 머리엔 도관을 쓰고 손에는 장검을 들고 있었다.

그가 음산한 어조로 말했다.

"사해는 한 형제라는데 돈 가진 것 있으면 좀 나누어 씁시다. 흐흐흐……."

진평은 피식 웃었다.

강도 흉내 내기에는 그들이 풍기는 기도가 너무 강했다.

"어느 각 소속인가?"

"뭐, 뭐라고?"

"길게 얘기해 봤자 서로 입만 아플 뿐이야. 개봉엔 모두 몇 명이나 배치되어 있지?"

검은 수염의 도사는 당황하는 표정이었다.

"무, 무슨 얘기를 하는 거냐?"

"잔혈각, 철혈각, 귀영각…… 정도의 이름은 알고 있어. 너희들은 뭔가 새로운 이름을 가진 무리였으면 좋겠군."

"으으……."

진평은 차고 있던 반월도를 꺼내어 높이 쳐들었다.

"이걸 쓰던 자는 최소한 자기 이름은 밝혔어. 너희들은 그만한 배짱도 없는 건가?"

검은 수염의 도사가 반월도를 보더니 깜짝 놀라 외쳤다.

"그, 그건 권장로님의……."

"호오! 그 자가 장로였군."

"네놈이 어, 어떻게 그 칼을 가지고 있느냐?"

"그가 은자 두 냥에 나한테 팔았다."

"말도 안 되는 소리! 장로님이 그러실 리가 없다."

진평은 냉소를 지었다.

"당연하지. 애병(愛兵)이 다른 사람 손에 넘어갔다면 당연히 그 사람 손에 죽었기 때문 아니겠느냐? 어떻게 가지고 있냐고 질문하는 건 바보나 할 일이야."

검은 수염의 사내는 장검으로 진평을 겨누며 노기 가득한 어조로 말했다.

"네놈들을 단 한 명도 살려두지 않겠다!"

진평은 고개를 끄덕였다.

"그건 내 생각과 비슷하군."

적은 일제히 함성을 지르며 협공을 시작했다.

행색은 평범했지만 개개인의 무공은 결코 얕잡아볼 수 없는 수준이었고 합격진을 이루는 것도 몹시 노련했다.

그러나 진평 쪽 역시 쉽게 당할 사람들이 아니었다.

정향사태와 아미쌍수가 삼각형 형태로 꼭짓점을 맡고 나머지 제자들이 사이사이에 자리를 잡아 한가운데의 당가 사람들을 보호했다.

설가영은 그들의 검진 중 밀리는 부분이 있을 때마다 도와주었는데 기문진에 조예가 깊고 검술 또한 뛰어나서 검진 전체의 위력을 크게 향상시켜 주었다.

진평은 그들과 별개로 자유로이 움직였다.

가장 많은 적이 몰린 골목길.

진평은 그들을 정면으로 돌파했다.

주인이 바뀐 반월도는 권중련이 휘두를 때보다 더 예리한 파공음을 질러댔고 마교도들은 속절없이 목숨을 잃거나 팔다리가 잘려나갔다.

패도적인 동시에 형(形)에서 자유롭고 빠르기 이를 데 없는 진평의 도법에 오랜 세월 고된 수련을 한 마교도들조차 주춤거리며 뒷걸음질을 치기 시작했다.

검은 수염의 사내는 진평을 그대로 두어서는 숫자가 아무리 많아도 소용없을 거라 생각하고 앞으로 나섰다.

그의 장검은 독사의 혀처럼 기이한 곡선을 그리며 민첩하게 진평의 요혈을 노렸다.

"제법이구나."

진평은 그의 공격에 한동안 수세를 취했다.

검은 수염의 도사는 기합을 토하며 기세를 올렸고, 순식간에 오십여 초에 달하는 맹공을 펼쳐냈다.

"장로님이 네놈 따위에게……."

"후후……. 특이한 검술이야."

"닥쳐라!"

사내는 뭔가 이상하다는 느낌을 받았다.

분명 자신이 계속해서 공세를 취하고는 있는데 결정적인 일격이 들어가지 않았다.

한순간 진평과 눈이 마주친 그는 온몸에 소름이 돋는 것을 느꼈다. 상대는 마치 경치 구경 나온 한량처럼 자신의 검술을 관찰하고 있었던 것이다.

"이게 다인가?"

"으으……. 네, 네놈은 도대체 누구냐?"

"이제야 패배를 직감한 건가?"

"무, 무슨 소리냐?"

"네가 이길 거라고 생각하고 있을 때는 내 이름을 물어볼 이유도 없었겠지. 어차피 곧 시체가 될 거니까. 하지만 지금 내 이름을 묻는 것은 후일을 도모하자는 뜻 아니냐?"

"으으……. 허튼소리 마라! 네놈들은 여기서 모두 죽을 것이다!"

"난 진삼이다."

"뭐, 뭐라고?"

"너희 각주나 교주에게 전해라. 천하를 어지럽히는 꼴은 나 진삼이 절대 용서하지 않을 거라고."

"흥! 네놈 따위가 우리를 막을 수 있을 것 같으냐?"

"물론이지."

순간, 진평이 손목을 비틀어 당기자 도사의 장검이 길을 잃고 크게 휘청거렸다.

거기에 진평의 반월도가 다시 작은 원을 빠르게 그렸고 검은 수염 도사의 장검은 허공으로 날아올랐다.

"크윽……!"

도사는 손목을 움켜쥔 채 뒷걸음질쳤다.

진평이 반월도로 그를 가리키며 물었다.

"개봉에 있는 마교도들 중에 너보다 강한 자는 없나?"

"으으……."

서너 걸음 물러선 도사는 놀라움을 감추지 못했다.

단 한 수에 자신을 마치 어린애 다루듯 제압해버리는 고수가 정파 쪽에 있을 거라고는 생각해본 적이 없었다.

구파일방의 장문인이라면 혹 모를까, 이름도 들어보지 못했던 젊은이라는 사실이 더욱 놀라웠다.

그의 머릿속으로 여러 생각이 교차했고 거기에 따라 눈동자도 빠르게 움직였다.

"철수다!"

그는 갑자기 큰 소리로 외치더니 누구보다 빨리 몸을 날려 뒤도 안 돌아보고 달아나버렸다.

다른 마교도들은 잠시 당황하는 눈치였지만 곧바로 그를 따라 흩어졌다. 그러면서도 몸을 움직이기 어려운 중상자들에게 암기를 던져 입을 막는 뒤처리는 철저히 시행했다.

잠깐 사이에 골목 안엔 십여 구의 시신과 진한 피 냄새만이 남게 되었다.

진평은 일행의 안전부터 확인했다.

다친 사람은 아무도 없었다.

진평이 워낙 맹렬하게 칼을 휘둘렀기 때문에 아미파 쪽으로는 공격이 덜했던 것이다.

설가영이 진평에게 물었다.

"형님. 저들을 저렇게 놓아 보내도 괜찮을까요?"

너무 쉽게 풀어주었다는 생각이 든 것이다.

"작정하고 도망친다면 전부 다 잡기는 어렵지."

설가영은 진평의 의도를 어렴풋이 짐작할 수 있었다.

그동안 치밀한 준비를 해 온 마교 측에 변수 하나를 던져주어 혼란을 유도하려는 것 같았다. 장로를 죽이고 그 칼을 가진 고수가 개봉에 나타났다는 사실을 알림으로써 한창 거사를 준비 중일 마교의 안배에 부담을 주려는 것이다.

진평이 일행에게 말했다.

"연회는 다음 도시로 미루어야겠군요."

사람들은 진평의 말이 무슨 뜻인지 알아차렸다.

시체가 널려 있고 선혈이 흥건한 이곳을 가능한 한 빨리 벗어나야 하는 상황이었다.

그들은 즉시 경공술을 시전하여 선착장으로 갔다.

그런데 그곳에선 뜻밖의 일이 벌어져 있었다.

타고 온 배가 절반은 물에 잠기고, 물 밖으로 나온 나머지 부분도 불에 타는 중이었다.

파양채 식구들이 박도를 꺼내 들고 분전하는 상대는 대여섯 척의 배에 나누어 탄 황하의 수적들로, 그 기세가 흉흉하기 이를 데 없었다.

황하의 수적들이 마교와 손잡은 사실은 알고 있었지만, 이렇게 신속하게 양동작전을 펼치리라 건 예상치 못했다.

진평은 파양채 식구들 중 부상자가 많은 것을 보고 즉시 몸을 날려 적선들 중 한 척의 배에 뛰어올랐다.

곧바로 화살이 날아오고 단창과 손도끼가 난무했다.

그러나 수적들의 무기와 무공으로는 진평을 막을 수 없었다. 새파란 도광이 번뜩이면서 갑판 위가 일시에 텅 비었다.

진평이 달려가는 속도를 조금도 늦추지 않으면서 수적들을 좌우로 베어 넘긴 것이다.

마지막에 당한 수적이 강물에 닿기도 전에 진평은 이미 껑충 뛰어 그 옆의 배로 옮겨갔다.

그 배에도 역시 진평을 막을 고수는 없었다.

똑같은 상황이 한 번 더 반복되자 수적들은 즉시 뱃머리를 돌렸다. 진평의 무시무시한 기세에 질려서 감히 싸워볼 엄두도 나지 않았던 것이다.

진평의 움직임은 그보다 더 빨랐다.

세 번째로 올라탄 배 역시 빈 배로 만들더니 한참 거리를 벌린 네 번째 배가 있는 곳까지 마치 한 마리 커다란 새처럼 날아가 모두를 베어버렸다.

아미파 제자들은 탄성을 금할 수 없었다.

진평의 경공술은 정말 보기 드문 것이었기 때문이다.

죽어라 노를 저어 간격을 벌린 다섯 번째 배를 보며, 진평은 비로소 자기가 너무 흥분했음을 깨달았다.

옷과 얼굴이 온통 피투성이였다.

이번 여정에서 형제처럼 친해진 파양채 식구들이 피 흘리는 모습을 보고 순간적으로 분노가 폭발했던 것이다.

선착장 주변엔 자신의 일행뿐만 아니라 다른 뱃사람과 상인들도 나와 있었다.

진평은 강물에 칼과 자신의 얼굴을 씻고 갑판에 남은 시체들을 발로 차서 물에 빠트린 후 노를 저어 선착장에 노획한 배를 대서 모두를 타게 했다.

일단 강심으로 나간 그는 부상자부터 살폈다.

안타깝게도 두 명이 목숨을 잃었고 나머지 다섯 명도 성한 사람이 한 명도 없었다.

그들이 감당하기에는 적의 수가 너무 많았던 것이다.

진평이 치료를 하자 당소민과 아미쌍수가 금창약과 소독약을 내주었다.

설가영의 맹랑한 계책 때문에 한동안 진평을 멀리했던 그녀들이었지만 마교도들과의 싸움, 수적들과의 싸움에서 진평의 가공할 신위를 보고 나니까 두려움과 공경하는 마음이 더욱 깊어진 상태였다.

설가영은 진평 옆에서 치료를 도와주었다.

해가 지고 주변이 어두워지자 진평은 배를 개봉에서 동쪽으로 시오리쯤 떨어진 작은 어촌 포구에 댔다.

그리고 먹을 것과 약을 잔뜩 사서 실어준 후 다섯 명에게 파양채로 돌아가도록 했다.

그들은 하루 이틀만 쉬면 끄떡없을 테니 함께 가게 해달라고 졸랐지만 진평의 고집을 꺾지 못했다.

"너희들 중에 또 죽는 형제가 나온다면 내가 나중에 홍채주 볼 면목이 없어."

수로맹 식구들은 배를 다루고 불화살 쏘는 재주들은 뛰어나지만 물에서 무림 고수들과 싸울 능력은 부족하다고 할 수 있었다. 이제부터는 도움이 되기보다 짐이 될 가능성이 더 높은 것이다.

결국 진평의 뜻에 따르기로 한 수적 중 한 명이 말했다.

"이런 짓을 했으니 황하 패거리는 오늘부터 우리의 원수입니다. 이 원한을 백 배, 천 배로 갚아줄 겁니다."

진평이 그에게 당부했다.

"그것은 몹시 중요한 문제니까 꼭 수로맹주님에게 보고하고 그분의 명령에 따라 행동하도록 해."

"알겠습니다."

진평은 바로 배를 떠나도록 했다.

황하의 수적들이 찾으러 오기라도 하면 그들 다섯 명이 곤란해질 수도 있기 때문이었다.

물결 따라 떠가는 배를 보며 설가영이 진평에게 물었다.

"여기서부터 소림사까지는 걸어서 가야 하는 건가요?"

진평은 고개를 끄덕였다.

"멀지 않아."

설가영은 가볍게 미소 지었다. 진평과 함께라면 육로 여행도 즐거울 거라고 생각한 것이다.

제4장
취불

현실은 설가영의 기대와 달랐다.

작은 어촌엔 밤을 보낼 객잔이 없었다.

허름한 헛간 하나를 빌린 일행은 주인 부부가 끓여준 어죽을 먹고 새벽녘이 되어 잠이 들었다.

그러나 얼마 지나지 않아 비가 내렸고, 허술한 천장은 여기저기 구멍이 나 있어서 모두 깨고 말았다.

축축하게 젖은 옷을 휘감은 채로 젖은 장작에 불을 붙이려다가 포기하고 나서는 새벽길은 진평과 함께라도 그다지 유쾌하지만은 않았다.

두 시진이나 걸어서 겨우 찾은 객잔.

그러나 나온 음식 중엔 입에 맞는 것이 하나도 없었다.

강남과는 양념부터 조리법까지 다른데다가 숙수의 솜씨가 별로라서 느끼하기만 했다.

시장하지 않았다면 거들떠보지도 않았을 것 같은 음식을 억지로 먹고, 건량도 사서 어깨에 둘러멘 설가영은 진평과 나란히 서서 걷기 시작했다.

일 각, 반 시진, 한 시진.

길이 끝도 없는 것처럼 느껴졌다.

아미파 여도사들과 진평은 아무렇지도 않게 잘만 걸었고, 당가의 세 사람도 먼 길 가는 데 꽤 익숙한 모습이었다.

설가영은 비로소 배를 타고 다니는 게 얼마나 편했는지 절감할 수 있었다.

할아버지가 돌아가시기 전에는 집 밖으로 나가봤자 남경 성내 정도에 불과했기 때문에 이렇게 오래 걷는 것은 처음이었다.

든든한 내공 덕분에 체력적으로는 힘들지 않았다.

하지만 어제 온 비로 진창이 된 길을 하루 온종일 걸어야 한다는 사실에 첫날부터 기가 질렸다.

그녀가 체념의 단계를 지나 두 발에 대해 망각할 정도의 경지에 도달할 무렵, 일행은 다시 개봉에 도착했다.

지난번에 사고를 쳤기 때문에 성 안으로는 들어가지 못하고 멀리 남쪽으로 돌아 어느 변두리 객잔에 여장을 풀었다.

그나마 대도시 근처로 오니까 객잔의 음식들이 먹을 만하고, 차도 마실 만했다.

정향사태는 제자들에게 옷과 물건들을 사오도록 했다.

피풍과 챙이 넓은 모자, 갈아 신을 신발 등이 필요했다.

진평이 대신 계산을 하라고 설가영을 딸려 보냈다.

설가영은 아미파 여도사들을 따라다니면서 무슨 물건들을 사는지 어깨너머로 관찰했다.

아무래도 남자들과 달리 여자의 강호행엔 필요한 물건들이 많기 마련이었다.

그런 설가영을 의식한 아미파 제자들은 자기들끼리 수군거리다가 손으로 입을 가리고 키득거렸다.

설가영은 헛기침을 몇 번 한 후 가게 밖으로 나가 양고기 꼬치 하나를 사 들고 입구에서 기다리다가 대신 계산을 했다.

장여락은 자신을 피했고, 황수주는 두 번, 세 번 사양했지만 네 번째로 권하자 더는 거절하지 않았다.

그리고 다음 가게에 들러서는 별로 필요하지 않아 보이는 물건까지 집었다.

진평의 호의에 익숙해져 버린 것이다.

아미파 제자들을 멀찌감치 따라다니다가 객잔으로 돌아온 설가영은 침상에 정좌한 채 기식을 고르는 진평에게 말했다.

"형님. 제가 형님의 명예를 복구시켜 드릴게요."

진평이 한쪽 눈을 떴다.

"그건 또 무슨 소리야?"

"이제부터 남장은 그만두고 여장을 해야겠어요."

"여장? 왜?"

"남장을 하니까 씻는 거라든가 불편한 게 많아요. 그동안은 배에서 지내느라 별 상관이 없었지만 무림대회 기간 동안엔 줄곧 육지에서 지내야 하잖아요. 사람들도 굉장히 많을 거고."

"오늘까지 홍구였다가 내일 갑자기 여자로 변해서 나타나면 사람들이 어떻게 생각할 것 같아?"

"후후……. 당연히 홍구는 형님이 급한 심부름으로 멀리 보내셔야죠. 전 나중에 따로 만나고요."

진평은 씩 웃었다.

"이번 기회에 그냥 소주로 가버리는 건 어때?"

설가영의 목소리가 긴장으로 살짝 굳었다.

"제가 가길 원하세요?"

진평은 그녀가 곁에 있기를 바랐다.

그게 솔직한 심정이었다.

하지만 원칙적으로 생각해 보면 그녀를 보내는 게 옳았다.

"마교와 싸우는 것은 극히 위험한 일이야. 넌 아직 그들을 감당할 정도로 무공이 고강하지 못할뿐더러, 실전 경험도 충분하지 못해."

"형님 곁에 바짝 붙어 있으면 되죠."

"네 안전까지 챙겨줄 여유가 없을 수도 있어."

설가영은 살짝 이마를 찌푸리며 손을 내저었다.

"더 이상 말씀하지 마세요! 듣고 싶지 않아요. 그동안 시키는 대로 말 잘 들었고 안아달라고도 하지 않았잖아요. 전 무조건 소림사로 갈 거니까 그렇게 아세요."

일방적인 통보였다.

진평도 더 말리고 싶은 생각은 없었다.

"사람이 많이 모이다 보면 네 얼굴을 알아보는 이도 있을 텐데, 위험하지 않겠어?"

"동창이 아직도 절 쫓을까요?"

"대역죄인이라는 현상 수배는 그대로 두었을걸."

"그럼 변장을 하면 되죠. 면구 여러 개를 여벌로 가지고 있어요. 적당한 것으로 골라 쓰면 아무도 몰라볼 거예요."

"그곳엔 고수들이 많아."

"그러니까 여장이 필요한 거예요. 남자 흉내 내려면 주의할 일들이 한두 가지가 아니거든요. 하지만 여자로 변장하면 면구에만 신경 쓰면 되니까 훨씬 편하죠. 체형이나 걸음걸이는 눈에 띄지 않을 테니까요."

진평은 잠시 생각한 후 고개를 끄덕였다.

"좋을 대로 해."

설가영은 생긋 웃었다.

"그럼 내일 저를 멀리 보내주세요. 소림사로 먼저 가서 기다리고 있을게요."

진평은 고개를 가로저었다.

"혼자 다니는 건 위험해. 마교도들이 어디에 숨어 있을지 모르니까."

"걱정 마세요. 무림인 행색을 감추면 되죠 뭐. 그리고 혼자 다니는 사람을 누가 주의해서 보겠어요. 그들도 감시할 길이 한두 군데가 아닐 텐데."

"그래도 안 돼."

설가영은 목소리를 높였다.

"절 어린애 취급하지 마세요. 관도로 다른 행인들과 동행한다면 누가 건드리겠어요?"

듣고 보니 크게 걱정할 일은 없을 것 같았다.

"알았어. 그런데 너의 여장과 내 명예 회복이 무슨 상관이 있다는 거지?"

"제가 여장한 후에 모두가 보는 앞에서 입맞춤 한 번 해 드릴게요. 그럼 모두가 형님에 대한 의심을 거두겠죠."

진평은 피식 웃었다.

"잘도 그러겠다."

진평도 속으로는 그녀의 여장이 싫지 않았다. 남장 때문에 가슴을 누르고 있는 붕대를 풀 것이기 때문이었다.

다음 날.

모두가 보는 앞에서 진평은 설가영에게 장안(長安)에 서찰을 전하라는 심부름을 시켰다.

설가영은 일행 모두에게 포권으로 작별 인사를 했다.

장여락이 몹시 아쉬운 표정을 보였지만 곧 마음을 추스르고 설가영에게 마주 포권을 해 보였다.

설가영을 보낸 진평 일행은 정주(鄭州)로 향했다.

개봉에선 못했지만, 하남의 진미를 기어이 맛보고야 말겠다는 진평의 제안에 모두 동의한 것이다.

정주에 들어선 일행은 저자를 둘러보았다.

개봉에 비하면 볼거리가 별로 없는 도시였다.

당나라 때까지는 운하의 종착지로 강남에서 실어온 미곡을 보관하는 창고들이 끝도 없이 늘어서 있었다고 하지만, 송나라가 이웃한 개봉으로 도읍을 정하면서부터는 서쪽의 장안과 낙양, 동쪽의 개봉과 비교할 때 무엇 하나 내세울 게 없는 어중간한 도시가 되고 말았다.

그러나 큰 포구와 웅이산맥(熊耳山脈)을 지나는 동서로, 태행산맥(太行山脈)을 지나는 남북로가 교차하는 지점에 자리 잡고 있기 때문에 도시 규모가 줄어들지는 않고 있었다.

일행은 큰길을 따라 시내를 둘러보다가 사람들에게 물어 가장 이름난 객잔을 찾아가 방을 빌렸다.

이번엔 개봉에서처럼 따라오는 수상한 자들이 없었다.

아미파 여도사들이 저마다 각양각색의 피풍을 걸쳐서인지, 아니면 마교도들이 물러서서 다른 계책을 세우고 있기 때문인지는 알 수 없었다.

진평은 아미파, 당가 사람들과 마음껏 먹고 마시면서 시간을 보냈다.

특히 귀한 요리를 먹는 데 전표를 아끼지 않았다.

사흘째가 되자 정향사태가 말했다.

"이보게, 진소협. 이제 슬슬 출발해야 하지 않겠나?"

"아닙니다, 선배님. 아직 먹어보지 못한 음식들이 많이 있습니다. 그리고 우리가 일찍 도착한다고 해서 무림대회가 일찍 시작할 것도 아닌데 뭘 서두르십니까? 사나흘 더 있다가 가도 될 겁니다."

정향사태는 혹시라도 마교의 공격이 있을까 걱정해서 말한 것이었는데 진평이 태평하게 대꾸하니까 금세 거기에 동조해 버렸다.

"좋아! 언제 다시 이런 기회가 있겠나."

진평은 사실 적이 공격해오기를 바랐다.

설가영이 없는 지금이 일말의 불안감도 없이 마음껏 싸울 수 있는 절호의 기회였다.

그가 마교를 대하는 마음가짐은 정향사태와 좀 달랐다.

아미파의 명예가 최우선인 정향사태는 마교와의 일전도 그 연장 선상에서 생각했다.

명예를 드높일 기회라면 적극적으로 나서고, 명예가 실추될 위험성이 있다면 자중하는 것이다.

진평은 그보다는 더 큰 관점에서 정황을 바라보고 있었다.

마교가 발흥하여 천하를 어지럽히면 결국 괴로운 건 백성들뿐이었다. 그런 결과를 막을 수만 있다면 기꺼이 동창을 도울 수도 있고, 라마승들을 구해줄 수도 있는 것이다.

자신의 존재가 그들에게 충분히 알려졌다고 본다면 이제부터 만나는 마교도들은 살려둘 이유가 없었다.

그러나 꼬박 칠 일이 지나도 마교의 움직임은 없었다.

전에 먹었던 요리가 두 번 연속으로 나온 것을 보고 진평은 떠나기로 결심했다. 숙수가 더 이상 새로운 요리를 만들지 못한다는 사실을 알았기 때문이다.

"내일 아침에 떠나는 게 어떻겠습니까?"

저녁을 먹으며 얘기를 꺼내자 모두들 살짝 아쉬운 표정을 지었다.

정향사태는 넉살 좋게 웃었다.

"그렇게 하세. 진소협 덕분에 그사이 살이 찐 것 같아. 호호호!"

왼팔이 많이 나아서 잠룡투를 다시 찰 수 있게 된 당백견은 따로 진평을 찾아와 감사의 인사를 했다.

"언제 한 번 당가타를 방문해주십시오."

"그리하겠습니다."

대답은 했지만 그건 아무래도 어려울 것 같았다.

당소민이 부담스러웠던 것이다.

설가영이 꾸민 그날 밤의 사건 이후 한동안 진평에게 눈길조차 주지 않던 그녀는 떠나기 전날 진평의 방으로 찾아와 문 앞을 기웃거렸다.

진평은 모른 체 하려고 했지만 자꾸 신경이 쓰여서 결국 먼저 말을 걸었다.

"무슨 볼일이라도 있으십니까?"

당소민은 문가에 서서 손가락을 만지작거리며 한참을 망설이다가 조심스럽게 입을 열었다.

"궁금한 게 있어요."

"말씀하십시오."

"그런데 그게 좀……."

"하하! 당소저의 질문이라면 뭐든지 답해드릴 테니까 걱정 말고 물어보십시오."

당소민이 결심한 듯 침을 한 번 삼키고는 물었다.

"남자끼리는 어떻게 해요?"

"하다니요? 뭘 말입니까?"

진평은 설가영을 한 대 때려주고 싶어졌다.

"그, 그러니까 손을 잡는다든가 뭐 그런……."

"그걸 왜 내게 묻습니까?"

"그야…… 홍소협과 두 분이……."

진평은 정색을 했다.

"우리 둘이 뭘 어쨌단 말입니까?"

"쳇! 알았어요. 말해주기 싫으면 관둬요."

그녀가 자기 방으로 돌아간 후 진평은 긴 한숨과 함께 이마를 감싸 쥐었다.

다음 날.

아침을 챙겨 먹고 길을 나선 일행은 오후가 되어 금곡퇴(金谷堆)라는 언덕을 넘게 되었다.

꼭대기를 지나 잠시 소나무 그늘 아래 땀을 개면서 정향사태가 말했다.

"천천히 걸어도 사나흘이면 소림사에 도착할 거야. 이번엔 진소협 덕분에 아주 편하게 잘 왔어."

정향사태는 확실히 살이 찐 것 같았다. 홀쭉하던 양볼도 도톰하게 튀어나왔고 혈색도 아주 좋았다.

하남의 기름진 음식들을 하나도 빠짐없이 다 먹었으니 그럴만도 했다. 그녀의 제자들도 비슷했다.

진평은 황수주의 능금빛 뺨이 참 곱다는 생각을 하다가 화들짝 놀라 고개를 세차게 흔들었다.

가만히 생각해보니 그녀의 뺨이 아름답다고 생각한 것은 떨어져 지낸 지 열흘이 되어가는 설가영 때문이었다.

두 사람의 뺨 곡선이 어떤 각도에서 보면 상당히 비슷하기 때문에 황수주를 보다가 저도 모르게 설가영 생각을 하게 된 것이다.

'그녀는 잘 도착했을까?'

어떤 모습으로 변장하고 있을지 참으로 궁금했다.

빨리 만나고 싶다는 생각에 그가 먼저 일어섰다.

그때 맞은편 길에서 두 사람이 걸어오는 게 보였다.

한 사람은 노인이고 다른 한 사람은 체격이 큰 중년 사내였는데, 노인은 대낮부터 술에 취했는지 비틀거리는 걸음걸이였다.

거리가 좀 더 가까워져 얼굴을 알아볼 정도가 되었다.

노인은 갈색으로 물들인 낡은 도포를 걸치고 흐트러진 백발도 옷 색깔과 같은 두건으로 대충 묶고 있었다.

눈썹과 머리카락이 희고 드러난 목과 손목이 깡마른 것으로 보아 나이가 꽤 들어 보였는데, 의외로 피부엔 주름이 많지 않았고 취기 때문인지 혈색도 좋았다.

그 뒤에 선 사십대 초반의 사내는 몰골이 기괴하기 짝이 없었다.

머리를 양 갈래로 땋아서 묶었는데, 대여섯 살짜리 꼬마 아이가 그렇게 했으면 몹시 귀여웠겠지만 낯빛이 시뻘겋고 눈썹은 시커멓게 뻗어서 절 입구의 사천왕상같이 생긴 사내가 머리를 그렇게 하니 전혀 어울리지 않았다.

더욱 가관인 것은 불길처럼 사방으로 뻗치는 수염까지 두 가닥으로 땋아서 묶은 것이었다.

그는 처음엔 붉은색이었을 것으로 추정되는 지저분한 장포를 입고 등에 대나무로 틀을 짠 커다란 짐을 지고 있었다.

대나무 틀엔 삽과 괭이가 좌우로 걸리고, 가운데엔 낡은 고검(古劍) 한 자루와 항아리가 매어져 있었다.

항아리엔 필시 술이 들어 있을 것 같았다.

노인은 무거운 건 모두 중년 사내에게 지도록 하고 손에 달랑 호로병 하나만 든 상태였다.

진평은 그들 두 사람에게서 심상치 않은 기운을 느꼈다.

노인 한 명만 보자면 저자에서 흔히 만날 수 있는 주정뱅이라 생각하고 지나칠 수도 있었겠지만 중년인의 기도가 예사롭지 않았다.

진기가 외기와 조화를 이루어 구분이 없게 된 단계. 어쩌면 양우건보다 고수일지도 모른다는 생각이 들 정도였다.

두 사람은 진평 일행이 쉬는 언덕을 지나쳐 갔다.

그러다 갑자기 노인이 걸음을 멈추더니 취기에 절어 반쯤 조는 듯한 눈으로 정향사태를 바라보았다.

고개를 외로 한 번 꼬고 씩 웃고, 다시 모로 한 번 꼬고 씩 웃던 노인이 느린 어조로 말했다.

"곱게 자랐구나. 히히……."

그러더니 다시 휘적휘적 걸음을 옮겼다.

아미쌍수 중 황수주가 발끈하여 나섰다.

"이게 무슨 무례한 짓이오!"

정향사태에게 그런 식으로 말하는 것은 아무리 술에 취한 늙은이라고 해도 그냥 넘길 수 없는 모욕이었다.

그런데 정향사태가 그녀의 소매를 잡아당겼다.

나서지 말라는 뜻이었다.

정향사태는 노인을 알지 못했다.

그러나 그 옆의 중년인이 풍기는 기도가 심상치 않다는 사실은 진평과 마찬가지로 느끼고 있었다.

공연히 자극해서 좋을 일 없다는 게 그녀의 판단이었다.

그런데 노인이 그냥 넘어가려 하지 않았다.

그는 서너 걸음을 되돌아와서 못마땅한 표정으로 황수주를 노려보다가 고개를 절레절레 내저으며 말했다.

"요즘 어린 것들은 도무지 버르장머리가 없단 말야."

황수주는 사부의 만류 때문에 차마 나서지는 못하고, 눈썹을 치켜세운 채 노인을 마주 노려보았다.

"어라? 요 맹랑한 것이 어디서 눈을 부라려?"

노인은 버럭 소리를 지른 후 혀를 찼다.

"쯧쯧……. 계집애들이 검을 차고 다니는 것부터가 문제야. 그게 무슨 유행이라도 되나? 며칠 전에 보니 웬 사내 옷 입은 계집애가 검을 휘둘러대던데 아무래도 말세지, 말세야."

진평은 깜짝 놀랐다.

그가 말하는 사람이 아무래도 설가영 같았기 때문이다.

육로로 소림사나 낙양으로 가려면 선택할 수 있는 길이 많지 않았다.

초행인 설가영이라면 이 길로 갔을 것이고, 노인이 서쪽에서 오는 중이었다면 중간에 마주쳤을 가능성이 높았다.

진평이 나서서 말했다.

"선배님. 한 말씀 여쭙겠습니다."

노인은 고개를 돌려 진평을 봤다.

"뭔가?"

취기로 초점이 풀린 눈이었다.

"두 분의 존함은 어떻게 되고 하는 일은 무엇인지, 사는 곳은 어디인지 말씀해 주십시오."

정중한 태도였다.

그러나 눈빛만은 날카롭게 빛났다. 그들이 의심스러운 내력을 지녔다면 설가영에게 해코지를 했을지도 모르니까 철저하게 따지고 추궁해봐야 할 일이었다.

노인은 살짝 기분 나쁜 표정을 지었지만 곧 인상을 풀고 대답했다.

"난 황적(黃賊)이야. 그리고 저 아이는 적우(赤牛)라고 하지. 하는 일이라면 술을 마시는 거고, 사는 곳은 글쎄…… 어디라고 해야 좋을까? 하늘을 이불 삼고 땅을 요 삼아서 떠도니까 온 천하가 다 내 집이라고 해야겠지. 하하하!"

노인은 기분이 좋은 듯 한참 동안 웃은 후 호로병 마개를 열어 술을 한 모금 들이켰다.

진평의 표정은 밝지 않았다.

자기는 누런 도적이고 동행은 빨건 소라고 하는데 그게 본

명일 리가 없었다.

자신을 놀린다는 생각이 들었다.

노인이 진평에게 물었다.

"자네 이름은 무엇인가?"

진평은 포권을 했다.

"저는 진삼이라고 합니다."

"그것참 흔한 이름이군. 형제 중 셋째란 뜻인가?"

진평은 외아들이었다.

삼도천이란 별호를 스스로 지으면서부터 삼이란 숫자가 마음에 들어서 가명에도 그냥 붙인 것이었다.

"내력을 밝히기 싫으시다면 어디서 와서 어디로 가는 길인지만이라도 말씀해주실 수 없겠습니까?"

노인은 난감한 표정을 지었다.

"밝히기 싫다니? 나는 사실대로 다 말했는데 자네가 받아들이지 않은 것뿐이야. 그리고 지금 우리는 혼돈에서 나와서 무극으로 가는 중이기 때문에 딱히 경유지나 목적지를 집어서 말하기가 어려워."

그리고 자기 말이 마음에 들었는지 흐뭇하게 한 번 웃고는 술 한 모금을 더 마셨다.

진평은 노인을 노려보았다.

평소의 그였다면 아마 술 한 잔 대접할 테니 혼돈은 어디이고, 무극은 어디인지 가르쳐달라고 했을 터였다. 하지만 지금은 설가영의 안위에 온통 신경이 쓰여서 노인의 유유자적한 대답들이 모두 자기를 놀리는 것으로만 들렸다.

"요즘 하북과 하남 일대는 마교도들의 발흥으로 극히 혼란스러운 상황입니다."

"그런가?"

"두 분께서 신분 내력을 밝혀주지 않으시니 부득불 소림사까지 모시고 가야 할 것 같습니다."

"소림사? 거기는 절 아닌가?"

"그렇습니다."

노인은 강하게 손사래를 쳤다.

"싫어! 절에선 술을 못 먹게 한단 말야. 난 안 갈 테야."

갑자기 어리광이라도 부리듯 소리를 질러대는 모습이 참으로 우스꽝스러웠다.

그러나 진평은 웃지 않았다.

"결례를 범해도 용서해주시기 바랍니다."

그가 노인에게 한 걸음 다가가자 등짐 멘 사내가 얼른 다가와 노인 앞을 막아섰다.

노인이 낄낄 웃었다.

"우리 적우가 힘이 얼마나 센 줄 알아? 공연히 까불다가 얻어맞지 말고 각자 제 갈 길로 가자고."

"저도 그러고 싶습니다."

노인의 얼굴에서 웃음기가 사라졌다.

"이 친구 젊은 나이에 벌써 가는귀가 먹었나? 이만큼 얘기했으면 알아들어야지."

"죄송합니다."

진평이 끝내 비켜줄 기미를 보이지 않자 노인은 긴 한숨을 내쉰 후 할 수 없다는 듯이 말했다.

"적우야. 네가 길을 열어라. 나쁜 놈은 아닌 것 같으니 죽이지는 말고."

적우는 대답 없이 고개만 한 번 끄덕해 보이더니 느닷없이 한 발 크게 앞으로 내딛으며 진평의 가슴에 일장을 뻗었다.

진평은 그 기세와 빠르기에 깜짝 놀라 마주 장을 뻗었다.

쾅! 소리와 함께 두 사람의 손바닥이 격돌했고, 진평은 대여섯 발자국이나 뒤로 밀려난 후에 겨우 신형을 바로잡을 수 있었다.

진평뿐만 아니라 아미파와 당가 사람들 모두 적우의 무공에 깜짝 놀랐는데 노인이 손뼉을 치며 그를 놀렸다.

"하하하! 내 이럴 줄 알았다. 네놈이 평소에 연공을 얼마나 게을리했으면 저런 호리호리한 놈 하나 쓰러트리지 못하겠느냐. 묵언(默言) 삼 년 추가다."

그 말에 적우의 얼굴 가득 실망감이 번졌다.

묵언이란 말을 듣고 보니 적우는 이제까지 한 번도 입을 열지 않고 있었다. 노인의 명령에도 대답 대신 고개만 끄덕인 것으로 봐서 일부러 말을 하지 않는 중인 듯했다.

묵언수행 삼 년 연장이라는 벌을 받은 적우는 그 실망감이 곧 분노로 변하여 얼굴은 물론 옷 사이로 드러난 목과 가슴팍까지 시뻘겋게 달아올랐다.

그 모습이 과연 한 마리 붉은 소를 보는 것 같았다.

그는 성큼성큼 진평을 향해 다가가더니 다짜고짜 장(掌)과 권(拳)을 퍼부어댔다.

진평은 진기를 끌어올려 그의 공격을 막아냈는데, 입에서 신음이 저절로 흘러나왔다.

적우의 초식은 단순해서 막는 데 별 어려움이 있는 것은 아니었다.

그런데 그 위력이 참으로 대단해서 마치 커다란 청동 조각상을 상대하는 느낌이었다. 팔뚝과 팔뚝이 닿는 순간 팔이 부러져버릴 것만 같은 통증이 전해져왔다.

진평은 급히 대응 방법을 바꾸었다.

그의 공격을 정면으로 맞받아치는 게 아니라 당기고 흘려서 중심을 무너뜨리려고 시도했다.

'걸렸다!'

진평은 상대의 팔꿈치를 비틀어 당겨 마침내 그를 쓰러트리는 데 성공했다. 그런데 쓰러지는 마지막 순간에 적우가 기이한 퇴법(腿法)을 펼쳐 진평의 가슴을 걷어찼다.

깜짝 놀란 진평은 급히 상체를 틀어 요혈을 피했지만 충격을 모두 흘려버리지는 못했는지 뒤로 멀찍이 밀려난 후 선혈

한 모금을 토하고 말았다.

그 사이 적우는 등짐의 모서리를 이용하여 곧바로 몸을 퉁겨 바로 세우고 있었다.

아미파와 당가 사람들 모두 크게 놀라고 당황했다.

한 사람은 쓰러지고, 한 사람은 밀려났지만 누가 보아도 진평 쪽이 더 손해를 봤다는 사실을 알 수 있는 상황이었다.

노인은 바위에 걸터앉아 술 한 모금을 들이켜더니 손바닥으로 자기 무릎을 내리치며 말했다.

"재미있구나! 더 싸워봐라. 만약 저놈을 쓰러트리면 수행오 년을 깎아주마."

그 말에 적우의 눈이 빛났다.

그는 지고 있던 짐을 풀어서 내려놓았다.

땅에 닿는 소리로 미루어 무게가 상당할 것 같았다.

적우는 짐을 벗어 홀가분한 듯 양팔을 빙빙 돌려 풀면서 진평에게 다가갔다.

진평도 심호흡을 한 차례하고 습관처럼 머리를 좌우로 한 번씩 꺾어준 후 적우에게 다가갔다.

그는 온몸으로 퍼져 나가는 저릿저릿한 긴장감에 한 차례 몸을 떨었다.

자기와 비슷한, 어쩌면 더 강할지도 모르는 강적과 대결하는 것은 전신의 세포들을 낱낱이 깨어나게 만들었다.

노인의 언행이 비록 기괴하지만 혼내주기만 하고 죽이지는 말라는 것으로 보아 마교도는 아닌 것 같았다.

마교의 인물이었다면 진삼이란 이름을 가진 자와 아미파 도사들을 살려둘 리가 없기 때문이다.

설가영이 설령 이들을 만났다 하더라도 현명하게 대처했을 테니까 더 이상 그녀의 안위에 대해 신경 쓸 필요는 없을 것 같았다.

지금 문제는 설가영이 아니었다.

적우라는 강적과의 대결, 온몸이 쇳덩어리 같은 그와의 일전에 진평의 온 정신이 집중되고 있었다.

소림사에서 심원교와 겨루고 항주에서 양우건을 이긴 후 그는 설가영과 동릉 집에서 함께 지내며 연공에 몰두했다.

그 결과 상당한 성취를 이루어 이전보다 강해졌고 소주에서 마교 장로 권중련을 다시 만났을 때는 예상보다 훨씬 수월하게 이길 수 있었다.

그러던 차에 만난 적우.

진평은 그와의 접전을 통해 이제까지 가졌던 자신감들이 송두리째 사라지는 느낌을 받았다.

동시에 이기고 싶다는 강렬한 호승심이 저 밑바닥부터 용솟음치기 시작했다.

그런 감정은 적우도 비슷해 보였다.

비록 입은 열지 않았지만 그의 얼굴은 상기되어 있었고 기대감으로 가득했다.

어찌 보면 광적(狂的)이라고까지 할 수 있는 그런 표정이 된 것은 노인이 오 년을 깎아주겠다고 말한 그 순간부터인 듯했다.

적우는 진평과의 간격이 어느 정도 좁혀지자 오래 기다리지 않고 곧바로 손을 쓰기 시작했다.

사람의 살과 뼈가 부딪히는 게 맞는가 싶을 정도로 둔탁하고 거친 파열음.

이번엔 진평도 신음을 흘리지 않았다.

마음의 준비를 하고 내공을 잔뜩 끌어올렸기 때문이다.

진평의 그런 완강함에 가장 놀란 사람은 적우였다. 말을 하지 않는 그이기에 눈빛 변화가 고함처럼 크게 전해져 왔다.

그의 입술끝이 비틀리는가 싶더니 움직임이 달라졌다.

이제까지 법도 없이 휘둘러대던 양팔이 일정한 투로를 그리기 시작한 것이다.

'제대로 해보겠다는 건가.'

진평은 정신을 바짝 차리고 상대 움직임에 대응했다. 마구잡이에서 정묘한 초식으로 변화를 가져간 것이다.

적우의 눈빛이 한 번 더 변했다.

자신의 임전 태도가 바뀌었는데도 진평이 낱낱이 받아내자 크게 놀란 것이다.

노인이 큰 소리로 웃었다.

"하하! 역시 네놈이 공부를 게을리한 게야. 그 새파란 놈한테 지면 면벽까지 십 년 추가다."

제멋대로 기분 따라 매기는 벌칙.

그러나 그걸 받아들이는 적우는 심각했다.

면벽 십 년이란 얘기를 듣고 나서부터 보법이 바뀌는가 싶더니 수십 개의 손 그림자가 진평의 요혈들을 쉬지 않고 압박해 왔다.

진평은 황급히 신법과 보법을 번갈아 펼쳐 그와의 간격을 벌렸다. 그의 민첩한 움직임에 두 군데에서 동시에 탄성이 터져 나왔다.

"유운신법(流雲身法)!"

"현천보(玄天步)!"

노인과 정향사태가 진평의 무공 뿌리를 알아본 것이다. 그것들은 무당파의 신법과 보법이었다.

노인이 외쳤다.

"말코 도사 놈들의 제자였구나. 그렇다면 아주 혼쭐을 내줘라! 죽이지만 않으면 뼈는 한두 개쯤 부러뜨려도 괜찮아!"

진평이 듣기엔 끔찍한 얘기였다.

적우는 노인의 기분을 맞춰주는 데 무슨 사명감이라도 느끼는 것처럼 더욱 기세를 올렸고, 진평은 계속 궁지에 몰렸다.

적우가 펼쳐내는 초식들이 차츰 눈에 익으면서 진평은 그것이 원래 검초들이었다는 사실을 알아차릴 수 있었다.

검을 들지 않고 검초를 펼쳐낸다는 것은 한 수 접어준다는 의미로 해석할 수 있었다.

그건 피차 마찬가지였다.

진평 역시 본혈방 무공의 정수들은 사용하지 않고 다른 유파의 무공들, 금나수와 무당파의 보법만으로 버티는 중이었다.

그러나 초식의 적용 여부를 떠나 진평이 적우에게 밀리는 이유는 패도적인 내공의 운용 때문이었다.

진평은 마교의 무공도 보았고 라마교의 무공도 접해보았지만, 적우가 펼쳐내는 초식들처럼 강맹함으로 일관하는 무공은 처음 보는 것이었다.

놀라운 것은 그 강맹함 사이를 음유한 기운으로 보완하기까지 해서 도무지 파고들 틈이 보이지 않는다는 점이었다.

진평이 계속 밀리자 당소민이 정향사태에게 말했다.

"선배님. 좀 도와주세요."

그러나 정향사태는 움직이지 않았다.

그녀는 진평이 아니라 노인 쪽을 뚫어져라 보고 있었다.

황수주도 한때 좋아했던 진평이 혹시 험한 꼴이라도 당하지 않을까 안절부절못하는 마음이었다.

"사부님. 이대로 두면 진소협이 위험할 것 같아요."

정향사태가 움직였다.

그런데 그 방향이 진평 쪽이 아니라 노인 쪽이었다. 그녀는 노인 앞으로 가 정중한 태도로 포권을 한 후 말했다.

"아까 몰라 봬서 죄송합니다. 너무 오래전 일이라서요."

노인은 껄껄 웃었다.

"하하하! 이제라도 알아봐주니 다행이군."

그는 술 한 모금을 마신 후 말을 이었다.

"세상에서 세월이 제일 무서운 것 같네. 그때만 해도 살구꽃처럼 어여쁘던 소녀가 이렇게 할망구가 되었으니 말야."

정향사태가 살짝 미소 지었다.

"그 무서운 세월이 선배님은 비켜 가는 모양입니다."

"왜? 아직까지 살아 있어서 불만이야?"

정향사태는 손으로 입을 가리며 웃었다.

"진즉에 돌아가셨을 줄 알았죠. 그래서 아까 못 알아본 거예요. 호호!"

막역하게 얘기를 주고받는 품이 오래전부터 잘 알고 지내는 사이 같았다.

진평과 적우 두 사람은 목숨 걸고 싸우는 와중에 다른 한 편에선 두 사람이 밀린 옛날 얘기나 하는 모습이 참으로 이질적이었다.

정향사태가 말했다.

"선배님. 그만 저 아이를 용서해주시지요."

노인은 고집스럽게 입술을 일그러뜨렸다.

"무당파 놈들은 염치가 없어. 내가 이대로 물러나면 나중에 자기네가 이겼다고 떠들어댈 게 분명해."

"저 아이는 무당파 제자가 아니에요."

"유운신법이 아주 제대로던데?"

"장강을 오르내리는 장사꾼인데 여러 문파의 무공을 배웠나 봐요. 말투를 들어보면 어려서부터 강남에서 자란 게 분명한데 언제 무당산에 들어가서 도사들을 사부로 모실 시간이 있었겠어요?"

"그런가?"

노인은 싸움을 지켜보았다.

적우는 초조함을 느끼는지 점점 더 공세를 강화하고 있었다. 그에 반해 진평은 제대로 된 반격을 한 차례도 하지 못하는 열세였다.

그러나 노인이 보기에는 진평의 눈빛이 살아 있었다. 버티고 또 버티면서 끝끝내 포기하지 않는 모습이 인상적이었다.

노인이 말했다.

"과연 듣도 보도 못한 금나수와 희한한 장법으로 싸우고 있군. 무당의 제자라면 그 멍청한 말코 도사들이 저렇게 자유롭고 활달한 초식을 익히도록 놔뒀을 리가 없었겠지."

"그렇다니까요."

노인이 헛기침을 한 번 한 후 적우에게 말했다.

"애야. 그만 해라."

적우는 거짓말처럼 손을 멈추고 훌쩍 뒤로 몸을 날려 벗어두었던 짐을 지고는 노인 곁으로 가서 공손히 시립했다.

동작들이 하도 부드럽게 이어져서 원래부터 그 자리에 서 있었던 것처럼 느껴졌다.

조금 전까지 그토록 치열한 접전을 벌였음에도 불구하고 그의 호흡은 전혀 거칠어지지 않았다.

그에 반해 진평은 낭패한 모습이 역력했다.

양팔은 매라도 맞은 듯 얼얼했고 기혈은 여기저기 엉켜 있었다.

버틸 수 있을 때까지 버티다가 정 안 되겠으면 회풍류나 탄천벽을 쓸 생각이었는데 물러나서 시립한 적우를 보니까 그걸 썼다고 해서 과연 이길 수 있었을까 하는 의문이 들 정도였다.

진평으로선 충격적인 결과였다.

한편으로는 허탈하기도 하고, 한편으로는 화가 나기도 했으며, 동시에 두려운 마음도 들었다.

하지만 무엇보다도 큰 것은 두 사람에 대한 호기심이었다.

진평은 그들에게 다가가 먼저 적우에게 포권을 했다.

"가르침에 감사합니다."

적우는 가볍게 목례를 했다.

진평은 노인에게도 포권을 했다.

"무례에 대해 벌 대신 교훈을 내려주셔서 감사합니다."

노인은 고개를 젖히고 껄껄 웃었다.

"하하하! 이놈 보게? 확실히 무당파 제자가 아니라는 걸 알겠군. 아주 예의가 바른걸."

그는 호리병을 쑥 내밀었다.

“한 잔 해.”

“감사합니다.”

진평은 사양하지 않고 한 모금 마셨다. 목이 타는 듯 강렬하면서도 뒷맛이 깔끔한 백주(白酒)였다.

정향사태가 그에게 말했다.

“정식으로 인사 올리게. 취불(醉佛) 어르신일세.”

진평은 깜짝 놀랐다.

취불이라면 우내팔정(宇內八頂)의 일인이었다.

우내팔정은 호사가들이 지어낸 말일 뿐, 실제로는 대수롭지 않을 거라는 의견이 지배적이었다.

소문은 요란하지만 실제 강호에서 볼 수 있는 사람은 소림방장 한 사람뿐이었기 때문이다. 그나마 소림방장 원각대사도 무공보다는 학승(學僧)으로 더 많이 알려진 사람이었다.

그러나 막상 그 실체를 접하고 보니 놀라움을 금할 수 없었다. 취불 본인도 아닌 제자한테 계속 밀리기만 한 것이다.

수로맹주 곽예걸의 무공 수위를 봐도 그랬다. 우내팔정의 또 다른 일인이자 곽예걸의 스승인 불패권왕은 인격 수양에만 집중하도록 하고 정작 무공은 많이 가르치지 않았다고 했다.

그런데도 곽예걸 정도의 고수를 길러낸 걸 보면 그 자신은 어느 정도일까 하는 생각이 들었다.

진평은 취불에게 한 번 더 정중히 고개를 숙였다.

"무림말학이 선배님을 뵙습니다."

"그래, 그래."

취불은 흡족한 표정으로 웃었다.

진평은 심호흡을 하며 마음을 정리했다.

그가 살아오면서 늘 자부심을 가지고 있던 일 하나는 바로 본혈방의 유구한 역사와 수많은 무공 비급, 영약, 그리고 역대 방주들이 완성시킨 심법이었다.

그것은 진평에게 자긍심과 자신감을 가지게 해주었다.

그런데 세상은 그의 생각보다 훨씬 넓었다.

본혈방의 백 년 무공이 최고라고 하기에는 세상에 고수가 너무나 많았던 것이다.

진평은 오늘의 만남을 좀 더 꾸준히, 그리고 좀 더 겸손하게 정진하는 기회로 삼아야겠다고 마음을 다잡았다.

취불이 아미파 제자들을 가리키며 말했다.

"저 아이들도 소개시켜 줘야지."

정향사태는 제자들을 불러 취불에게 인사하도록 하고, 따로 당가의 세 사람도 소개를 시켰다.

당가라는 말에 취불은 엄살을 떨었다.

"어이쿠! 나는 세상에서 독이 제일 무서워."

당소민이 미소 지으며 물었다.

"우리 독에 당한 적 있으세요?"

"내가 미쳤어? 당가를 적으로 삼게. 당권령(唐勸翎)과 진즉에 의형제를 맺어두었지."

당소민은 깜짝 놀랐다.

"그건 제 증조할아버지 함자인데요."

취불이 반색을 했다.

"그래? 그럼 네가 철아의 딸이냐?"

"철이요? 그건 우리 할아버지 함자인데요."

"잉? 그 꼬마 놈이 언제 손녀까지 낳았을까?"

당소민의 안색이 어두워졌다.

"할아버지는 제가 열 살 때 돌아가셨어요."

"젠장!"

취불이 못마땅한 표정으로 술 호로를 입에 대더니 술이 다 떨어질 때까지 입을 떼지 않았다.

의형제를 맺은 친구뿐만 아니라 그 아들까지 죽었다는 말에 기분이 씁쓸해진 것이다.

당소민이 낯빛을 고치고 물었다.

"할아버지는 도대체 나이가 어떻게 되세요?"

"할아버지?"

취불은 할아버지 소리가 썩 듣기 싫지는 않은 듯했다.

"증조할아버지와 의형제셨다면서요. 그럼 지금 백 살도 넘으신 거 아닌가요?"

취불은 빈 호로병을 적우에게 넘기며 고개를 가로저었다.

"내가 오래 산 게 아니라 당가 남자들의 명이 너무 짧은 거야. 허구한 날 독물을 만지고 그 냄새를 맡아대니 장수할 리가 없잖아. 그러게 왜 독을 연구하냐고. 창해의선(蒼海醫仙)처럼 의술을 연구하면 얼마나 좋아. 그 늙은이는 한도 끝도 없이 오래 살잖아."

당가 남자들 얘기가 나오자 당소민은 살짝 미간을 찌푸렸다. 모두가 그런 것은 아니지만 아들이 귀하고 수명이 짧다는 것은 대체적으로 맞는 얘기였다.

그녀가 입맛을 다신 후 물었다.

"창해의선이란 분도 우내팔정의 일인 아닌가요?"

"그렇게 부른다고 하더군."

"그분도 아직 살아 계신가요?"

"살아 있냐고? 지난번에 남해(南海)에서 만났는데 검은 머리가 새로 나더라고. 젠장! 그게 말이 돼? 나보다 대여섯, 아니지. 열 살은 더 많을 텐데 말야. 난 왜 그게 안 되는 거야."

취불은 취기 때문인지, 원래 성격이 그런 건지, 아니면 당소민을 손녀처럼 생각해서인지 몹시 들떠 보였고 말도 많아졌다.

꽃같이 아름다운 아미파 제자들이 자신을 둘러싸고 있는 것도 한몫하는 것 같았다.

이번엔 아미쌍수 중 한 명인 장여락이 물었다.

"우리 사숙님은 어떻게 만나셨어요?"

"내가 아미산에 놀러갔을 때 제 사부와 함께 만났지. 그때 내가 산 아래 저자에서 경단을 사줬을 거야. 아마."

정향사태가 말했다.

"꿀에 절인 대추였어요."

"그랬나? 하하!"

정향사태는 나직이 한숨을 내쉬었다.

그 옛날 자신의 어린 시절이 떠오른 것이다.

당소민이 다시 물었다.

"할아버지. 그런데 취불이라면서 머리는 왜 그렇게 기르셨어요? 그리고 술은 왜 드세요?"

"지금 따지는 게냐?"

"아, 아뇨. 궁금해서요."

취불은 입맛을 다시고 한숨까지 길게 내쉰 후 말했다.

"난 파계승이야. 한 여자가 있었는데 그녀 때문에 불사음계(不邪淫戒)와 불망어계(不妄語戒), 불투도계(不偷盜戒)를 한꺼번에 어기고 말았지. 젠장! 그런데 그 여자가 덜컥 죽어버렸네."

"어머!"

둘러선 여인들 모두 놀랐는데 정작 당사자인 취불은 남의 얘기 하듯 태연했다.

"그녀를 죽인 놈들에게 복수를 하다 보니 불살생계(不殺生戒)까지 어기게 되었지. 그것도 아주 많이."

그의 어조는 처연하기 이를 데 없었다.

"그, 그러셨군요."

"그 이후로는 절에 붙어 있을 수가 없어서 천하를 떠도는 중이야. 에라! 이왕 파계한 거 불음주계(不飮酒戒)까지 어겨버리자! 해서 술도 마시기 시작했고. 머리도 깎을 이유가 없게 되었지."

정향사태는 쓸쓸한 표정으로 취불을 봤다.

그의 얘기는 사부님으로부터 대충 들은 바가 있었다. 얼마나 잊고 싶은 게 많았으면 평생토록 술병을 손에서 놓지 않을까 하는 데 생각이 미치자 연민의 감정이 일었다.

당소민이 다시 물었다.

"그럼 아까 황적이라고 하신 건……."

"한 짓이 도적놈 같아서 붙인 이름이지."

정향사태가 당소민에게 눈치를 주었다.

지난 얘기를 자꾸 들추어내지 말라는 뜻이었다.

눈치 빠른 당소민은 재빨리 화제를 바꿨다.

"할아버지. 저 아저씨는 누구예요?"

그녀가 가리킨 사람은 적우였다.

"응. 소야 소. 내가 짐을 지고 다니려니까 무거워서 소를 한 마리 구했어. 아주 힘이 세지."

"그런데 왜 말을 못하게 하셨어요?"

취불은 이해할 수 없다는 듯 고개를 갸웃거리며 물었다.

"너 소가 말하는 것 봤냐?"

"저 아저씨는 소가 아니고 사람이잖아요."

당소민은 친할아버지한테 응석이라도 부리는 것처럼 칭얼거리는 말투를 사용했다.

붙임성이 정말 좋은 아가씨였다.

취불도 그게 싫지 않은 듯했다.

손녀딸에게 얘기하듯 그 이유를 설명해주었다.

"원래는 나한테 도전했던 놈이야. 일검에 죽이려고 했는데, 제법 강단 있게 제자로 삼아달라기에 몇 달 끈기를 시험해 보고 나서 허락했지. 세상에 풀어놓는 것보다 내가 고삐를 쥐고 다니는 게 나을 것 같기도 해서."

"아! 그랬군요."

당소민은 적우 등의 짐을 가리키며 또 물었다.

"검하고 항아리는 알겠는데 괭이하고 삽은 왜 가지고 다니세요? 어디 농사라도 지으러 가세요?"

취불은 고개를 가로저었다.

"아니. 어디에서건 내가 죽으면 그 자리에 나를 묻기 위해서 가지고 다니는 거야."

"예?"

황당한 얘기였다.

취불은 적우가 가득 채워 건네는 술병을 받아 한 모금 마신 후 말을 이었다.

"술에 취해 천하를 주유하다가 아무 데나 쓰러져 죽는 것. 그게 내 소원이야. 하하하!"

기가 막히기도 하고 어떻게 보면 이해도 되는 얘기였다.

진평은 적우를 보았다.

그 역시 진평 쪽을 보았다.

허공에서 얽힌 시선.

두 사람의 눈빛엔 공통되는 감정이 하나 있었다. 그것은 상대에 대한 존중이었다.

시선을 거둔 진평이 취불에게 조심스럽게 말을 꺼냈다.

"선배님. 지금 천하가 어지럽습니다."

"그렇다고 하더군."

"선배님께서 해주실 일이 있을 거라고 생각합니다."

취불은 고개를 가로저었다.

"내 시대는 이미 지나갔어."

진평이 좀 더 힘주어 말했다.

"천하가 도탄에 빠지는 것을 두고만 보실 생각이십니까?"

"그럼 나더러 어쩌라고?"

"힘을 보태주십시오."

"예끼!"

취불은 호통을 쳤다.

발까지 구르며 내지르는 큰 소리에 사람들이 깜짝 놀라 한 걸음씩 물러서자, 취불은 그게 또 재미있어서 껄껄 웃다가 말을 이었다.

"새파랗게 젊은 놈들이 천지에 널려 있는데 다 늙은 내게 힘을 보태라니. 그게 무슨 염치없는 소리인가? 네놈들이 살 세상이면 문제도 네놈들이 해결해야지."

진평은 입맛을 다셨다.

그의 얘기가 전적으로 옳아서 항변할 말이 없었던 것이다.

취불이 정향사태에게 말했다.

"애야. 너도 나와 함께 떠나자꾸나. 내가 맛있는 사탕과자 잔뜩 사줄게."

정향사태는 손으로 입을 가리며 웃었다.

"꿀에 절인 대추라니까요."

이제까지는 일행 중 가장 나이 많은 존장이었지만 취불을 만난 이후로는 부쩍 웃음이 많아진 그녀였다.

"무엇이 되었건 간에."

정향사태는 웃음을 거두고 진지한 어조로 말했다.

"저는 아직 어립니다."

그녀는 주변을 한 번 둘러보고는 곧 한마디 덧붙였다.

"선배님에 비해서요. 저는 아직 은거할 나이가 아닙니다. 한창 더 싸울 수 있다고요."

"실력은 되고?"

정향사태는 진평과 적우 쪽을 힐끗 봤다.

부끄럽지만 그들에 비해 낫다고 말할 처지는 아니었다.

"실력이 문제인가요? 의지가 단호하다면 그것만으로도 가치가 있는 거죠."

취불은 못마땅한 표정으로 입맛을 다셨다.

"글쎄다……."

정향사태가 다시 말했다.

"선배님도 사실은 걱정이 되니까 여기까지 오신 거잖아요. 제 말이 맞지요?"

"아냐. 난 죽을 자리 찾아다니다가 우연히 이 길을 지나게 된 것뿐이야. 여름엔 북쪽으로, 겨울엔 남쪽으로 이동하거든. 철새들처럼."

취불은 자리를 털고 일어섰다.

"뭐, 함께 가기 싫다면 마음대로 하려무나. 사람은 다 자기 하고 싶은 일을 하면서 사는 거니까 내가 억지로 끌고 다닐 수야 없는 일 아니겠느냐."

"가시게요?"

"한곳에 너무 오래 머물렀어."

"어디로 가시나요?"

"내가 제법 오래 살았지만, 세상이 얼마나 넓은지 아직도 못 가본 곳이 더 많아."

"이렇게 헤어지는 건 너무 섭섭한데요."

정향사태의 얼굴엔 아쉬움이 강하게 드러났다.

당소민도 기인을 그냥 보내기 싫었다.

"할아버지. 저와 함께 사천으로 가요. 네?"

취불은 머리와 손을 동시에 좌우로 흔들었다.

"안 돼. 난 죽을 자리 찾느라 바쁜 사람이야. 인연이 있으면 다시 만날 테니까 너무 아쉬워하지 말라고."

그런 그의 앞을 진평이 막아섰다.

취불이 이채 띤 표정으로 물었다.

"자네는 또 왜?"

"그냥 가실 수 없습니다."

"난 이대로 사는 게 좋다니까."

"그건 이해합니다."

"그럼 왜 길을 막는 겐가?"

"제자분과의 대결이 끝나지 않았습니다. 승부를 가릴 수 있도록 허락해주십시오."

진평은 그들을 그냥 보낼 수 없었다.

무학의 길을 걷는 사람으로서 호적수를 만나는 것은 몹시 드문 인연이라고 할 수 있었다.

무학의 경지가 높을수록 더 그랬다.

한때는 석위를 호적수로 생각했고 최근엔 양우건을 그렇게 여겼지만, 지금 그의 마음을 사로잡은 사람은 적우였다.

지금 그를 보내면 언제 다시 만날 수 있을지 모르는데, 만약 이것이 마지막이라면 정말 아쉽고 한스러운 일로 남을 게 분명했다.

취불은 한동안 진평을 바라보다가 고개를 가로저었다.

"그건 안 되겠는데."

"승부를 가리게 해주십시오."

진평은 자신뿐만 아니라 적우도 그걸 원한다는 사실을 알 수 있었다.

비록 말은 못하지만 눈빛에 선연히 드러나 있었다.

취불이 말했다.

"소에게 이미 그만 싸우라고 했으니까 내가 한 말을 스스로 어길 수는 없지. 대신 나하고 한판 놀아보자. 어떠냐?"

"예……?"

의외의 제안이었다.

"왜? 겁이 나냐?"

일단 겉모습만 보자면 취불보다는 적우가 더 강해 보이는 게 사실이었다.

그러나 취불은 적우의 사부.

훨씬 더 고명한 수법을 지니고 있을 게 분명했다.

진평은 한차례 심호흡을 한 후 대답했다.

"영광입니다."

정향사태가 급히 만류했다.

"선배님. 굳이 그러실 필요는 없지 않나요?"

취불이 일단 손을 쓰면 광불(狂佛)이 된다는 얘기를 사부로부터 들었기 때문에 말려야 한다는 생각이 든 것이다.

그러나 취불은 이미 적우를 향해 손을 내밀고 있었다.

술병과 바꾸어 잡은 것은 한 자루 고검이었다.

검집에 두른 가죽은 올이 풀려 벌어지고, 붉은색이었던 검수(劍穗)는 허옇게 색이 바랜데다, 챙! 소리와 함께 뽑고 보니 검신 여기저기에 녹까지 슬어 있었다.

취불은 뭔가 재미있는 일을 앞둔 사내아이처럼 눈을 반짝이며 진평에게 말했다.

"너도 무기를 들거라."

진평은 반월도를 뽑아 가슴 앞에 세웠다.

상대가 상대이다 보니 여유를 부릴 수 없었다.

취불이 다시 말했다.

"시간을 오래 끌고 싶지 않으니 처음부터 가장 자신 있는 초식을 쓰도록 해라. 그러면 네 그릇 크기만큼 얻는 것도 있을 게야."

자신을 지도해주려는 의도임을 알아차린 진평은 정중히 목례를 한 후 진기를 최대한 끌어올렸다.

정향사태도 취불이 광불이 될 일은 없을 거라는 생각에 비로소 안도의 한숨을 내쉬었다.

취불은 검을 아래로 늘어뜨린 채 옅은 미소와 함께 진평을 지켜보았는데, 겉으로 어떠한 기운도 드러나지 않아서 마치 한 그루 소나무에 검을 매어둔 것처럼 보였다.

진평은 빠르게 뛰는 심장을 애써 가라앉히고 기식을 고른 후 순식간에 땅을 박차고 달려들어 연환 삼초를 펼쳐냈다.

그의 움직임이 어찌나 빨랐던지 아미파 제자들은 경악성을 터뜨렸고 정향사태는 눈을 부릅떴다.

그녀는 마교 장로 권중련과 싸울 때 진평의 참모습을 봤다고 생각했는데, 그게 전부가 아니었다는 사실에 크게 놀란 것이었다.

적우 역시 한순간도 놓치지 않으려고 눈을 빛냈다.

"좋구나!"

진평의 공격에 대한 취불의 평이었다.

훌쩍 뛰어 뒤로 물러선 진평은 크게 놀란 표정이었다.

자신이 전력을 기울인 연환 삼초.

그것은 초창기 방도들이 남긴 다른 유파의 무공이 아니라 강호행에 나서지 못한 방주들이 오랜 세월 연구하여 만든 본혈방 고유의 초식이었다.

그런데 취불은 마치 달라붙는 모기떼를 쫓아내기라도 하듯 아무렇게나 검을 휘둘러 그것들을 무력화시켜버렸다.

그의 무성의해 보이는 대응에도 불구하고 반월도 쥔 손바닥은 얼얼했고 손목과 팔꿈치에까지 통증이 남아 있었다.

술 취해 비틀거리는 깡마른 노인으로 보이지만 내공의 깊이는 어마어마했던 것이다.

그가 반격을 했으면 어땠을까 하는 데 생각이 미치자 진평은 온몸에 소름이 끼치는 것을 느꼈다.

그는 한차례 짧은 호흡으로 마음을 다잡은 후 곧바로 다시 달려들어 칼을 휘둘렀다.

이번엔 취불의 검이 칼에 닿자마자 곧바로 회풍류의 수법을 사용했다. 그러자 취불의 얼굴에 일순 당황하는 기색이 비치더니 한 걸음 뒤로 물러서기까지 했다.

정향사태와 아미파 제자들, 당가의 세 사람, 그리고 적우까지 이 돌발 상황에 깜짝 놀랐다.

취불이 소리 내어 웃었다.

"하하하……! 이거 참 맹랑하구나. 이런 실력을 가졌으면서 이 늙은이를 강호의 홍진 속으로 끌어들이려고 했단 말이냐? 예끼! 이 고약한 녀석 같으니라고."

그러나 진평의 표정은 밝지 않았다.

분명 회풍류가 제대로 시전되었음에도 불구하고 취불은 한 걸음 뒤로 물러서기만 했을 뿐, 그 어떠한 타격도 입지 않았기 때문이다.

'이걸로도 안 된단 말인가?'

남은 건 탄천벽 밖에 없었다.

그러나 자신보다 내공이 강한 상대에게 그 수법을 쓰는 것은 위험했다. 자칫 눈치라도 채이게 되면 동귀어진의 결과가 나올 수도 있기 때문이다.

생사결도 아닌데 그 수법을 쓸 수는 없었다.

취불이 검을 쭉 내밀며 말했다.

"여기에 네 도를 대거라."

진평은 시키는 대로 했다.

그러자 순간 손바닥으로 강력한 압박감이 전해졌다.

거기에 대항하려 힘을 줘봤지만 그에 앞서 상대의 힘이 순식간에 사라진 탓에 발을 고쳐 디뎌야 했다.

진평은 취불이 경을 읽는 수법으로 자신의 회풍류를 상대한다는 사실을 알아차렸다.

그는 정신을 똑바로 차리고 상대의 검 움직임에 온 신경을 집중하여 대응했다.

상대의 경을 읽고 거기에 맞춰 밀고 당기는 대결이라면 진평도 자신이 있었다.

점점 더 치열해지는 공방.

그러나 구경꾼들에겐 기이한 정경이었다.

맞닿은 두 무기 사이에 이루어지는 경의 흐름은 눈에 보이는 것이 아니니 어쩔 수 없었다.

그들이 보기엔 검과 도가 서로 얽히고설켜 듣기 거북한 마찰음을 내고 있을 뿐이었다.

그러다가 한순간 쩡! 하는 소리가 울렸다.

휘둘러 친 것도 아니고 줄곧 맞닿아 있었는데 그런 소리가 난 것은 희한한 일이었다.

소리는 몇 번 더 울렸다. 그것은 진평이 빠져나오기 위해 끊어치는 데서 발생한 소리였다.

그의 이마엔 땀방울이 맺혀 있었다.

자신의 반월도가 자석에 끌리는 바늘처럼 자꾸만 상대의 검에 딸려 가는데, 회풍류로 쳐내도 소용이 없었기 때문이다.

진평은 이해할 수 없었다.

예전에 설가영에게 가르친 것처럼 상대가 나보다 크고 힘이 세더라도 그 가고자 하는 방향으로 당겨주며 중심을 누르면 능히 쓰러트릴 수 있어야 한다.

그러나 지금의 상황은 그것과 달랐다.

이쪽에서 무게 중심을 뒤에 두고 물러나려고 하는데도 반월도는 계속 딸려 들어갔다.

그리고 그 힘은 점점 더 강해졌다.

결국 진평은 몸의 균형을 잃을 수밖에 없었다.

그리고 한순간, 취불의 녹슨 검이 광채를 띤다 싶더니 진평의 혈도 십여 군데를 연달아 찍었다.

"으으……!"

진평은 칼을 포기하고 나서야 겨우 몸을 빼쳐 나올 수 있었다.

"하하하! 제법인데? 아주 훌륭해."

취불은 진평의 반월도가 땅에 떨어지기 전에 자신의 검으로 퉁겨 올렸다. 그리고 검신에 걸어 빙글빙글 돌리다가 진평에게 던져주었다.

칼을 받아든 진평은 의아함을 감출 수 없었다.

조금 전 분명히 혈도 여러 곳을 찍혔는데 몸을 움직이는 데 아무런 이상도 느껴지지 않았던 것이다.

그는 불현듯 깨달았다.

취불이 연거푸 찍은 혈도는 바로 진기 운용의 경로를 순서대로 보여준 것이었다.

자신에게 무공을 전수해주었다는 데 생각이 미치자 진평은 얼른 예를 취했다.

"감사합니다!"

취불은 검을 적우에게 던져준 후 술병을 받았다. 그리고 마개를 열어 한 모금 마신 후 말했다.

"고마워할 것 없어. 깨달아서 자신의 것으로 만들 수 있느냐 없느냐 하는 것은 전적으로 네가 얼마나 총명하고, 네 그릇이 얼마나 크냐에 달렸으니까."

그렇게 말하면서 취불은 적우를 봤다.

적우의 얼굴에 부끄러운 기색이 번졌다.

진평은 잊지 않도록 찍혔던 혈도의 순서를 한 번 더 되짚어본 후 물었다.

"신공의 이름을 여쭈어도 되겠습니까?"

"신공은 무슨. 높은 데 달린 열매 따 먹으려고 만든 잡기술이라서 이름 같은 건 붙이지도 않았어."

진평은 그것을 잡기라 생각하지 않았다.

"선배님의 뜻을 헛되이 하지 않겠습니다."

제자도 아닌 자신에게 비기를 전수해준 것은, 장차 천하가 어지러워지는 것을 그냥 보고만 있을 수는 없다는 마음에서 나온 행동임이 분명했다.

취불이 흡족한 표정으로 고개를 끄덕인 후 말했다.

"아이야. 모든 물이 바다로 모이는 이유를 아느냐?"

진평은 선문답 같은 취불의 질문에 선뜻 대답하지 못했다. 그러자 취불이 잠시 사이를 두고 답을 가르쳐주었다.

"바다가 가장 낮은 곳에 있기 때문이란다."

그제야 진평은 그 의미를 알 것 같았다. 끌어당기는 수법의 요체를 설명하는 내용임이 분명했다.

취불이 덧붙여 말했다.

"전에는 밤에 혼자 술을 마시다가 달이 지는 게 너무 아쉬워서 가까이 두고 한 잔 하기 위해 놈을 끌어당긴 적이 있지. 하지만 성공하지는 못했어. 하하하!"

술잔을 나누려고 달을 당겼다니, 황당하고도 우스운 얘기였다. 그러나 진평은 그것이 전부 다 허풍은 아닐 거라고 생각했다. 자신도 언젠가는 달을 상대로 시험해볼지도 모를 일이었다.

"아! 시간을 너무 지체했군."

취불은 진평과 정향사태, 당소민 등과 차례로 작별 인사를 나누고 정주 쪽으로 휘적휘적 걸음을 옮겼다.

진평은 적우와 마지막으로 시선을 교환했다. 묵언 수행 중인 사람과 할 수 있는 작별 인사는 그것밖에 없었다.

그들의 모습이 능선에 가려 보이지 않게 되자 정향사태가 진평에게 말했다.

"기연 얻은 것 축하하네."

"감사합니다. 하지만 과연 제가 감당할 수 있을지 모르겠습니다."

"자네라면 할 수 있을 게야."

정향사태는 자기 제자와 당가 사람들에게 취불 만난 것을 비밀로 하라고 당부했다.

소문이 퍼지면 은거를 원하는 고인의 행로가 번거로워질 수도 있다고 생각한 것이다.

제5장
연화루

소림사로 가는 내내 당소민은 진평 곁을 떠나지 않았다. 예전처럼 그를 남편감으로 생각해서가 아니었다.

"나도 가르쳐줘요. 그 인월신공(引月神功)."

대결의 당사자인 진평과 취불, 그리고 앞서 배운 바 있는 적우를 제외하고는 진평이 얻은 게 정확히 무엇인지 아는 사람은 없었다.

당소민은 취불이 자기 증조할아버지의 의형제니까 자기도 그 무공을 전수받을 권한이 있다고 계속 억지를 부리는 것이었다.

진평이 동의한 건 그 이름밖에 없었다.

'인월(引月)이라…….'

달을 끌어당긴다는 생각 자체가 황망하고 허황되기는 하지만 술에 취해 쓰러져 죽었을 때, 바로 그 자리에 묻으라고 삽을 지고 다니는 취불이고 보면 어울린다는 생각도 들었다.

진평은 혈도와 내공의 운용에 대해서라면 이 세상 그 어느 문파보다도 많은 지식을 쌓은 본혈방의 방주였다.

그러다 보니 인월신공의 진기 흐름을 파악하는 데 오랜 시간이 걸리지 않았다.

문제는 진기 운용이 아니라 의지력이었다.

인월신공은 일반 무공들과 달랐다. 의지를 용(用)이라고 보면 진기의 움직임은 체(體)에 불과했다.

실체를 알고 나니까 그날 취불이 왜 바다에 대해 얘기했는지도 알 것 같았다.

단순히 몸의 움직임, 진기의 흐름을 반복해서 익히는 것만으로는 그 알맹이를 취할 수 없었다. 정신과 의지에 더해 어떤 깨달음, 혹은 수행이 병행되어야만 펼쳐질 수 있는 무공이었다.

그러니 당소민이 아무리 졸라도 가르쳐줄 수가 없었다. 진기의 이동 경로는 알려줄 수 있지만, 그것만 가지고는 아무것도 할 수 없는 것이다. 오히려 욕심내다가 주화입마를 당할 위험만 있으니, 아는 게 오히려 화라고 할 수 있었다.

진평이 굳게 입을 다물자 결국 당소민이 포기했다.

"쳇! 욕심쟁이."

진평은 그저 한 번 미소를 지어 보일 뿐이었다.

소림사에 가까워지면서 무림인들이 눈에 자주 띄었다.

"아직 날짜가 많이 남았는데 왜들 이리도 서두른담."

투덜거리던 정향사태가 진평에게 다가와 말했다.

"이보게, 진소협. 아무래도 낙양행은 다음으로 미루어야 할 것 같네."

취불을 만나고 오는 도중에 진평이 낙양 음식도 먹어봐야 하지 않겠느냐는 제안을 했고, 모두가 기쁜 마음으로 동의한 바 있었다.

그러나 막상 사람들이 많이 모인 것을 보니까 좀 이르더라도 산에 올라가서 정파 무림인들과 두루 안면을 트는 게 더 나을 것 같다고 정향사태가 판단을 내린 것이다.

"그렇게 하시지요."

진평도 사람이 이렇게 많은 것은 뜻밖이었다. 한가하게 낙양 요리나 즐길 계제가 아닌 듯싶었다.

숭산을 향해 걸으면서 그는 약간 초조한 안색으로 연신 좌우를 두리번거렸다.

그때 한 사람이 다가와서 말을 걸었다.

"진소협 맞으시죠?"

"그렇습니다만……."

진평이 보니 옷차림이 요란한 여인이었다.

나이는 이십대 후반쯤 된 듯했는데, 허리가 잘록해 보이는 궁장에 옥 장식 허리띠를 매고 머리는 한쪽으로 맵시 있게 틀어 올린 모습이었다.

"오랜만이네요. 호호호……!"

여인은 조금 간드러진 느낌을 풍기며 호들갑스럽게 웃었다.

여염집 여자 같지는 않고, 그렇다고 천박한 것도 아닌 어중간한 말투와 몸가짐이었다.

"내가 아는 분인가요?"

"어머! 벌써 절 잊으셨어요?"

진평의 일행은 모두들 호기심 가득한 표정으로 여인을 봤다. 한편으로는 진평을 살갑게 대하는 이 여인이 참 안 됐다고 생각하는 표정도 드러났다. 진평의 성적 정체성을 알고 나면 얼마나 실망할까 하고 걱정해주는 것이었다.

그때 진평은 여인이 허리 뒤로 둘러차고 있는 검을 보았다. 무명천으로 검집과 손잡이를 모두 감았는데 살짝 드러난 부분에 새겨진 낯익은 문양을 보고 순간적으로 상황을 알아차렸다.

"너……!"

그녀는 바로 설가영이었다.

얼굴은 면구 때문에 그렇다고 해도, 목소리가 너무나 이질적이라서 순간 다른 사람으로 착각했던 것이다.

설가영이 교소를 터뜨렸다.

"이제 기억나셨어요? 맞아요. 저 매향이예요."

"그, 그래. 매향……."

"진오라버니가 제일 좋아하는 꽃이 매화인데 내 이름도 하필 매향이라고, 우리는 아무래도 천생연분인 것 같다고 하셨잖아요."

'내가 언제?' 라는 말이 진평의 목구멍까지 올라왔지만 그냥 어색한 웃음으로 대충 고개를 끄덕이고 말았다.

"그런데…… 여기는 어쩐 일이야?"

원래는 '그런데 머리 꼴은 그게 뭐고, 옷은 왜 그따위고, 옥장신구는 무슨 돈으로 샀냐' 라고 묻고 싶었지만 그 말들을 모두 삼켜야 했다.

그녀가 말했다.

"무림대회가 있다는데 소림승들이 실수를 했는지 제게 무림첩을 안 보냈더라고요. 그래서 따지러 왔죠."

"그, 그랬구나."

설가영은 몹시 속상하다는 듯 입술을 삐죽거리며 어깨를 좌우로 흔들어댔다. 얼굴뿐만 아니라 동작이나 습관까지 만들어서 연습한 것 같았다.

"그런데 산문에서 저를 내쫓는 거 있죠? 그게 도대체 말이 되나요? 어떻게 생각하세요?"

"말이 안 되려나?"

설가영은 큰 소리로 다그쳤다.

"당연히 안 되죠!"

"그, 그래. 말이 안 돼."

"마침 진오라버니를 만났으니 잘 됐어요. 저를 함께 데리고 들어가 주세요. 일행인 척할게요."

그러더니 진평의 팔에 착 달라붙었다.

아미파 제자들과 당소민은 가볍게 한숨을 내쉬었다.

'너, 그 남자에 대해서 뭘 아니?' 하는 표정들이었다.

진평은 난처한 얼굴로 정향사태 쪽을 보았다.

그러자 그녀가 고개를 끄덕였다.

"진소협과 잘 아는 사이라면 우리 아미파와 함께 온 걸로 하지. 그래야 대회 기간 동안 지내기도 편할 게야."

"그렇게 해주시겠습니까?"

정향사태는 미소 지었다.

"우리가 진소협에게 신세 진 게 얼만데."

"감사합니다."

설가영은 얼른 정향사태 앞으로 갔다. 그리고 이제까지와 달리 지극히 정중한 태도로 포권을 한 후 말했다.

"동으로 민강(岷江), 서로 대도하(大度河)를 두르고 백 리에 걸쳐 뻗은 험산준령 위에 우뚝 선 금정봉(金頂峰)의 기세를 평소 마음속 깊이 흠모하고 있었습니다. 그동안 인연이 없어 아미산 여협들을 뵙지 못했는데 이제라도 이렇게 만나게 되었으니 실로 삼생(三生)의 영광입니다."

정향사태의 입이 함지박만 하게 벌어졌다.

아미파 제자들은 매향이라는 여자가 어쩜 이렇게도 사부의 마음에 쏙 드는 단어만 골라 말하는지 그저 놀랄 뿐이었다.

그들은 매향이 바로 홍구라는 사실을 전혀 알지 못했다. 늘 함께 다니던 진평조차 혼동할 정도였으니 그녀들이 설가영의 변장술을 꿰뚫어보는 건 불가능했다.

정향사태는 부드러운 표정과 어조로 물었다.

"그래. 매소저의 사문은 어찌 되는고?"

처음엔 진평의 부탁을 들어주기 위해 짐을 떠맡는다고 생각했는데 이젠 사람 자체에 호감을 가지게 된 것이다.

설가영은 공손히 대답했다.

"저는 남경 출신으로, 고을마다 떠돌며 약을 팔던 숙부님으로부터 약간의 검술을 배웠을 뿐이에요. 그러니 사문이라고 내세울 것도 없답니다."

"그래도 진소협과 이렇게 격의 없이 지낼 정도면 보통은 아닐 것 같은데."

"오라버니는 검술 때문에 절 좋아하는 게 아닌걸요. 제가 예쁘고 성격이 활달해서 좋대요. 호호호!"

"그래. 얘기는 나중에 천천히 하기로 하지."

정향사태가 앞장섰다.

그녀로서도 소림사 방문은 실로 오랜만이라 약간 들뜬 모습이었다.

진평은 설가영과 따로 뒤에 처졌다.

"뭐? 천생연분? 진오라버니?"

진평이 다그쳤지만 설가영은 딴소리를 했다.

"제 머리 어때요?"

"옷이 그게 뭐야? 허리가 왜 그렇게 잘록해?"

"마음에 안 드세요?"

"당연히 안 들지."

"아까부터 계속 보셨잖아요."

"내가 언제 봤다고 그래?"

진평이 마음에 안 드는 것은 자기 말고 다른 남자들도 이런 설가영을 볼 거라는 점이었다.

설가영이 크게 양보한다는 듯이 말했다.

"알았어요. 품이 넉넉한 걸로 갈아입을게요."

진평이 좀 진정된 어조로 물었다.

"너 여기 오면서 술 취한 노인과 등에 삽을 진 남자 만난 적 있어?"

"어! 그걸 어떻게 아셨어요?"

"그들이 누구인지 알아?"

"아뇨. 절 도와준 후 바로 가버리셨어요. 이름을 여쭤봤지만 대답이 없었고, 그냥 걷는 것 같은데도 어찌나 빠르던지."

진평은 의아한 표정을 지었다.

"도와줘? 무슨 일이 있었는데?"

"강도들을 만났어요. 아마 마교가 포섭한 흑도 무리였을 거예요. 저 혼자도 충분히 처리할 수 있을 줄 알았는데, 숫자가 많아지다 보니까 좀 버거웠어요. 그 붉은 장포 입은 분이 삽을 들고 와주지 않았다면 지금 이렇게 형님을 만나지 못했을 수도 있어요."

설가영은 그때 생각을 하면 지금도 가슴이 떨린다는 듯 짧은 한숨까지 내쉬었다.

"전부 몇 명이었는데?"

"처음엔 대여섯 명이었는데 나중에 뛰어나온 동료들까지 합치면 적어도 오십 명은 넘는 것 같았어요."

"네가 그들과 싸웠단 말야?"

"무슨 각에 속한 정식 마교도도 아니었는데요 뭐."

그래도 제법이라는 생각이 들었다.

동시에 웃음도 나왔다.

"왜 웃으세요?"

"삽으로 두드려 팼단 말이지?"

"예. 아주 무시무시했어요. 어쩌면 형님보다 셀지도 모른다는 생각까지 들었는걸요."

"아까는 오라버니라더니 이젠 형님이야?"

"아차! 실수했네요."

"어쨌거나 네가 본 게 맞아."

"뭐가요?"

"적우와 겨뤄봤거든. 정말 대단한 상대였어."

"그와 싸우셨다고요?"

진평은 금곡퇴 언덕 위에서 벌어졌던 일들을 모두 얘기해주었다. 설가영은 연신 탄성을 토했다.

"와! 그 노인이 그렇게 유명한 분이었다니."

"넌 운이 아주 좋았던 거야."

"형님, 아니 오라버니도요."

진평이 고개를 갸웃거렸다.

"너, 예전에는 나를 오라버니로 부르는 거 싫다고 하지 않았었나?"

"이젠 싫지 않아요."

상아와 초란에게 남자 홀리는 기법들을 배우면서 친해진 이후로는 그녀들의 직업에 대한 편견도 많이 줄어든 그녀였다.

그리고 지금의 차림새에 쓸 수 있는 가장 어울리는 호칭이기도 했다.

진평이 설가영을 빤히 바라보았다.

그 시선을 의식한 설가영이 물었다.

"뭘 그렇게 보세요?"

"너 화장했냐?"

"당연하죠."

"하하! 면구 위에 화장이라니. 정말 웃긴다."

"세상에 화장 안 하는 여자가 어디 있어요. 맨 얼굴이면 오히려 더 수상하게 본다고요. 그리고 분을 바르면 안색이 자연스럽게 보이는 효과까지 있으니까 일석이조죠."

설가영은 여장으로 바꾼 후 지난번에 배운 화장법을 열심히 연습하는 중이었다.

"그래, 그래. 분도 바르고 연지도 바르렴."

"지금 잔소리하는 거예요?"

"내가 무슨……."

"옷이 어쩌니…… 화장이 어쩌니……. 잔소리 맞는 것 같은데요?"

"너 말이 상당히 많아졌다."

진평이 눈썹을 꿈틀거려 짐짓 화난 표정을 만들어 보였지만 설가영은 콧방귀를 뀌었다.

"흥! 매향은 원래 그런 사람이랍니다."

그렇게 티격태격하는 사이에 일행은 산문 앞에 이르렀다.

문을 지키던 소림승들은 아미파를 정중하게, 당가는 조심스럽게, 그리고 진평은 반갑게 맞았다.

진평과는 이미 구면인 제자도 한두 명 보였다.

일행이 지객당을 향해 가면서 보니 소림사 경내도 산 아래와 다르지 않았다.

무림인의 수가 승려보다 더 많아 보일 정도였다.

진평이 안내를 맡은 소림승에게 물었다.

"웬 사람들이 이리 많습니까? 혹시 무림첩에 날짜가 잘못

적혀 있기라도 했습니까?"

"아닙니다. 사실은 무림첩을 받지 않은 문파에서도 많은 사람들이 자원하여 왔습니다. 그들이 절차에 문제가 생기지 않도록 허락을 받으려고 서두른 바람에 이렇게 때 이르게 붐비는 것입니다."

정향사태는 흡족한 표정을 지었다.

"척마멸사의 깃발 아래 자진해서 모이다니, 그것참 좋은 소식이군."

진평이 소림승에게 다시 물었다.

"지난번 회의에서 정파에 속하는 거의 대부분의 문파에 영웅첩을 보내기로 하지 않았습니까?"

"예. 하지만 세가(世家) 중에는 빠진 곳이 많았지요. 그런데 그들이 무림대회 참가를 자처한 겁니다."

소림승은 그런 그들이 반가운 한편, 일이 늘어나서 피곤하기도 한 듯했다.

진평은 저간의 사정을 어느 정도 짐작할 수 있었다.

세가란 대부분 그 뿌리가 무관(武官)이었다.

불교나 도교 수행의 일환으로 무공을 익히는 문파들과 달리, 조정에 등용된 장수가 공을 세워 봉토를 받고 그것을 기반으로 삼아 자식과 친척, 제자들에게 무공을 가르치면 그게 바로 세가인 것이다.

그들 입장에선 가문의 일원이 얼마나 높은 관직에 올라 있느냐에 따라 영욕이 갈렸다.

관직에 오른 사람이 전혀 없이 무공만으로 이름을 떨치는 세가도 있긴 하지만 몹시 드문 경우였고, 또 당사자들도 그걸 원하지 않았다.

승려나 도사들은 관직 없이 도만 닦아도 살 수 있지만 세가는 태생에서부터 조정의 부름을 기다리는 입장인 것이다.

그런 그들을 움직일 수 있는 가장 유력한 수단은 관직이었다. 그리고 그것을 거머쥔 사람을 꼽으라면 당금 천하에선 환관 왕진이 그 정점에 있다고 할 수 있었다.

결국 세가들이 떨쳐 일어난 배후엔 동창이 있다는 게 진평의 생각이었다.

불타는 정의감으로 떨쳐 일어났다면 더 좋았겠지만, 그렇지 않다고 해도 세가들의 가세는 환영할 만한 일이었다.

마교가 아직 그 힘의 실체를 드러내지 않았다는 점을 생각하면 한 사람의 힘이라도 절실하게 필요한 상황인 것이다.

일행이 지객당에 도착할 무렵 한 사람이 달려와 진평을 맞았다. 얼굴 가득 반가운 미소가 번진 사람은 바로 소림 팔대호원의 감원인 혜명이었다.

"어서 오십시오! 진소협."

진평은 정향사태부터 소개했고, 혜명은 선배에 대한 예를 먼저 차렸다. 인사를 끝낸 혜명은 뭔가 알 것 같다는 미소를 지었다.

진평이 아미파의 무공을 써서 이상하다고 생각하고 있었는데, 지금 보니 과연 아미파와 동행을 한 것이다.

진평이 이어서 당가 사람들을 소개하자 혜명의 얼굴에 살짝 긴장하는 빛이 스쳤다.

소림 고승까지 경직되게 만드는 걸 보면 당가의 위세는 참으로 대단하다고 할 수 있었다.

혜명은 아미파와 당가 사람들을 숙소로 안내하고 나서야 진평과 시간을 가질 수 있었다.

진평은 우선 방장을 찾아가 인사부터 했다.

원각대사는 반가운 얼굴로 맞아주었지만 워낙 일이 많아서 얘기를 길게 나눌 시간이 없었다.

미리 시간을 정해 놓고 접견을 기다리는 문파들이 줄을 서 있었던 것이다.

진평도 그걸 이해하기에 바로 나왔다.

혜명이 따로 자리를 마련하여 진평에게 차 대접을 하면서 이런저런 이야기들을 나누게 되었다.

주로 그간의 강호 정세에 대한 얘기였는데, 서로에게 많은 도움이 되었다. 특히 혜명은 진평이 직접 다녀온 장강의 분위기에 관심을 가졌다.

"마교에서 라마승들까지 끌어들였을 줄을 몰랐습니다. 진 소협 덕분에 중요한 정보를 알게 되었군요."

"그게 아닙니다."

"예? 그게 아니라니요?"

"그들은 마교와 싸우기 위해서 중원에 들어왔을 겁니다. 그러니 우리의 적은 아니라고 할 수 있지요."

"라마승이 우리를 위해 마교와 싸운다고요? 하하하! 믿을 수 없습니다. 그런 일은 절대 일어나지 않을 겁니다."

원나라 때 라마승들로부터 핍박받은 걸로 치자면 소림사가 다른 어떤 사찰이나 도관보다 더 했을 것이었다.

그러다 보니 혜명의 얼굴에도 그들에 대한 적개심이 노골적으로 드러나 있었다.

진평은 자신의 생각을 증명할 방법이 없음을 알고 진실이 스스로 드러날 때까지 기다리기로 했다.

"만약 라마승들을 만난다면 한 가지만 지켜주십시오."

"그게 무엇입니까?"

"우리 쪽에서 먼저 도발하거나 공격하지 않는 겁니다."

"그거야 뭐……."

혜명이 잠시 진평의 표정을 살핀 후 물었다.

"진소협께서는 라마승들이 우리가 아닌 마교와 싸우려 한다는 사실을 정말로 믿으시는군요."

"그렇습니다."

"아……!"

"만약 라마승들이 마교와 싸우려 하는데 우리가 그들에게 먼저 싸움을 건다면 마교도들이 얼마나 기뻐하겠습니까?"

혜명은 천천히 고개를 끄덕였다.

"장문인께 지금까지의 말씀들을 소상히 전하겠습니다. 하지만, 우리가 양보했음에도 불구하고 그들이 우리와 싸우고자 한다면 절대로 용서하지 않을 것입니다."

결의에 찬 혜명은 주먹까지 쥐어 보였다.

"하하! 그렇게 하십시오."

진평은 잔에 남은 차를 비운 후 말을 이었다.

"이젠 제 아우를 만나봐야겠습니다. 숙소는 예전의 그 자리 그대로인가요?"

"아닙니다. 홍시주와 구시주는 지금 산 아래 저자에 따로 숙소를 정했습니다."

"예? 무슨 잘못이라도 저질렀습니까?"

절의 계율을 어겼다면 혼을 내줄 생각이었다.

"그게 아니라 지객당에서 지내는 건 여러모로 불편한 점이 많다고 스스로 나가겠다고 하셨습니다."

진평은 속으로 웃었다.

보나마나 곁에 기녀를 끼고 술 마시고, 고기 마시면서 놀기 위해 절에서 내려간 게 분명했다.

그건 나름대로 현명한 선택이라고 할 수 있었다.

다만 걱정은 홍등가에서 잔뼈가 굵은 홍패가 구재원한테 너무 많은 것을 가르쳐줬으면 어쩌나 하는 것이었다.

혜명이 말했다.

"거처가 어디인지는 우리가 아니까 제자 하나를 보내어 즉시 모셔오도록 하겠습니다."

진평은 손을 내저었다.

"안 그래도 손님맞이에 바쁘신데 그런 수고를 끼쳐드릴 수야 없지요. 제가 찾아가겠습니다. 위치만 가르쳐주십시오."

"그럼 돌아오실 시간에 맞추어 방을 치워놓겠습니다."

"아닙니다. 저도 산 아래서 지내는 게 편할 것 같군요."

혜명은 지객당에 머물 것을 거듭 권했다.

진평이라면 귀한 손님인데 산 아래 머무는 것이 자칫 손님 접대에 소홀한 것으로 비쳐질까봐 저어했던 것이다.

그러나 진평의 고집을 꺾을 수는 없었다.

* * *

소림사 아래엔 오래전부터 저자가 서 있었다.

불공드리러 오는 사람들을 대상으로 음식이나 차, 향 등을 파는 가게들이 잔뜩 모여 있는 것이었다.

하지만 요즘처럼 붐비기는 처음이었다.

진평이 찾아간 곳은 연화루(蓮花樓).

이름과 실체가 전혀 어울리지 않는 낡은 이층 객잔이었다. 그러나 아래층엔 사람들이 잔뜩 몰려 있었고 왁자지껄한 소리가 그치지 않았다.

얼핏 개방 거지들이 서넛씩 무리를 이루어 객잔 주변을 호위하는 게 보였는데, 심각한 표정들은 아니었다.

그리고 가까이 가서 보니 사람들이 몰려 떠들어대는 건 온통 주사위 노름의 숫자를 외치는 것이었다.

'절 아래 도박장이라니.'

진평은 손으로 이마를 짚었다.

만약 홍패가 이곳에서 구재원을 데리고 도박을 하고 있다면 아주 심하게 야단을 칠 생각이었다.

그러나 판을 모두 돌아다녀 보아도 두 사람은 눈에 띄지 않았다. 혹시나 하는 생각에 이층으로 올라가 보니 홍패와 구재원이 길 쪽으로 난 다락에 앉아 차를 마시고 있다가 진평을 발견하고는 찻잔을 팽개치고 곧바로 달려왔다.

"형님! 히히히……!"

홍패는 그야말로 바람처럼 날아와서 진평의 품에 와락 안겼다.

"숙부님!"

구재원도 몹시 반가워했다.

"잘들 있었나?"

"물론이죠. 아이고, 형님. 연락이라도 좀 하고 오시지요."

진평은 그들이 앉았던 탁자 쪽으로 시선을 주었다.

건장한 청년이 웃는 얼굴로 다가왔는데, 진평도 전에 만난 적 있는 개방의 영풍개 곽완이었다.

"반갑습니다."

"오랜만이군요."

진평도 마주 포권을 했다.

홍패가 진평에게 자리를 권했다.

"형님이 안 계신 동안 여기 곽형과 참 친하게 지냈습니다. 얘기를 해보니 통하는 게 많더라고요 히히!"

진평이 구재원과 곽완을 보니 나란히 씩 웃는 모습이 마치 개구쟁이 형제 같아 보였다. 비슷한 또래에 생각도 비슷하고 죽도 잘 맞는 것 같았다.

점소이가 새로 차를 따르고 가자 진평이 좌우를 둘러본 후 말했다.

"아래층에 비하면 여긴 사람이 없군."

구재원이 대답했다.

"저희들이 여길 통째로 사버렸습니다. 그리고 이층은 우리 세 사람과 마음에 드는 친구들을 위해 비워놨지요."

"객잔을 샀다고?"

진평은 홍패를 노려봤다.

홍패는 손을 내저었다.

"그런 눈으로 보지 마십시오. 값을 제대로 쳐주었기 때문에 주인도 아주 만족해서 고향으로 돌아갔습니다."

"여기 장사하러 온 거야?"

"히히! 장사는 이미 끝냈습니다."

진평이 의아한 표정을 짓자 구재원이 신이 나서 얘기했다.

"우리가 샀던 돈은 이미 빠지고도 남았습니다."

"어떻게?"

"아래층에서 보셨잖습니까. 도박장 수입 덕분이죠."

진평은 손으로 이마를 짚었다.

"무림대회가 코앞인데 소림사 앞에서 도박장을 열었다고?"

홍패가 얼른 나섰다.

"아무 걱정 마십시오. 원래 이곳에서 점소이로 일하던 똘똘한 놈을 노반 자리에 앉혀놓았기 때문에 사람들은 우리가 실제 경영자라는 사실을 모릅니다. 그러니 뇌정산장의 명예에 누가 될 일도 없지요. 흐흐흐……."

진평은 도박판이 벌어졌음에도 불구하고 홍패가 모습을 드러내지 않은 이유를 이제야 알 수 있었다.

자기가 운영하는 도박장에서 누가 도박을 하겠는가.

"뇌정산장이 문제가 아니잖아. 소림사 입장에선 이 일을 모욕으로 생각할 수도 있어."

홍패는 눈을 가늘게 떴다.

"헤헤헤……. 설마하니 제가 그런 생각도 하지 않고 일을 벌였겠습니까? 이 일은 소림사에서도 알고 있습니다."

"무슨 소리야? 설마 그들이 도박장 영업을 허락해주었단 말야?"

"공식적으로는 아니지요. 하지만 제가 매일 많은 양의 쌀과

부식을 시주하고 있습니다."

"시주?"

"예. 스님들이 도박장에서 나오는 이권을 받아 챙길 수야 없는 일 아닙니까? 제가 자발적으로 시주를 하는 거지요. 무림대회에 찾아온 손님들 하루 세 끼 챙겨 먹이는 데 돈이 어마어마하게 들 텐데 저 같은 사람이 있으니 얼마나 반갑겠습니까? 흐흐……."

"그래서 그 시주 받으려고 소림사에서 네놈 뒷배를 봐주고 알면서도 모른 척한다는 거야?"

"꼭 그 이유만은 아니죠. 사실 무림인들이 한자리에 모이면 얼마나 통제하기 어려운지 형님도 잘 아시지 않습니까. 칼 찬 사내들이 대낮에 할 일이 없어 술이나 마시다가 서로 노려보는 게 낫겠습니까? 아니면 온종일 주사위판을 들여다보는 게 낫겠습니까? 저는 소림사 주변의 평화를 유지하는 데 아주 중차대한 역할을 하는 겁니다. 히히!"

진평은 그의 뒤통수를 한 대 쥐어박으려다가 한자리에 있는 곽완을 보고 참았다.

그가 곽완에게 물었다.

"곽형이 여기 머무는 것을 다른 장로들이 싫어하지는 않을까요?"

"하하! 우리 개방은 돈 되는 일이라면 아무것도 꺼리지 않습니다. 그게 의롭지 않은 일이라면 몰라도 부끄럽다고 해서 하지 않는 경우는 없습니다."

하긴 밥을 빌어먹는 방파이니 도박장의 이권에 개입했다고 해서 흉 될 일은 없을 것 같았다.

구재원이 보충 설명을 했다.

"곽형의 제자들이 지켜주는 덕분에 홍숙부님과 제가 전면에 나서지 않아도 아래층의 질서가 유지되고 있습니다. 도박장이라는 게 의외로 싸움도 많이 나고, 돈 잃고 행패 부리는 놈도 많은 사업이더라고요."

구재원은 못 본 사이에 세상사에 대해 참 많이 배운 것 같았다. 무림 영웅들과 교분을 쌓으라고 남겨두고 갔는데 홍패 때문에 도박장 주인이 되었으니 다소 실망스럽기도 했지만 어떻게 보면 이것도 인생 경험의 일부라고 할 수 있었다. 그리고 곽완 같은 친구가 생겼으니 강호 인사와의 교분도 어느 정도는 성공적이라고 볼 수 있었다.

진평이 못마땅하지만 그렇다고 딱히 책망하는 것도 아닌 어조로 홍패에게 물었다.

"너. 이거 하려고 지객당에서 내려온 거였냐?"

"처음엔 더러운 걸 피해서 왔지요. 흐흐……."

"뭐가 더러웠는데?"

"청성파와 점창파 놈들이 마주치기만 하면 계속 시비를 걸잖아요. 여차하면 내 손에 한 놈 죽을지도 모른다는 생각이 들더라고요. 형님도 안 계신데 그러면 큰일 아닙니까? 그래서 내려왔지요."

"청성파라……."

지난번에 구재원이 장철을 이기고, 진평이 운현도장 쓰러트린 일에 여전히 원한을 품고 있는 모양이었다.

청성파는 그런 이유가 있다 쳐도, 함께 따라다니며 보조를 맞추는 점창파는 참 한심하다는 생각이 들었다.

동창에 포섭된 동료 의식 때문에 그러는 듯한데, 개방 역시 같은 무리이지만 곽완은 자기 배짱 맞는 친구를 찾아서 이렇게 어울리는 걸 보면 남다른 자질의 소유자라고 할 수 있었다.

진평이 곽완에게 물었다.

"곽형. 술은 얼마나 마십니까?"

그 말에 홍패와 구재원이 긴장된 표정을 지었다.

곽완이 씩 웃으며 대답했다.

"대단치는 않습니다. 진형과 제대로 대작하는 건 처음이니까 우선 한 말짜리 동이부터 시작해볼까요?"

진평의 입가에도 미소가 번졌다.

"좋습니다."

곧바로 찻잔이 치워지고 술판이 벌어졌다.

하룻밤을 꼬박 새운 술 대결의 결과 곽완은 진평을 형님으로 모시게 되었다. 단순하고 즉흥적인 결정이라서 네 명이 한 자리에 앉으면 서로의 호칭이 얽히기 일쑤였다.

그래도 넷이 어울려 노는 데는 아무 문제도 없었다.

진평이 곽완을 스스럼없이 받아들인 것은 그의 성격이 워낙 활달하고 자유로웠기 때문이다. 게다가 개방의 영풍개 하면 의로운 일에 머뭇거리지 않는다는 협명(武名)이 널리 알려진 터이니, 진평이 마다할 이유가 없었다.

아침을 먹고 술이 좀 깨자 진평과 곽완은 두 번째 대결을 준비했다. 그런데 손님이 찾아왔다.

바로 매향으로 변장한 설가영이었다.

"오라버니! 말도 없이 이런 데 와 계시면 어떻게 해요!"

쏘아붙이는 그녀를 보고 곽완과 구재원은 당황했다.

홍패는 그녀가 설가영일 거라 생각하고 고개를 좌우로 갸웃거리며 유심히 살펴보았다.

그러다가 마침내 손바닥으로 자기 무릎을 내리쳤다.

"절묘하구나! 내가 가르쳤는데 나보다 더…… 아니, 거의 내 수준에 근접했네. 히히!"

목소리가 완전히 달라진 것은 물론이고, 면구의 닿는 부분 처리가 완벽해서 본래 얼굴처럼 보일 정도였다.

설가영은 씩 웃었다.

"칭찬 고맙습니다. 작은 형님."

진평은 구재원과 곽완에게 그녀를 소개했다.

"내가 잘 아는 동생 매향이야."

두 사람은 분분히 일어나 인사를 나누었다.

진평이 큰 소리로 외쳤다.

"술잔을 하나 더 가지고 와! 사람이 다섯으로 늘었어."

점소이 역시 큰 소리로 대답을 했다.

그러나 설가영이 손을 내저었다.

"전 여기 오래 있지 못해요. 아미파 제자들과 어울려 다니기로 약속했거든요."

"그래? 시간이 넉넉할 때 오지 그랬어?"

"전할 얘기가 있어서요. 곤륜파에서 사람을 보내서 형님, 아니 오라버니를 찾으셨어요."

"아! 곤륜 장문인이 소림사에 계셨구나."

곤륜산까지 갔다가 다시 돌아오려면 길이 까마득하니까 계속 머무르고 있었던 것 같았다.

홍패와 구재원을 빨리 만나고 싶은 생각에 마음을 쓰지 못했는데, 그에게 먼저 인사를 하는 게 순서였다.

진평은 자리에서 일어났다.

"찾아뵈어야 할 분이 있으니 술내기는 저녁으로 미루자."

그러자 홍패, 구재원, 곽완도 따라 일어섰다.

"우리도 가겠습니다."

"좋아. 함께 가도록 하지."

곤륜파 장문인 정도의 무림명숙이라면 기회 있을 때 안면을 터두는 것도 좋은 일이었다.

다섯 사람은 왁자지껄한 도박장을 지나 거리로 나섰다.

그런데 대로 저쪽 편에서 우르르 몰려다니던 일단의 사람들이 진평을 발견하고는 갑자기 소란스럽게 고함을 치며 달려와 주변을 에워쌌다.

진평이 보니 그들은 점창파 도사들이었다.

도박장 쪽이 일시에 조용해졌다.

누군가 '싸움이 났다!' 라고 외치는 바람에 여기저기서 판이 중단된 것이다.

보통의 경우라면 길에서 싸우다가 누가 죽건 말건 노름판의 주사위가 더 중요하겠지만 몰려온 사람들이 구파일방 중의 하나인 점창파이다 보니 사람들의 관심도가 달랐다.

도박장뿐만이 아니었다.

여기저기서 어수선한 발걸음 소리가 들리는가 싶더니 연화루 앞 큰길은 온통 구경꾼들로 가득 차게 되었다.

그들은 보통 구경꾼이 아니었다.

다들 무림방파에 속한 사람들이라 저마다 검이며 병장기를 지니고 있었고, 그로 인해 주변 분위기는 경직되었다.

진평은 이렇게 많은 사람이 몰려든 상황을 좋아하지 않았다. 그의 표정을 살핀 구재원이 나섰다.

"난 뇌정산장의 구재원입니다!"

그러자 구경꾼들이 여기저기서 수군거렸다.

지난번 청성파와의 대결 때문에 뇌정산장 소장주 구재원은 제법 유명해져 있었던 것이다.

구재원이 점창파 도사들에게 물었다.

"우리 길을 막은 이유가 무엇입니까?"

그러자 도사 한 명이 앞으로 나섰다.

그는 사십대 중반으로 이마가 넓고 눈썹과 수염이 모두 붉은색이었다. 또한 큰 키에 허리와 팔이 길고 손에는 장검을 들었는데, 걸음걸이가 날렵하면서도 부드러워 상당한 고수임을 짐작할 수 있었다.

그가 가볍게 포권을 해 보인 후 말했다.

"난 점창의 손효월(孫曉越)이라 하오."

그러자 구재원이 자신을 소개했을 때보다 더 큰 술렁거림이 일었다.

손효월이라면 점창파 내에서 서열 이위로 꼽히는 고수였다. 특히 사천과 한중 일대에 무명(武名)이 널리 알려져 있기도 했는데, 그래서인지 운남 사투리에 사천 말씨가 많이 섞여 있었다.

구재원이 물었다.

"손도장께서는 대체 무슨 일이기에 많은 수로 저희 다섯 사람을 핍박하십니까?"

진평이 홍패를 보고 고개를 한 번 끄덕였다.

대거리하는 구재원의 목소리와 표정에 제법 힘이 실려 있었고 틀도 잡혀 보였기 때문이다.

홍패는 헛기침을 하며 젠 채 했다.

자기가 잘 가르쳐서 그런다는 투였지만 사실은 구재원이 스스로 자신의 재능을 계발한 것이었다.

홍패는 곁에서 술과 여자, 그리고 도박장 운영과 사람 다루는 법에 대해 시범을 보여주었을 뿐이었다.

손효월은 자기가 구재원과 대거리하는 게 어울리지 않는다고 생각했는지 옆에 선 제자에게 턱짓을 했다.

대신 나선 자는 호정휘라는 청년 고수였다.

그는 우선 곽완을 한 번 노려보았다.

두 사람은 예전에 각 문파의 청년고수들 모임을 통해 안면을 튼 사이였다.

그러나 구재원이 장철과 대결할 때 곽완이 청성파의 체면을 세워주지 않고 자기 양심에 따라 뇌정산장 측의 말이 옳다고 하는 바람에 그 이후로는 관계가 소원해진 상태였다.

호정휘가 검지로 진평을 가리키며 말했다.

"우리는 당신과 할 말이 있소."

모두의 시선이 자신에게 쏠리자 진평은 더 이상 구재원을 앞장세울 수 없었다.

진평은 두세 걸음 나아가 호정휘에게 물었다.

"말해."

호정휘의 눈썹이 꿈틀거렸다.

감히 대 점창파의 제자에게 통성명도 없이 안하무인격으로 하대를 하는 게 거슬렸던 것이다.

진평도 그걸 모르는 바 아니었다.

하지만 동창의 앞잡이 노릇하는 그들을 존중해주고 싶은 마음은 전혀 없었다. 동창의 힘이 필요하다는 건 인정하지만, 그것과 존중은 별개의 문제였다.

그리고 예전에 구재원을 도울 때 이미 말 많고 성정 거친 뇌정산장 장주의 의제로 나선 적이 있으니, 이제 와서 공손하게 예의를 갖추는 것도 어울리지 않는다고 생각했다.

"할 말 없으면 길을 열든가."

진평이 짜증 섞인 어조로 빚쟁이 대하듯 말하자 호정휘는 더욱 화가 났다.

"이놈! 네 죄를 모르겠느냐?"

"네 어미와 잔 죄?"

구경꾼들 사이에서 와! 하고 웃음이 터졌다.

결국 모욕을 참지 못한 호정휘는 검을 뽑아들고 득달같이 진평에게 달려들었다.

진평은 상대가 충분히 다가오기를 기다렸다.

최근에 싸운 상대가 적우와 취불이라 그런지, 호정휘의 검을 기다리는 게 지겹게 느껴질 정도였다.

쾅! 소리와 함께 호정휘의 몸이 떠올랐다.

진평의 어깨에 호되게 부딪힌 그는 원래 서 있던 자리까지 날아갔고, 검은 어느새 진평의 손에 들어가 있었다.

점창파 제자들이 황급히 달려들어 날아오는 호정휘를 받았지만, 혼절한 그는 쉽게 정신을 차리지 못했다.

거리는 조용했다.

백여 명에 가까운 사람들이 모여 있음에도 불구하고 숨소리조차 들리지 않았다.

그들 대부분이 무림인들이다 보니 방금 진평이 보여준 한 수의 위력을 알아차리고 다들 경악한 것이다.

겉보기엔 앞도 안 보고 달려가다가 나뭇가지에 얼굴을 부딪쳐 뒤로 나동그라지는 꼴이었는데, 그 당사자가 점창파의 청년 고수 호정휘였다는 게 바로 놀라운 점이었다.

호정휘 정도의 상대를 대여섯 살짜리 꼬마 다루듯 하는 진평에게 모두의 관심이 집중될 수밖에 없었다.

진평의 일행 중에선 곽완이 놀라 벌어진 입을 다물지 못했다. 그는 예전에 진평이 청성파의 운현도장을 쓰러트리는 모습을 본 적이 있었다. 그러나 그때는 워낙 창졸간에 벌어진 일이라 진평이 어떻게 손을 썼고, 운현도장이 어떻게 대응했는지 자세히 볼 수가 없었다.

지금은 달랐다.

달려드는 호정휘를 손도 아닌 어깨로 받아친 진평의 움직임은 실로 불가사의할 정도라서 남아 있던 취기가 한꺼번에 다 달아나버릴 지경이었다.

진평이 호정휘의 검을 땅에 꽂고 나서 말했다.

"길 막은 이유를 말해줄 다른 사람 없나?"

진평의 시선은 손효월을 향하고 있었다.

손효월은 아까와 달리 잔뜩 긴장한 표정으로 나섰다.

사질이 당하는 모습을 보고 진평이 보통 고수가 아님을 알아차린 것이다.

"우리가 온 것은 해명을 듣기 위해서다."

"저 아이의 어미와 잔 이유 말인가?"

뒤에서 홍패가 키득거릴 뿐, 구경꾼들은 더 이상 웃지 않았다. 지금의 상황이 단순히 저자 싸움꾼들의 드잡이질이 아님을 모두 알게 된 것이다.

손효월도 화를 내지 않았다.

"내 사형 단양자의 죽음에 대한 해명이다."

진평은 고개를 갸웃거렸다.

"그걸 왜 내게 묻는 거지?"

구재원이 나서서 말했다.

"단양자는 소림승 혜상과 싸우다가 양패구상(兩敗俱傷)하여 죽은 것으로 조사 결과가 나오지 않았습니까?"

"흥! 말도 안 되는 소리! 내 사형이 무슨 이유로 소림승과 싸운단 말이냐?"

진평이 피식 웃으며 말했다.

"진짜 말도 안 되는 소리로군. 네 사형이 죽은 걸 왜 나더러 해명하라는 거지? 둘 사이에 무슨 원한 관계가 있었는지 조사해 보면 알 일 아닌가."

물론 그날 단양자와 혜상은 모두 진평의 손에 죽임을 당했지만, 그 사실을 아는 사람은 오로지 진평뿐이었다.

손효월이 냉소를 지었다.

"정말 두 사람이 원수지간이었다면 우리가 지금처럼 이렇게 소림사 경내에 머물 수 있을 것 같은가? 우리도 그렇고, 소림도 그렇고 상식적으로 납득할 수 없기 때문에 그 일이 양 문파 간의 화기를 해치지 않도록 덮어두고 있는 것이다."

"그럼 계속 덮어두면 되지. 왜 엉뚱한 나를 붙잡고 해명하라 마라 하는가?"

"그 일이 있고 나서 소림사에서 사라진 사람이 한 명 있는데 그게 바로 너다. 네가 뭔가 그 일에 연관이 되어 있지 않다면 왜 도망쳤는가? 그 이유를 밝혀라."

진평의 눈빛이 차갑게 가라앉았다.

"도망이라고? 말을 함부로 하는군."

"의심 살 행동을 한 건 너다."

"짧은 혀 함부로 놀리다가 긴 목 달아난다는 얘기가 있는데 들어봤나 몰라."

"잔소리 말고 어서 대답해라!"

"멍청하기는……. 내가 소림사를 떠나갔다는 이유만으로 의심한다는 게 말이나 되는 소리인가? 그럼, 지금은 내가 돌아왔으니까 혐의도 없어진 건가?"

손효월은 대답할 말이 없었다.

진평이 다시 말했다.

"그 두 사람의 죽음이 나와 관계있다는 것도 헛소리야. 설마 나 혼자서 너의 사형과 소림승을 한꺼번에 쓰러트릴 수 있다고 생각하는가? 그건 쉬운 일이 아냐. 네 사형이라면 몰라도 소림승은 버거워."

"고인을 모독하지 마라!"

"호오! 점창파의 무공이 소림보다 낫다고 생각하는 모양이군. 천하공부출소림(天下功夫出少林)이라는 말도 있는데 말야."

"그야……."

손효월은 급히 입을 다물었다.

소림사에 머물고 있으면서 그런 얘기를 입 밖에 내는 것은 결코 바람직한 일이 아니었다.

손효월은 잠시 마음을 가라앉힌 후 주변을 둘러보았다.

다들 기대감 가득한 눈빛으로 자신을 주시하고 있었다. 과연 점창파의 대응이 어떨지 호기심을 품을 수밖에 없는 상황.

후회가 밀려왔다.

심증만으로 나섰다가 상대가 의외로 강하게 치받자 할 말이 없게 된 것이다.

단양자 사후에 급히 소림사로 오게 된 손효월에게는 두 가지 임무가 주어졌다. 단양자의 일을 이어서 하라는 임무, 그리고 단양자를 죽인 자가 누구인지 밝혀내고 사문의 명예를 되찾으라는 임무였다.

그 임무들을 완수하기 위해 서둘렀던 게 실수라면 실수라 할 수 있었다. 문도들을 총동원하여 압박하면 뇌정산장 장주의 의제쯤은 쉽게 무너질 거라 생각했는데 그것은 오판이었다.

손효월은 어디선가 들려오는 신음 소리에 슬쩍 옆을 보았다.

호정휘가 정신을 차리고 스스로 몸을 가누었는데, 코가 깨져서 인중 아래로는 도포 자락까지 온통 피범벅이었다.

그는 자기 검을 가지고 있는 진평을 노려보았지만, 충격에서 아직 완전히 벗어나지 못해 무릎이 휘청거릴 지경이라 재도전은 엄두도 내지 못하고 있었다.

손효월은 다시 진평 쪽으로 시선을 돌렸다.

'뭔가 아주 작은 증거라도 있었으면…….'

그랬다면 명분을 가질 수 있었겠지만, 이왕 일이 이렇게 된 바에는 좀 억지스럽더라도 계속 밀고 나가는 수밖에 없었다.

여기서 꼬리를 내렸다가는 점창파가 두고두고 사람들의 웃음거리가 될 게 분명했다.

손효월은 진평을 향해 말했다.

"너의 결백을 증명하고 싶다면 우리를 따라나서라. 만약 불응한다면 가만두지 않겠다."

진평은 검지를 좌우로 가로저었다.

"시비 거는 게 너무 노골적이라 참고 들어줄 수가 없군. 내

결백은 이미 증명되었어. 그런데 따라오지 않으면 재미없다? 그건 '말로는 못 이기니까 힘으로 대충 덮어보자', 뭐 그런 뜻이잖아?"

구경꾼들 중에서 진평의 말이 옳다고 맞장구치는 사람이 몇 명 있었다. 그러다 보니 점창파를 바라보는 사람들 시선에 비웃음이 노골적으로 드러나기 시작했다.

손효월이 이를 갈며 다시 말했다.

"계속 이런 식으로 나온다면 앞으로 뇌정산장과 우리 점창파는 같은 하늘 아래 양립하지 못할 것이다."

"억지의 연속이군. 난 뇌정산장 사람이 아냐."

"흥! 네 궤변은 더 이상 듣고 싶지 않다!"

그가 손짓을 하자 점창파 제자들이 일제히 검을 뽑았다.

여기저기서 탄성이 터져 나왔다.

수십 명이 일사불란하게 검진 대형을 갖추는 것은 평상시 훈련량이 적지 않음을 나타내는 증거였다.

진평은 살짝 이마를 찌푸렸고 그의 뒤에 선 설가영, 홍패, 구재원, 곽완 등도 긴장한 표정을 지었다.

곽완은 구경꾼들 사이에 섞여 있는 개방 방도들과 눈짓을 교환했다. 싸움이 벌어지면 가세하라는 의미였다.

"하하하……!"

진평이 큰 소리로 웃음을 터뜨렸다. 그리고 땅에 꽂아두었던 검을 뽑아 손효월을 겨누며 말했다.

"용기가 있다면 제자들을 앞장세우지 말고 네가 나서라. 기꺼이 도전을 받아주겠다."

"뭣이라고?"

"우리는 다섯이고 너희는 사람이 많다고 해서 숫자로 누르려는 속셈인가 본데, 생각해 봐라. 지금 우리를 둘러싼 제자들 중에 저기 코피 흘리는 놈보다 센 놈이 있느냐? 없다면 그야말로 토끼 떼가 호랑이한테 덤비는 꼴 아니겠느냐? 사부된 자로서 위험이 닥치면 제자들을 보호하기 위해 자기가 나서는 게 정한 이치인데, 점창파는 어째 거꾸로 돌아가는 것 같구나."

진평의 말에 손효월의 얼굴이 시뻘겋게 달아올랐다.

그는 제자들에게 손짓을 하여 검을 거두고 모두 물러서도록 했다. 그리고 검을 뽑아든 후 진평 앞에 섰다.

"그래, 좋다. 네놈과 승부를 겨뤄주마."

진평은 미소 지었다.

"이제야 좀 사내다워 보이는군."

진평은 개방 제자들이 배후에서 움직이는 것을 알아차렸다. 점창파와 자신만 있다면 친절하게 한 놈 한 놈 주먹맛을 보여줄 수도 있지만 길거리 한복판에서 점창과 개방이 싸우고 거기에 구경꾼들까지 휩쓸린다면 자칫 문제가 걷잡을 수 없이 커질 수도 있었다.

그것은 진평이 바라는 바가 아니었다.

무림맹의 전력을 온전히 한다고 해도 마교와 어찌 될지 모르는 판에 내분이 일어나도록 할 수는 없었다.

손효월이 대결에 응한 건 그나마 다행이라 할 수 있었다.

두 사람이 마주 서자 점창파 제자들은 커다란 원 형태로 공간을 벌려주었다.

그들 뒤에 구경꾼들이 섰는데 도박장에서 나온 몇몇은 벌써부터 누가 이길까에 돈을 걸고 있었다.

손효월이 진평에게 말했다.

"내가 이기면 넌 모두가 보는 앞에서 너의 죄를 인정하고 우리를 따라가야 한다."

"없는 죄를 끝까지 만들어 씌우려는 노력이 참으로 안쓰럽군. 그렇게까지 나온다면 나에게도 뭔가 대가가 있어야겠지. 내가 이기면 어쩔 텐가?"

"그런 일은 일어나지 않을 것이다."

"앞날은 모르는 거잖아? 간단하게 내기를 걸어보자고. 금열 냥 어때?"

"흥! 상인이라더니 오직 돈밖에 모르는구나."

"난 네 생각을 해주는 거야. 점창파의 봉문이나 목숨을 거는 것보다야 부담이 덜하잖아? 뭐, 겁이 나면 그만두고."

손효월은 이를 악물었다.

자기는 조건을 걸고 상대의 조건은 받아주지 않는다는 것은 좀 치사한 행동이었다.

그렇다고 자기가 내세운 조건과 마찬가지로 패할 경우 잘못을 인정하고 끌려가겠다고 하는 건 감당할 수 없는 치욕이었다.

차라리 돈으로 끝내는 게 깨끗하다고 할 수 있었다.

문제는 금 열 냥이면 웬만한 관리의 녹봉을 이십 년은 모아야 하는 큰돈이라는 점이었다.

쉽게 결정 내리지 못하는 그에게 진평이 말했다.

"돈이 아까우면 그냥 아무 조건 없이 가벼운 마음으로 비무하는 것도 괜찮아."

"아니다. 조건을 수락하겠다."

손효월은 결정을 내렸다.

비록 상대가 압도적인 한 수로 호정휘를 쓰러트렸지만 자신과 호정휘의 무공 수위를 비교할 수는 없었다. 평생 검술을 연마한 자신이 장강의 상인 따위에게 지는 일은 절대 없을 거라는 게 그의 판단이었다.

그가 검을 세우고 천천히 보법을 옮기자 진평도 거기에 맞춰 움직였고 주변은 일시에 조용해졌다.

무림인들 입장에선 싸움 구경보다 재미있는 게 없었다. 고수의 싸움은 볼 기회가 많지 않기에 더욱 관심을 끌었다.

한 사람은 점창파를 대표하고, 다른 한 사람은 신분 내력이 의문에 싸여 있는 젊은 고수라서 더욱 흥미로운 대결이었다.

손효월은 진평의 기세가 만만치 않음을 느끼고 섣불리 손을 쓰지 못했다.

그러나 마냥 시간을 끄는 것도 명예가 손상될 일인지라 마침내 쩌렁쩌렁한 기합을 토하며 검을 휘둘렀다.

빠르기가 빛살 같다하여 이름 붙은 사일검법(射日劍法)이 펼쳐졌는데 그 기세가 예사롭지 않아 여기저기서 탄성이 터져 나왔다.

점창파 제자들이라면 모두 익히는 검법이지만 손효월이 펼쳐내는 사일검의 위력은 가히 막장 구름 아래 번뜩이는 뇌전과도 같았다.

진평은 호정휘의 검을 들고 있었다.

그는 계속 받아내고 흘리기만 할 뿐 반격을 하지 않았다.

점창파 도사들은 기가 살아서 소리를 질러댔다.

진평이 밀린다고 본 것이다.

보이는 것은 오로지 손효월의 번뜩이는 검광뿐이니 그렇게 생각하는 것도 무리가 아니었다.

진평의 일행들조차 낯빛이 어두워질 정도였다.

그러나 진평은 다른 생각에 골몰하는 중이었다.

취불에게서 배운 인월신공의 운기법이 실전에서 어떻게 통용되는지에 온 신경이 집중되어 있었다.

하지만 손효월은 진평이 딴생각을 하면서 싸워도 좋을 만큼 약한 상대는 결코 아니었다.

과연 점창파가 자랑하는 고수답게 그의 검은 빨랐고, 내기도 충만했다. 자칫 한 수라도 삐끗하면 목숨을 잃을 수도 있는 상황.

그런 절박한 상황이 되자 이제껏 매일 붙잡고 있으면서도 안개 속을 헤매듯 진전이 없던 일월신공의 운기에 뭔가가 보이는 것 같았다.

진평은 그 희미한 무언가를 확실하게 붙잡고 싶어서 위험을 감수하고 꼭 필요한 방어만을 하는 것이었다.

어찌 보면 터무니없는 오만이라고도 할 수 있기에 싸움의 당사자인 손효월조차도 진평이 전력을 다하지 않고 있다는 사실은 알아차리지 못했다.

그가 보기에 진평의 검술은 초식이 너무 허술하고 단순했다. 하지만 내공만큼은 놀라울 정도로 깊어서 자신의 공격을 막는 게 가능한 것으로 보였다.

명가에서 제대로 배운 게 아니라 기연으로 영약을 얻어 내공만 강한 상대. 진평을 그렇게 단정한 손효월은 방어를 무너뜨릴 방법으로 화려한 변초를 택했다.

생각과 동시에 그의 검로가 바뀌었다.

낙영비화검(落英飛花劍)은 자질이 뛰어난 제자들도 쉽게 익히지 못할 정도로 변화가 복잡하고 다양한 검법이었다.

사일검에 비해 힘은 다소 부족하지만 그 단점을 보충하고도 남을 만큼 상대를 혼란스럽게 만들었다.

진평의 눈이 빛났다.

상대의 검로가 바뀌는 순간 뭔가 머리를 스치는 번뜩임 같은 게 있었다.

그는 순간의 빛을 놓치지 않기 위해 검을 휘둘렀고 인월신공 방식의 진기 운용이 본격적으로 시작되었다.

"으음……."

손효월의 입에서 신음이 터져 나왔다.

그로서는 도무지 이해할 수 없는 일이 벌어지고 있었다.

낙영비화검을 펼쳐내자 상대는 분명히 당황했다.

어수선한 검의 움직임이 눈에 환히 보였다.

그런데 이상하게도 그 움직임은 자신의 검로를 교묘하게 방해하고 있었다.

검과 검이 닿는 거야 늘 있는 일이니 거기에 대한 대응책 역시 충분히 수련해두었다.

그런데 진평의 검과 닿으면 검이 예상보다 더 많이 튀거나, 오히려 빨려 들어가는 일이 발생했다.

그것은 낙영비화검 같은 복잡한 검초를 펼쳐내는 데 있어 크나큰 방해 요인이었다.

손효월은 검초를 다시 사일검으로 바뀌었다.

그러자 한순간, 두 사람의 검이 달라붙었다.

손효월은 진평의 검을 쳐내려 했다.

그러나 그게 잘되지 않았다.

마치 호두를 깨려고 막대기를 들었는데, 호두가 딱딱한 바닥이 아니라 물에 둥둥 떠 있어서 아무리 세게 때려도 깨지지 않는 것 같았다.

그렇다고 물러설 수도 없었다.

검을 뒤로 빼기라도 하면 진평의 검이 육중한 힘으로 눌러와서 전신 요혈을 금방이라도 꿰뚫어버릴 것 같았다.

"무슨 짓이냐!"

손효월은 고수였다.

그 역시 경을 읽고 거기에 대응하는 수련을 했고, 제자들에게 수없이 많은 시범을 보이고 가르친 바 있었다.

진평이 똑같은 수법을 자신에게 쓰고 있는데, 방법은 같지만 그 격이 달라서 도무지 떨쳐낼 수가 없었다.

그의 얼굴엔 공포심이 점점 더 짙게 드리워졌다.

두 사람의 대치 상태는 구경꾼들 입장에서 보기에도 의아한 것이었다. 한창 잘 싸우다가 갑자기 검을 맞댄 채 비벼대고만 있으니 뭘 어쩌자는 건지 이해가 되지 않았다.

그것은 금곡퇴에서 취불이 진평을 상대로 펼쳤던 수법과 정확히 같은 모습이었다.

사람만 바뀐 것이다.

그러나 설가영은 그때 먼저 가고 없었고, 다른 사람들도 볼 수 없었기 때문에 진평이 지금 당시를 흉내 낸다는 사실은 아무도 몰랐다.

진평의 얼굴은 온통 환희에 차 있었다.

손효월의 검을 제압해서가 아니었다.

그동안 머릿속으로만 궁리하던 인월신공의 실체를 체득했다는 사실이 기뻤던 것이다.

그 기쁨은 곧 아량으로 변했다.

상대를 마음대로 밀고 당기는 연습을 몇 차례 더 해본 뒤에 한순간 회풍류로 튕겨냈다.

쩡! 소리와 함께 손효월의 검이 부러졌고, 그는 신음을 토하며 서너 걸음 뒤로 물러선 후에야 겨우 신형을 바로잡을 수 있었다.

손효월은 자기가 당했다는 사실을 믿을 수 없다는 듯 두 눈을 부릅뜬 상태였다.

하지만 입은 열지 않았다.

내상으로 인한 각혈 때문이었다.

진평은 흡족한 표정으로 검을 거두었다.

인월신공 덕분에 회풍류의 위력이 배가되었다는 사실을 확인했으니 기쁘기 한량없었다.

이제까지 회풍류를 쓰려면 상대의 공격을 맞받아치기 위해 기다려야 했다. 특히 촌격(寸擊)처럼 짧고 강력한 공격을 상대할수록 더 강한 반탄력을 발휘할 수 있기에 위험을 무릅쓰고 상대의 그런 공격을 유도해내곤 했다.

하지만 인월신공과의 조합은 그런 문제들을 한꺼번에 해결해주었다. 상대가 들어오지 않으면 내가 당겨서 되받아치면 되는 것이다. 그리고 당길 때와 되칠 때를 마음대로 정할 수 있다는 사실도 마음에 들었다.

아직 제대로 수련을 한 게 아니라서 취불처럼 달을 끌어당겨 본다거나 하는 건 꿈도 못 꿀 얘기지만, 단 한 수에 손효월의 검을 부러뜨렸으니 위력은 충분히 입증되었다고 할 수 있었다.

입안에 고인 피를 삼킨 손효월은 급히 기식을 조절하고 진평을 노려보았다.

'다시 싸워야 한다!'

그러나 손에 쥔 것은 반 토막도 안 남은 검이었고, 내기의 흐름은 거칠기 이를 데 없었다.

무엇보다도 진평의 기묘한 수법이 부담스러웠다.

금 열 냥이 아니라 목숨을 내놓아야 할지도 모른다는 생각에 그의 표정은 어두워졌다.

그때 진평이 돌연 검을 거꾸로 세워 포권한 후 말했다.

"손속에 사정을 두어줘서 고맙소."

당사자인 손효월과 구경꾼들 모두 어리둥절했다.

진평이 이어서 말했다.

"검이 부러졌으니 흥도 깨져버렸군. 우리의 승부는 차후에 가립시다."

손효월은 진평이 자기 체면을 살려주려 한다는 사실을 깨달았다. 순간 부끄러움에 얼굴이 벌겋게 달아올랐다.

자신의 검이 부러지고 서너 걸음이나 물러섰으니 누가 봐도 자신이 패퇴한 것인데 사정을 봐주었다는 진평의 한 마디 때문에 그 진위가 모호해져 버리고 말았다.

손효월이 진평을 죽이고 싶지 않아서 자기 무기가 부러지는 상황까지 감수해 가면서 물러섰다고도 볼 수 있는 것이다.

손효월은 진평을 노려봤다.

그리고 그의 표정이 조금씩 변하기 시작했다.

처음엔 진평이 자기를 값싼 동정으로 놀린다고 생각했는데, 그의 눈빛을 보니 그게 아니었다.

진평에겐 교만함이나 거만함의 기색이 전혀 없었다. 조금 전에 대거리를 할 때는 아무 말이나 막 해대는 거친 자라고 생각했는데 자세히 들여다보니 눈빛이 맑고 담담하기가 깊은 바다 같았다.

그가 알기로 그런 눈을 가진 사람 중에 악인은 없었다.

마침내 손효월은 반 토막밖에 안 남은 검을 쥔 채로 포권을 했다.

"좋소! 다음에 마무리합시다."

그리고는 제자들에게 손짓하여 길을 터주었다.

진평은 들고 있던 검을 호정휘에게 던져주었다.

그리고 마주쳐 지나가면서 손효월에게 가볍게 목례를 했고, 손효월 역시 마주 고개를 숙였다.

제6장
화해의 손길

거리가 멀어지자 설가영이 못 참겠다는 듯 달려와 물었다.

"오라버니가 일부러 봐주신 거죠? 그렇죠?"

"아냐. 단지 그의 검이 약했을 뿐이야. 어쩌면 금이 가 있었을지도 모르지."

"농담하지 마세요. 검끼리 맞댄 채 밀고 당길 때 내공 대결을 하셨는데 형님의 내공이 우월해서 상대를 물리친 거잖아요. 맞죠?"

"좋을 대로 생각해."

둘만 있었다면 자세히 가르쳐주었겠지만 구재원과 곽완은 본혈방 입장에선 외인이니 그 정도로 대충 얼버무릴 수밖에 없었다.

진평이 돌아보니 홍패는 계속 한숨을 쉬고 있었다.

"넌 또 왜 그래?"

"금 열 냥이 아까워서요. 에휴……."

진평은 그의 뒤통수를 한 대 치려다 참았다.

구재원은 그동안 눈치만 보던 점창파의 코를 납작하게 해준 게 마냥 즐거운 표정이었다.

그들에 비해 고수인 곽완은 더 많은 것을 보았고, 더 많은 의문을 가지고 있었다.

하지만 진평이 매향의 질문에 귀찮아하는 모습을 보였기 때문에 물어볼 수가 없었다. 다른 문파의 무공에 대해 알려 하는 것은 금기(禁忌)이기도 했다.

일행이 산문 근처까지 갔을 무렵.

거지 서너 명이 다가와 곽완에게 말을 걸었다.

곽완은 진평에게 허락을 구했다.

"잠시 얘기 좀 하고 올 테니 기다려 주십시오."

"그렇게 해."

곽완은 길 옆 숲으로 멀찍이 들어가더니 나이 든 거지와 대화를 시작했다. 처음엔 평온했는데 언성이 점점 높아졌다.

그리고 오래지 않아 그는 일행에게 돌아왔다.

"시간을 지체해서 미안합니다."

홍패가 물었다.

"무슨 일인데?"

"아! 점창파와 시비 붙은 자리에 제가 있는 걸 장로님이 봤나 봅니다. 형님과 함께 있는 게 마음에 안 든다나요. 쳇! 그래서 개방 방도 안 하겠다고 했습니다. 하하!"

구재원이 걱정스러운 표정으로 물었다.

"곽형. 그래도 괜찮은 거야?"

"괜찮고말고. 나야 사부님 말씀도 잘 안 듣는데 뭐."

곽완은 개방 방주 이허충(李虛忠)의 애제자였다.

진평은 그가 사문의 명령을 아랑곳하지 않는 게 바람직하다고는 생각하지 않았다. 그러나 사문의 명령이라고 해서 무조건 따르는 게 아니라 자기 기준으로 판단을 내린다는 면에서는 높은 점수를 주고 싶었다.

저자보다 더 바글거리는 지객당 부근을 지나면서 설가영은 아미파 제자들과 어울려야 한다며 헤어졌고, 나머지 일행은 더 위쪽으로 올라가 곤륜파의 거처에 도착했다.

곤륜파의 명성도 있고, 또 첫 무림맹 회동 때 일찍 와서 자리를 잡은 덕도 있어서 객사는 넓고 주변은 조용했다.

안으로 통지가 가자 곤륜파 장문인 안덕생이 얼굴 가득 반가운 미소를 머금고 문 앞까지 나왔다.

"진소협! 어서 오시오! 하하하……!"

진평은 그가 내민 손을 맞잡으며 말했다.

"일찍 찾아뵙지 못해서 죄송합니다."

"그게 무슨 말씀이시오. 하하하!"

진평은 그에게 우선 곽완부터 소개했다.

홍패, 구재원과는 이미 구면이라 따로 소개가 필요 없었다.

안덕생은 곽완을 반가이 맞았고, 몹시 호의적인 태도를 보였다.

개방이 비록 정사양도에 한 다리씩을 걸치고 있다고는 해도 중원에서 결코 무시할 수 없는 세력이었다.

변방의 문파인 곤륜파 입장에선 친해둬서 나쁠 게 없었다. 게다가 영풍개 곽완하면 꽤 유명한 청년 고수이기도 했으니 안덕생이 기뻐하는 것도 무리가 아니었다.

곽완도 안덕생의 호탕한 첫인상을 좋게 받아들였다.

다섯 사람은 객사로 들어가 차를 마시며 얘기를 나누었다.

목소리가 커지고 웃음소리가 왁자지껄하는 중에 안덕생이 슬쩍 말했다.

"자꾸 목이 마른데, 곡차나 한 잔 할까요?"

사나이들끼리 모인 자리이다 보니 차로는 해결되지 않는 갈증이 있었던 것이다.

나머지 네 사람도 마찬가지였다.

구재원이 살짝 걱정되는 표정으로 말했다.

"하지만 소림사 경내에 술 냄새가 퍼지면 장차 장문인께 누가 되지 않겠습니까?"

맑고 깨끗한 산사의 공기는 어떤 냄새건 금방 주변으로 퍼뜨리기 마련이었다.

안덕생이 입맛을 다시자 홍패가 말했다.

"산 아래 저희가 운영하는 주루가 있습니다. 그리로 가시지요. 사흘 밤낮을 이어서 천하의 모든 명주를 대접하겠습니다. 히히!"

"주루를 경영한다고요?"

안덕생은 믿을 수 없다는 표정으로 진평을 봤다.

"그렇게 되었습니다."

"하하! 진소협이야말로 진정한 상인이군요. 어디를 가나 돈 벌 기회는 놓치지 않으니 말입니다."

진평은 어깨를 한 번 으쓱한 후 웃었다.

안덕생이 검지를 세우더니 말했다.

"좋소. 산 아래로 가서 허리띠를 풀어놓고 마음껏 먹고 마시도록 합시다. 다만 그전에 내가 맛보여주고 싶은 게 있습니다."

안덕생이 꺼내온 것은 목이 긴 단지와 다섯 개의 유리잔이었다. 모두들 유리잔을 신기하게 바라보는 중에 안덕생이 단지에 든 술을 따랐다. 빨간 액체가 특이한 향기를 방 안 가득 퍼뜨렸다.

"이게 뭡니까?"

"서역에서 가져온 포도주라는 겁니다. 자! 마십시다."

단숨에 들이켠 네 사람의 표정이 묘하게 변했다.

향기와 단맛은 강한데 도수가 너무 약했던 것이다.

"좀 싱겁군요."

"그쪽 사람들은 밥 먹으면서 차 대신 이걸 마신다니까 너무 독하면 안 되겠지요. 자, 한 잔씩 더 합시다."

안덕생이 다시 술을 따르려는데 진평이 손을 내저었다.

"그만 마시는 게 좋겠습니다."

"왜 그러시오? 아……!"

안덕생도 뭔가를 느끼고 술병을 내려놓았다.

객사 주변에 사람들이 몰려들고 있었던 것이다.

이어서 곽완과 홍패, 구재원도 다가오는 사람들의 기를 느꼈다.

일행은 객사 밖으로 나가보았다.

객사로 이어지는 길 위쪽과 아래쪽에 수백 명은 됨직한 무림인들이 모여 서서 이쪽을 바라보고 있었다.

안덕생이 나서서 커다란 목소리로 물었다.

"무슨 용건으로 찾아왔소?"

그러자 한 명이 앞으로 나서서 말했다.

"곤륜파와는 아무 상관도 없으니 방심하십시오."

그는 청성파의 도복을 입고 있었다.

홍패가 말했다.

"저놈들이 기어코 또 시비를 걸려고 하는군요."

진평이 살펴보니 길을 막아선 사람들 중 삼분지 일은 청성파 도사들이었고, 다른 삼분지 일은 개방 방도들이었으며, 나머지는 구경꾼들로 보였다.

"뒤끝이 오래가는 친구들이로군."

그나마 점창파 도사가 한 명도 없는 걸 보면 손효월이 염치는 있는 사람이라는 생각이 들었다.

안덕생이 다시 쩌렁쩌렁한 어조로 말했다.

"우리 거처 앞을 이렇게 막아서놓고 곤륜파와 상관없는 일이라는 게 무슨 소리요? 청성과 개방이 우리 곤륜파에 뭔가 불만이 있는 것 같소만."

그러자 거지 무리 중 한 명이 나섰다.

"장문인께서는 저희들의 말을 믿어주십시오. 저희는 단지 산책을 나왔다가 이곳에서 발길을 멈춘 것뿐입니다. 보십시오! 객사 마당으로 발을 들여놓은 사람이 단 한 명도 없지 않습니까."

곽완이 중얼거렸다.

"으으…… 방(方)장로."

개방 측에서 나선 이는 산에 올라올 때 곽완을 따로 불러 얘기했던 바로 그 개방 장로 방운모(方運毛)였다.

곽완이 안덕생과 진평에게 말했다.

"제가 가서 저들을 물러나게 하겠습니다."

그러나 진평은 그를 제지했다.

안덕생이 나선다고 해결될 문제가 아니었기 때문이다.

청성파나 개방이나 자신과 뇌정산장에게 시비를 걸 구실은 없었다.

지난번 대결이 정정당당하게 치러졌기 때문이다.

지금 저들이 몰려온 것은 바로 새로운 빌미를 만들기 위함이 분명했다. 길을 막고 서 있다가 진평 일행이 지나가면 어깨라도 한 번 비벼서 시비를 걸고, 그것으로 싸움을 이끌어내자는 의도가 훤히 보였다.

안덕생도 그걸 알아차렸다.

그가 손짓을 하자 곤륜파 제자들이 마당으로 우르르 몰려나왔다. 청성과 개방뿐만 아니라 곤륜파도 새로운 충원으로 인해 제자의 수가 대폭 늘어나 있었다.

곤륜파 제자들은 옷차림뿐만 아니라 외모도 특이한 사람이 많았다. 곤륜파가 있는 곳이 서역으로 통하는 관문이다 보니 여러 민족의 피가 섞인 것이다.

장문인인 안덕생부터 벽안(碧眼)이다 보니 제자들 중에 금발이나 적발이 섞여 있어도 이상해 보이지 않았다.

안덕생이 진평에게 말했다.

"함께 산 아래로 갑시다. 도중에 길을 막는 놈이 있으면 우리 곤륜파에 대한 도전으로 간주하고 대응할 테니까."

얼굴은 진평을 향하고 있었지만 말은 사람들 모두 들으라고 한 것이었다.

청성파와 개방 방도들은 긴장할 수밖에 없었다.

진평은 이마를 찌푸렸다.

홍패와 구재원이 산 아래에서 지내는 가장 큰 이유가 청성파의 견제 때문이라고 할 때는 크게 마음을 쓰지 않았는데, 이렇게까지 나오는 것은 정말 예상을 벗어난 일이었다.

귀찮게 달라붙는 수백 마리의 모기떼.

진평은 청성과 개방을 그렇게 보았다.

문제는 그들을 모기 잡아 죽이듯이 할 수 없다는 데 있었다. 동창을 등에 업고 꼴사나운 짓거리를 해댄다 해도 엄연히 구파일방 중 한 자리를 차지한, 무림맹 전력의 중요한 축 중 하나였다. 마음에 들지 않는다고 모조리 때려눕힐 수는 없는 것이나.

홍패가 약간 긴장한 표정으로 물었다.

"형님. 어쩌죠? 산을 내려가긴 해야 하는데."

길을 막고 있다고 해서 그들에게 등을 보이고 곤륜파 객사에 함께 머물 수는 없는 노릇이었다.

안덕생이 다시 말했다.

"제자들에게 길을 열라고 하겠소."

"아닙니다."

이 일에 곤륜파를 끌어들이고 싶지는 않았다.

"저희들끼리 해결할 테니 장문인께서는 제자들을 거두어 주십시오. 그리고 술자리는 다음으로 미루는 게 좋겠습니다."

"허어! 그것참."

안덕생은 한 걸음 물러섰다.

진평이 살짝 드러낸 기도가 그를 놀라게 한 것이다.

예전부터 그가 놀라운 실력을 숨긴 고수라는 사실은 짐작하고 있었지만, 그 사이 무슨 일이 있었는지 한층 더 깊어졌다는 느낌이 들었다.

그러다 보니 도와야 한다는 생각보다 진평의 진면목을 보고 싶다는 생각이 더 커졌다.

진평으로서는 일이 이렇게까지 된 이상 다른 선택의 여지가 없었다. 피할 수도 없고, 곤륜파에 신세를 질 수도 없으니 정공법으로 뚫고 나가야 했다. 열 명이 될지 백 명이 될지 모르지만 막아서는 놈들은 용서 없이 한주먹에 때려눕히겠다고 결심하자 마음이 편해졌다.

진평이 나서자 구재원과 홍패가 각각 좌우로 나뉘어 서서 그를 따랐다. 곽완도 방장로를 한 번 노려본 후 세 사람과 함께 움직였다. 이런 식으로 선택을 강요한다면 자기도 어쩔 수 없다는 결연한 표정이었다.

네 사람이 걸음을 옮기자 청성파와 개방 방도들이 긴장한 기색을 띠었다.

그때 길 아래쪽이 소란스러워지는가 싶더니 백여 명의 사람들이 우르르 몰려왔다.

두 무리가 함께 움직이고 있었는데, 선두에 선 사람들을 본 진평은 자기도 모르게 신음을 토했다.

'아! 저들이 하필 지금, 이곳에……'

그들은 뇌정산장에서 낯을 익힌 사람들이었다.

성왕부에 충성을 맹세한 문파들이 놀랍게도 무림대회에 참가를 한 것이다.

진평으로서는 엎친 데 덮친 격이라고 할 수 있었다.

가신 고정광을 죽인 이후 성왕부의 적극적인 대응이 없어서 은근히 신경이 쓰이던 참인데 이런 자리에서 맞닥뜨리게 된 것이다.

그들의 선두엔 양주 맹가장의 가주 맹승교와 창룡문 문주 한정헌이 있었다.

"긴 하루가 되겠군."

진평의 중얼거림에 홍패와 구재원, 곽완 세 사람의 표정도 굳었다.

그런데 앞장서서 다가오는 맹승교와 한정헌의 얼굴엔 온통 미소가 가득했다.

그들은 문도들을 한자리에 머무르게 하고 따로 두 사람만 빠져나와 먼저 곤륜 장문인에게 인사를 한 후 진평에게로 다가왔다.

"오랜만입니다. 호림공!"

진평도 마주 포권을 했지만 인사말이 살갑게 나오지는 않았다.

"오랜만이군요."

맹승교가 너털웃음을 터뜨렸다.

"무림맹에서도 호림공의 위세는 대단하군요. 이렇게 많은 사람들이 마중 나온 것을 보면 말입니다. 하하하!"

진평은 냉정한 어조로 물었다.

"나를 찾아온 이유가 무엇입니까?"

한정헌이 대답했다.

"저희들은 그분의 말을 전하기 위해 왔습니다."

"그분이라면……."

한정헌이 검지로 하늘 쪽을 가리켰다.

"그분 말입니다. 그분."

성왕 주기옥을 지칭하는 게 분명했다.

"아! 예……."

"그분께서 말씀하시기를, 옛 제안이 여전히 유효하다고 하셨습니다."

진평은 의아했다.

"그게 무슨 뜻입니까?"

맹승교와 한정헌이 서로를 본 후 어색한 미소를 지었다.

"그걸 저희들이 어떻게 알겠습니까. 호림공에게 제안한 일인데. 저희는 그저 그 말을 전할 뿐입니다."

진평은 잠시 생각을 정리해 보았다.

성왕부에서 자신에게 한 제안은 양주 염상 자리였다.

그 제안이 여전히 유효하다는 것은 계속 성왕부를 위해 일해 달라는 의미였다.

고정광의 죽음이라는 사건을 겪고도 그런 일이 가능할 거라고는 생각해본 적 없는 진평이었다.

"정말 그렇게 말했습니까?"

맹승교와 한정헌은 당연하다는 표정으로 말했다.

"저희들이 왜 허튼소리를 하겠습니까."

진평이 보니 두 사람은 고정광의 죽음에 대해 전혀 모르는 눈치였다. 그날 뇌정산장에서 황여방이 그의 죽음을 비밀로 한 게 분명했다. 그러니까 다음 날 아침, 그렇게 아무 일도 없었다는 듯이 모두 떠날 수 있었던 것이다.

진평은 강한 호기심을 느꼈다.

고정광의 죽음을 감춘 사람은 황여방이지만, 최종적으로 가신의 죽음에도 불구하고 인재를 얻겠다고 결정을 내린 사람은 성왕일 터였다.

성왕은 과연 어떤 사람일지 궁금했다.

'나보다 나이도 어린 사람이 도대체 얼마나 큰 배포를 지녔기에 그런 결정을 내릴 수 있단 말인가.'

옛 가신의 피를 묻힌 사람에게 손을 내미는 것은 의리 측면에서 보자면 바람직한 일이라 할 수 없었다.

하지만 꼭 필요한 인재라면 경중(輕重)을 따져본 후 의리니 체면이니 하는 것들을 무시할 수도 있었다.

일파의 방주인 진평은 그런 상황을 이해할 수 있었다.

그가 맹승교에게 물었다.

"지금 대답해야 합니까?"

"아닙니다. 저희는 그 말을 전하라는 명만 받았을 뿐, 답을 받아오라는 얘기는 듣지 못했습니다."

진평은 고개를 끄덕였다.

"차차 생각해 보겠습니다."

"좋습니다! 자, 오랜만에 만났는데 술이 없으면 이상하겠지요? 저희들 거처로 가십시다."

분위기가 이상하게 흘러간다고 느꼈는지 개방 장로 방운모가 나서서 물었다.

"거기 한형 아니시오?"

한정헌이 반갑게 인사를 받았다.

"아! 방형이 거기 계셨군요."

두 사람은 예전부터 안면을 트고 지내는 사이였다.

방운모는 못마땅한 표정으로 진평과 곽완을 번갈아 본 후 한정헌에게 물었다.

"그 진모라는 사람을 아십니까?"

"알다마다요. 여기 진소협은 오래전부터 우리 창룡문과 거래를 해 온 분입니다. 이익보다 의리를 중시하고, 불의를 보면 참지 못하는 협객이시라 우리는 호림공이라 부르고 있습니다."

구경꾼들이 술렁거렸다.

이제까지 진평에 대해서는 알려진 바가 거의 없었는데, 한정헌의 말을 듣고 보니 일부 지역에서는 제법 명성을 지닌 사람이라고 생각하게 된 것이다.

한정헌이 방운모에게 물었다.

"방형이 왜 여기 서 계십니까? 호림공과 술 한 잔 나누려고 그러시는 겁니까? 하하하! 미안하지만 우리한테 차례를 좀 양보해주십시오."

한정헌의 너스레에 방운모와 청성파 제자들은 시선을 교환했다. 맹가장과 창룡문의 문도를 합치면 청성파와 개방 방도를 합친 수에 근접했다.

진평과 친구들만 해도 쉽지 않은 상대인데, 그 정도의 수가 합세한다면 길보다 흉이 많을 게 분명했다.

결국 그들은 슬금슬금 길에서 물러나 마치 산책이라도 하듯이 자신들의 거처로 돌아가버렸다.

길이 열리자 홍패가 안도의 한숨을 내쉬었다.

진평으로서도 불필요한 충돌 없이 일이 잘 마무리 된 게 참으로 다행이었다.

결국 산 아래서 벌어진 술자리에는 진평과 홍패, 구재원, 곽완, 안덕생 외에 맹승교와 한정헌까지 끼게 되었다.

맹승교와 한정헌은 비록 권세를 탐하여 성왕부의 가신을 자처하고는 있지만 사람됨에 문제가 있는 것은 아니어서 모두와 잘 어울렸다.

진평이 맹승교에게 슬쩍 물었다.

"맹가장은 양주에서 이미 그 성세(聲勢)가 대단한 것으로 알고 있습니다. 그런데 이런 위험한 일에 장주님께서 직접 뛰어드실 필요까지 있습니까?"

마교와 싸우는 것은 어쩌면 목숨까지 내놓아야 하는 일이었다.

맹승교는 술잔을 내려놓고 차분한 어조로 말했다.

"사나이가 검을 익혔으면 사해팔황에 그 이름을 떨치고 삼산오악을 두 발로 디뎌야 비로소 그 기개를 제대로 폈다 하지 않겠습니까. 의식(衣食)이 풍족하다고 해서 쉽게 만족하고 주저앉는다면 부끄러운 일이지요."

안덕생이 술병을 들어 맹승교의 잔에 직접 술을 채워주며 큰 소리로 웃었다.

"하하하! 장주의 말씀이 백번 옳습니다. 그래야 사나이고 영웅이지요. 자! 우리 건배합시다!"

진평은 함께 건배를 하며 생각했다.

그가 지금까지 보아온 바로는 맹승교가 말만큼 행동으로 인의를 실천할 사람은 아니었다.

그러나 마교 척결에 동창뿐만 아니라 성왕부도 꽤 적극적으로 나서고 있다는 사실 하나만큼은 확실히 알 수 있었다.

항주에선 서로 으르렁거렸지만, 마교라는 공동의 적 앞에선 손을 잡지는 않더라도 최소한 휴전 상태는 유지할 것으로 보였다.

어쩌면 맹가장과 창룡문이 귀찮은 모기떼를 막아주는 역할을 해줄지도 모른다는 생각이 들었다.

그 예상은 들어맞았다.

맹가장과 창룡문은 절 안에서 지내는 게 갑갑하다며 도박장에서 멀지 않은 공터에 수십 개의 군막을 세웠다.

비 올 때를 대비하여 둘레에 배수로를 파고 바닥을 고른 후 튼튼한 천막을 세우고 나니 제법 그럴듯한 공간이 만들어졌다.

도박장 주변엔 멀찍이서 정찰하는 개방과 청성파 제자들이 상당히 많았다. 그러나 하루 이틀 지나자 그 수가 현격히 줄었고 나중엔 단 한 명도 보이지 않게 되었다.

아마 내버려두라는 지시가 하달된 듯했다.

홍패가 몹시 기뻐했다.

"형님. 청성파와 개방 놈들이 전부 사라졌습니다. 맹가장과 창룡문이 제법 존재감이 있네요. 히히!"

"그래도 긴장을 풀면 안 돼."

"힝! 그동안은 형님이 안 계셔서 그냥 내버려둔 겁니다. 이제 또다시 귀찮게 굴면 놈들 거처의 물건을 밤새 싹 다 털어서 태워버릴 겁니다."

홍패의 장담에 진평은 미소를 지었다.

*　*　*

다음 날.

진평은 홍패만 데리고 따로 조용한 곳으로 나갔다.

도박장에서 멀리 떨어진 작은 주루의 이층이었다.

그곳에서 진평은 그동안 강남에서 있었던 일들을 모두 얘기해주었다.

홍패는 자기 이복형 홍원승이 마교의 독에 중독되어 죽을 뻔했는데, 결과적으로 잘 풀려서 마교도는 죽고 내공은 남았다는 얘기를 듣고는 뛸 듯이 기뻐했다.

"고맙습니다! 모두 형님 덕입니다. 이제 우리 형제 모두가 형님에게 목숨을 빚지게 되었군요. 히히!"

"그렇게 생각할 필요는 없어."

"어쨌거나 마교 놈들 참 무섭네요. 벌써 거기까지 손을 뻗쳤다니……. 그런데 앞으로도 계속 그런 시도가 이어지지 않을까요? 수로맹은 누구라도 탐낼만한 힘을 가지지 않았습니까."

"이제는 쉽게 당하지 않을 거야."

진평은 수로맹주 곽예걸의 능력을 믿었다.

이제 마교의 의도와 수법을 알게 되었으니 반복해서 당하지는 않을 사람이었다.

진평은 이어서 기린맹에 대한 얘기도 해주었다.

홍패는 펄쩍 뛰었다.

"안 됩니다! 그런 놈들을 어떻게 믿습니까?"

"못 미더워?"

"당연하죠. 동창의 앞잡이로 온갖 못된 짓을 다 하다가 그마저도 배신하고 나온 놈들인데 어떻게 믿을 수 있습니까."

"그럼 믿지 마."

"잉? 형님은 참 편하게도 말씀하시네요."

"난 그들의 능력이 필요해서 쓸 뿐이야. 그 이상은 없어. 나와 우리 방에 대해서는 그들에게 아무것도 알려주지 않았고 앞으로도 그럴 거야. 그러니까 믿고 안 믿고는 의미가 없지."

홍패가 잠시 생각한 후 물었다.

"그들의 능력이 뛰어납니까?"

"뭐, 일단은 그런 것 같아. 정보 수집이 빠르고 노련하더군."

"하지만 우리 방은 그들 없이도 천하에 퍼진 상단들부터 정보를 수집하지 않습니까."

"그건 달라."

"어떻게요?"

"상인들은 돈이 된다면 어디에든 몰려들지. 상인이 모이면 바늘에 실 가듯이 정보도 모이기 마련이고."

"그러니까요."

"하지만 상인들은 돈벌이가 되지 않는 일엔 관심이 없어.

그게 상단을 통한 정보 수집의 한계야."

홍패는 입맛을 다셨다.

그리고 고집스럽게 입술을 내밀며 말했다.

"그들의 실력을 직접 확인하기 전에는 받아들이지 못하겠습니다."

진평은 피식 웃었다.

이미 받아들였기 때문에 홍패가 마음에 안 든다고 해서 뒤집어질 일이 아니었다. 그러나 무턱대고 통보하기보다는 홍패를 납득시켜주고 싶었다.

"좋아. 불러올 테니까 네가 시험해 봐."

"예? 그들이 지금 여기 와 있나요?"

"멀찍이서 날 따르라고 했으니까 근처에 있을 거야."

진평이 창가에 석필로 표시를 한 지 일 각쯤 지나자 한 사람이 다가와서 슬쩍 군례를 했다.

"부르셨습니까. 주군."

기린맹 맹주 장계상이었다. 주걱턱은 그대로인데 얼굴 모양은 지난번과 또 달라져 있었다.

무복을 입고 등에 검을 멘 것으로 보아 무림대회에 참가하는 무사로 분장하여 군중 속에 섞여 지내는 모양이었다.

진평은 두 사람을 소개시켜주었다.

홍패는 못마땅한 표정으로 장계상을 위아래로 훑어보다가 퉁명스러운 어조로 말했다.

"난 홍어르신이다. 앞으로 작은 주인님이라고 불러."

홍패를 뜯어보던 장계상은 다문 입을 끝내 열지 않았다.

진평을 주군이라 칭하는 것은 그에게서 자신들을 지켜줄 수 있을 거라는 믿음을 보았기 때문이었다. 하지만 홍패에게는 그런 것이 없었다.

홍패는 분개했다.

"이거 뭐야? 내 말 안 들을 거야?"

장계상은 차분한 어조로 대답했다.

"우리를 고용한 분은 주군입니다. 주군께서 명령하신다면 그때 따르겠습니다."

홍패는 기가 박힌다는 표성으로 신평을 봤다.

진평은 호칭 문제에 대해 일언반구도 하지 않았다. 그저 미소 머금은 얼굴로 두 사람의 하는 양을 지켜볼 뿐이었다.

마음에서 우러나지 않고 자기가 시켜서 호칭을 바꾸는 것은 의미가 없다는 게 그의 생각이었다.

홍패는 칫! 소리를 낸 후 장계상에게 말했다.

"너희들의 실력이 어느 정도인지 시험을 해보겠다. 이것은 형님도 허락하신 일이야."

장계상은 진평을 봤고, 진평은 고개를 끄덕였다.

홍패가 득의양양한 표정으로 말했다.

"이 임무는 석 달 안에 완수해야 돼. 기한이 지났는데도 성공하지 못한다면 아예 우리한테 오지 말고 멀리 사라져버리는 게 나을 거야. 난 나를 실망시키는 놈들을 주변에 남겨두는 성격이 아니거든. 흐흐흐……."

홍패는 제법 음산하게 웃었다.

장계상이 물었다.

"할 일이 무엇입니까?"

"사람을 찾는 거다. 그냥 찾기만 해서는 안 되고, 산 채로 내 앞까지 끌고 와야 돼."

"이름과 인적 사항을 얘기해주십시오."

"마충과 왕립. 어디 출신인지는 나도 몰라."

이번 기회에 도박 빚을 받아내려는 생각이었다.

장계상의 미간이 찌푸려졌다.

"너무 막연하군요."

"막연하긴 뭐가 막연해. 둘은 한패로 움직이고 칼솜씨도 제법이야. 그 정도면 충분하지 않아?"

"고향도, 지금 어디 있는지도 모릅니까?"

"몰라."

옆에서 진평이 슬쩍 도와주었다.

"주로 산동에서 지내다가 최근엔 항주에 있었을 거야."

성왕부 얘기는 할 수 없었다.

장계상은 고개를 끄덕였다.

"알겠습니다. 그들을 잡아오겠습니다. 목숨만 붙어 있으면 되는 겁니까?"

"아니. 사지가 멀쩡해야 돼."

홍패는 되도록이면 시험을 어렵게 만들려고 했다.

그는 마충과 왕립이 성왕부에서 해고되었다는 사실은 알지 못했다. 성왕부에서 사람을 빼내오기가 얼마나 어려울까 상상만 해도 마냥 통쾌하고 기분이 좋았다.

장계상이 진평에게만 군례를 올리고 물러간 후, 홍패가 약간은 걱정스러운 표정으로 진평에게 말했다.

"형님. 저런 녀석이 이렇게 자유롭게 돌아다니는 걸 보면 지금 소림사 부근엔 동창이고 마교고 다 와서 활개치고 다닐 수도 있겠네요."

"그렇다고 봐야지."

"하! 그것참 꺼림칙하네요."

"어쩔 수 없어. 이쪽이 드러내놓고 힘을 모으는 이상 감내해야 할 일이지.

"그러네요. 흐……."

장계상을 만난 이후 진평은 도박장 이층에서 주로 시간을 보냈다. 함께 술 마실 사람들이 모두 가까이에 있으니 굳이 외출할 이유가 없었다. 밖으로 나가보았자 불필요한 충돌의 가능성만 있을 뿐이었다.

또 한 가지 이유는, 자투리 시간에 마음을 가라앉히고 방에 홀로 앉아 인월신공을 수련하는 게 외출보다 즐겁기 때문이었다.

인월신공은 단순히 회풍류의 위력을 강화하는 데만 그 효용이 있는 게 아니었다.

본혈방은 내공심법에 대한 연구가 대단히 깊었는데, 인월신공의 개념을 적용하여 그 변화를 확인해 봄으로써 무공 전반에 대한 새로운 접근이 가능했다.

그것은 진평에게 있어 마치 산골을 흐르던 물이 강을 지나 커다란 호수를 만난 것 같은 느낌이었다.

누대에 걸친 심법 연구와 영약, 그리고 자신의 노력을 통해 진평의 내공수위는 오기조원(五氣朝元)을 넘어 삼화취정(三花聚頂)의 단계에 달해 있었다.

사람의 오장은 뱃속에 있지만 그 기운이 얼굴과 손과 발에 드러나기 마련이었다. 내공이 깊어지면 그 기운이 정수리로 모여 빙글빙글 원을 그리면서 돌게 되는데, 그 단계를 오기조원이라고 한다.

거기서 더 나아가 다섯 개의 기운이 각각 정기신(精氣神)의 붉고, 희고, 금빛인 광채로 뭉치는 것이 바로 삼화취정이었다.

물론 그것은 본인에게만 보이는 빛이었다.

그동안 진평이 운기조식을 하면 세 개의 빛 덩어리가 점점 광채를 더해갔는데, 취불을 만난 이후 그 빛들이 사라지는가 싶더니 하나의 붉은 기운으로 뭉쳐 뱀 형상을 이루었다.

단전에서 회전하는 진기 덩어리가 처음엔 실처럼, 나중엔 밧줄처럼 굵어져서 붉은 뱀이 두정으로 빠져나갔다가 다시 몸으로 돌아오는 이른바 적사귀신(赤蛇歸神)의 단계에 접어든 것이다.

다섯 개의 원이 세 송이 꽃으로, 다시 한 마리 뱀으로 변하는 일련의 과정은 진평을 한없이 기쁘게 했다.

하루는 구재원이 진평을 찾아왔다.

아버지의 안부에 대한 얘기를 나누고 난 뒤 그가 말했다.

“숙부님. 제 무공을 확인해보고 싶습니다.”

숭산에서 지내는 동안 구재원은 많은 자극을 받았다.

항주에서 살 때는 평생 고수 구경하기가 힘들었는데, 이곳에선 고개만 돌리면 어디에나 무림 고수가 있었다.

그러다 보니 자신의 무공 수준에 대해 하루에도 몇 번씩 심각한 고민을 하곤 했다. 특히, 청성파의 청년 고수 장철을 이긴 이후로 자신에 대한 사람들의 높아진 기대와 실제 실력이 부합되지 않는다는 사실이 그를 압박했다.

그래서 그동안 홍패의 도움을 얻어 무공 증진에 각고의 노력을 기울여 왔다.

곽완과 어울려 놀 때를 제외하고는 자기 방에 틀어박혀 연공으로 시간을 보냈다.

이제 진평이 왔으니 중간 점검도 받고, 앞으로 나아갈 길도 제시받고 싶었다.

진평은 흔쾌히 응했다.

탁자를 치우고 걸상 두 개를 놓아 서로 바짝 마주 앉은 후에 말했다.

"자! 공격해 봐. 엉덩이는 의자에서 떼지 말고, 나머지는 자유롭게 움직여도 돼."

구재원은 무슨 놀이라도 하는 기분이 들었다.

요즘 숭산 주변엔 사람들 눈이 워낙 많으니까 방 안에서 이런 식으로 움직여보는 것도 재미있을 것 같았다.

그러나 그의 표정은 점점 굳어졌다.

손을 뻗으면 상대의 어깨를 잡을 수 있는 극히 좁은 간격.

그 안에서 이루어지는 손나눔이 생각보다 엄청나게 빠르고 격렬했던 것이다.

한 차례 공방을 치르고 나니까 이마에 땀방울이 맺히고 양 팔뚝은 부딪힌 충격으로 얼얼했다.

"전보다는 좀 나아진 것 같군."

구재원은 안이한 마음을 버리고 본격적으로 공격을 시작했다. 힘이 많이 들어가자 진평의 무의식적인 어깨 반동에 팔이 밀려 몸 전체가 넘어갈 뻔했는데 양발에 천근추의 공력을 실어 겨우 균형을 잡았다.

다만 걸상에서 엉덩이가 떨어지는 것까지는 면할 수 없었다.

"한 번 더 가르침을 부탁합니다."

"한 번 아니라 만 번이라도 좋으니까 계속해 봐."

구재원은 진평이 귀찮아하지 않고 자신을 위해 시간을 내어 준다는 사실이 고마웠다.

그래서 더욱 정신을 집중하고 자신이 할 수 있는 최강의 공격을 펼쳐냈다.

무려 한 시진을 그렇게 하고 나니까 구재원은 탈진하고 말았다. 단 한 번도 공격을 성공시키지 못했지만 마음은 뿌듯했다. 혼자 백 일 동안 연공하면서 배울 걸 하루 만에 다 깨달은 것 같았다.

"고맙습니다, 숙부님."

"내게 등을 보이고 앉아."

구재원은 진평이 시키는 대로 했다.

진평은 쌍장에 진기를 모은 후 구재원의 혈도를 두드리기 시작했다.

"크윽……!"

구재원은 극심한 통증을 느꼈지만 꾹 참았다.

진평이 지금 자신의 내력을 써가면서 추궁과혈(推宮過穴)을 해준다는 사실을 알아차린 것이다.

구재원의 전신 혈도를 두드린 후 진평이 말했다.

"이제 운기조식을 해."

시키는 대로 하고 난 구재원은 몸의 변화에 크게 놀랐다.

체내의 탁기가 배출되면서 피로가 씻은 듯이 사라졌고 전신에 기운이 넘쳐났다. 내공까지 증진된 느낌이었다.

그는 얼른 일어나 진평 앞에 무릎을 꿇었다.

"감사합니다! 숙부님."

"오늘 쓴 초식들에 대해 자세히 생각해보고 내일 다시 하도록 하지."

"예. 알겠습니다."

구재원은 잠도 안 자고 초식 검토에 몰두했다. 추궁과혈 덕분인지 출수할 때 정묘함이 한층 향상되어 있었다.

그리고 다음 날, 다시 진평을 찾아가 허리 아래로는 움직이지 않는 독특한 수련법으로 공방을 펼쳤다.

둘째 날에는 진평이 구재원의 초식 중 잘못된 부분을 고쳐 주기도 하고 또 새로운 초식을 전수해주기도 했다.

그리고 마무리는 역시 추궁과혈이었다.

셋째 날도 비슷했다. 결점에 대한 지적, 새로운 초식 전수, 그리고 추궁과혈로 마무리. 그런 날들이 반복되면서 구재원의 무공은 크게 증진되었다.

며칠을 구재원과 보낸 진평은 대장간을 찾아 나섰다. 권중련과 싸우면서 잃어버린 철적을 다시 만들기 위해서였다.

반월도는 아무래도 손에 익지 않은 무기였다.

거리로 나서니 예전과는 달라진 게 있었다.

자신을 알아보는 사람의 수가 크게 늘어났다는 점이었다.

점창파와 대결을 벌이고, 또 곤륜파 객사 앞에서 수백 명과 대치 상태를 치렀기 때문인 듯했다.

진평은 나직이 한숨을 내쉬었다.

이제 보통 사람들 사이에 섞여 조용히 살기는 틀렸다는 생각이 든 것이다.

'막내에게 변장술을 배워야 하나.'

진평은 심호흡을 한 차례 했다. 그런 건 마교의 위협이 모두 사라진 뒤에 걱정해도 될 일이었다.

거리엔 상가가 많이 늘어나 있었다.

무림인들이 몰리다 보니 대장간도 많아져서 망치 소리가 끊이지 않고 들려왔다.

진평은 그 가게들을 둘러보면서 팔기 위해 걸어둔 칼이나 검들을 손가락으로 퉁겨보았다.

단단하게 잘 제련한 쇠는 소리부터 다르기 마련이었다.

그렇게 여러 곳을 돌다가 소리가 가장 맑은 집으로 들어가 반월도를 내밀었다.

"이걸 철적으로 만들어 주십시오."

대장간 주인은 칼을 한 번 훑어보고는 깜짝 놀랐다.

"이거 보통 쇠가 아닌데요?"

"그렇습니다. 녹여서 피리로 만들 수 있겠지요?"

"그건 문제가 안 됩니다만, 쇠가 아깝습니다."

진평은 미소 지었다.

"그 쇠는 칼이 되는 걸 원치 않았을 수도 있지요."

진평이 생각하기에 철로 만들 수 있는 가장 좋은 물건은 농기구였다.

대장장이가 난감한 표정을 지었다.

"그런데, 혹시 그 철적으로 연주를 할 생각입니까?

"당연하지요."

"그럼 곤란합니다. 전 못 만듭니다. 철적 형태로 가공은 할 수 있지만 소리를 제대로 내려면 구멍을 음에 맞게 뚫어야 하는데, 저는 그 방법을 모릅니다."

얘기를 듣고 보니 무기를 만드는 일과 악기를 만드는 일에 모두 정통한 사람이라야 가능할 것 같았다.

악기 기능을 포기할 것인가 말 것인가로 망설이고 있는데 한 사람이 반가운 얼굴로 다가왔다.

"진소협!"

진평이 보니 사천당가의 왕지령이었다.

진평도 미소로 화답했다.

"반갑습니다. 당대협의 팔은 좀 어떠신가요?"

"걱정해주신 덕에 이젠 다 나았습니다."

"다행이군요. 그런데 여긴 어쩐 일이십니까?"

"아! 암기를 좀 만들려고 왔습니다."

만든다는 말이 색다르게 들렸다.

비밀을 중시하는 당가이다 보니 비록 왕지령이 아녀자의 몸이지만 자신들이 쓸 암기는 대장간을 빌어 직접 제조하는 듯했다.

그녀의 손과 옷소매에 잔뜩 묻어서 다 씻어내지도, 털어내지도 못한 검댕들이 그 사실을 짐작하게 해주었다.

왕지령이 대장장이 손에 들린 반월도를 보고 물었다.

"칼을 버리러 오셨습니까?"

"아닙니다. 실은……."

진평은 이곳에 온 목적을 모두 얘기했다.

그러자 왕지령이 반색을 했다.

"제가 만들어드리겠습니다."

"예? 철적을 만들 줄 아십니까?"

"물론이지요. 안 그래도 제 남편을 살려주신 진소협의 은혜를 어떻게 갚나 고민하고 있었는데, 이 일을 제게 맡겨주시면 일부나마 짐을 덜 수 있겠습니다."

진평은 손을 내저었다.

"은혜라니요. 당치도 않습니다."

왕지령은 칼을 받아 들고 무게를 가늠해본 후 말했다.

"이 정도면 예전에 쓰시던 철적보다 훨씬 더 커지겠군요. 길이가 길고 무거워져도 상관없으십니까?"

"클수록 좋습니다."

안 그래도 이제까지 쓰던 철적은 가지고 다니기에는 편하지만 병기로서의 효용성은 좀 부족하다고 생각하던 참이었다.

왕지령이 다시 물었다.

"철적의 관을 통해서 암기가 발사되도록 만들어드릴까요? 아니면 쇠꼬챙이가 튀어나오게 할 수도 있습니다."

진평은 고개를 가로저었다.

"그런 건 필요 없습니다. 음만 정확히 맞으면 됩니다."

당가 사람이니까 그런 식의 발상을 먼저 하는 것이겠지만, 진평은 암기를 사용할 생각이 없었다.

왕지령이 살짝 실망한 어조로 말했다.

"하지만 그렇게만 만들어서는 제 성의를 표현할 길이 없지 않겠습니까."

"만들어주시는 것만으로도 충분합니다."

왕지령은 잠시 생각한 후 손뼉을 쳤다.

"아! 그림을 새겨드리면 되겠네요. 말씀해 보십시오. 어떤 그림이 좋을까요? 용이 전체를 휘감도록 할까요? 아니면 호랑이나 다른 맹수를 새길까요?"

"그림이라……."

그거라면 나쁘지 않다는 생각이 들었다.

"좋습니다. 그러면 매화를 새겨 넣어 주십시오."

"매화요?

"예. 부탁합니다."

용이 아닌 매화를 택한 게 좀 의외였다.

그러다가 왕지령 역시 여인인지라 퍼뜩 떠오르는 게 한 가지 있었다. 매향이란 소저였다.

왕지령은 살짝 미소 지으며 말했다.

"알겠습니다. 매화를 그려드리지요. 완성까지 사흘 정도 걸릴 겁니다."

약속한 사흘 뒤.

왕지령이 연화루 이층으로 진평을 찾아왔다.

진평은 철적에 두른 천을 풀 때부터 시선을 떼지 못했다.

그리고 마침내 드러난 철적.

"아아……!"

진평은 탄성을 토했다.

멀리서 보기엔 시커먼 쇠뭉치였지만, 가까이에서 보니 수백 송이의 매화들이 표면을 가득 덮고 있었다.

그 솜씨가 참으로 정교하기 짝이 없어서 무기로 쓰기보다는 잘 걸어두고 감상을 해야 격에 맞을 것 같았다. 특히 드러나지 않고 은은하게 새겨져 있다는 점이 마음에 들었다.

"굉장하군요. 명장(名匠)의 솜씨입니다."

"부끄럽습니다. 음이 맞나 확인해 보십시오."

진평은 적을 뉘어 입에 갖다 댔다.

검보다 무거운 반월도를 녹여 자신의 손끝에서 어깨까지의 길이에 맞추어 제작해서인지 육중한 느낌이 들었다.

진평은 구멍을 막고 손가락을 하나씩 떼어보았다.

이전의 철적보다 훨씬 낮은 음이 웅장하게 울려 퍼졌고, 그 음높이는 모든 구멍에서 정확하게 맞았다.

특히 저음이면서도 또렷하고 단단하게 뭉친 소리가 인상적이었다. 진평은 이 쇠도 칼일 때보다 피리가 된 지금이 더 마음에 들 거라고 생각했다.

그는 왕지령에게 치사했다.

"고맙습니다! 정말 고맙습니다."

"별말씀을요. 기뻐하시니 저도 좋군요."

진평은 그녀에게 감사 표시를 하고 싶어 전표를 내밀었지만 그녀는 받지 않고 돌아갔다.

진평은 길이와 무게, 그리고 소리까지 마음에 드는 새 철적을 이리저리 휘둘러도 보고, 몇 가지 초식도 펼쳐보았다.

그러다가 방 주변에 아무도 없음을 확인하고 탁자에 놓은 찻잔에 철적을 댔다.

찻잔은 마치 자석에 붙는 쇳조각처럼 철적에 달라붙어 공중으로 떠올랐고, 그 후 진평이 휘두르는 철적 위에서 빙글빙글 돌며 한 방울의 차도 흘리지 않았다.

비록 찻잔에 불과하지만 손이 아닌 철적을 통해 인월신공의 진기가 자유롭게 운용된다는 걸 확인한 진평의 입가엔 오랫동안 미소가 감돌았다.

제7장
용봉지연

며칠 뒤 아침.

진평은 구재원, 홍패 등과 함께 소림사로 올라갔다.

소림방장이 다회(茶會)를 연다고 초청장을 보낸 것이다.

물론 그 모임은 단순히 차 향기를 즐기기 위한 자리는 아니었다. 이제까지 소림사에 온 모든 문파들이 모여 서로의 면면을 확인한다는 의미를 지니고 있었다.

첫 모임과는 비교할 수도 없을 만큼 많아진 문파들.

소림사의 객청이 무한정 넓은 것이 아니다 보니 각 문파의 규모와 세력에 따라 자리가 나뉠 수밖에 없었는데, 뇌정산장은 단상에 자리를 잡았다.

지난번 회맹때부터 참가한 문파들 대부분에게 주어진 단상 자리라지만 사실 뇌정산장이 구파일방과 어깨를 나란히 할 정도의 세력은 아니었다.

그럼에도 불구하고 계속 자리를 지키게 된 것은 최근에 진평이 점창파 손효월과 벌인 대결이나 곤륜파, 아미파, 당가와의 교류, 맹가장, 창룡문과의 친분 등이 큰 영향을 미쳤다고 할 수 있었다.

뇌정산장에 진평의 지명도가 더해진 결과인 것이다.

달랑 차 한 잔을 마시는 모임이지만 분위기는 화기애애했다. 무림방파들이 이렇게 한자리에 모이는 것도 쉽지 않은 일이다 보니 다들 어느 정도는 들뜬 기색들이었다.

원각대사가 인사말 이후에 마교의 준동과 강호의 미래에 대해 걱정할 때는 다들 표정이 어두웠지만, 무거운 분위기는 오래가지 않았다.

아무리 마교가 준비를 철저히 했다 해도 강호의 문파들이 이렇게나 많이 떨쳐 일어섰는데 과연 상대가 되겠느냐 하는 자신감이 퍼진 것이다.

그러나 차를 두 번째로 우릴 무렵.

분위기를 깨는 사람이 있었다.

"여러분, 잠시 제 얘기를 들어주십시오."

자리에서 일어나 모두의 시선을 모은 사람은 바로 종남파(終南派) 장문인 심학준(沈學俊)이었다.

그는 자그마한 체구에 푸른 도복을 입고 머리엔 팔괘관을 쓰고 있었는데, 흰 머리와 흰 수염이 단정하게 잘 빗겨져 있었다.

흰 눈썹 아래 안광이 형형한 두 눈으로 좌중을 둘러본 그가 체격에 어울리지 않게 쩌렁쩌렁한 음성으로 입을 열었다.

"사마(邪魔)의 무리가 천시를 거슬러 준동하는 이때에 여러 영웅들께서 분연히 떨쳐 일어나신 것은 정말 대단한 용기와 의기라 할 것입니다. 헌데……."

그는 손을 들어 사람들의 시선을 한쪽으로 유인하며 말을 이었다.

"저 사람들이 이 자리에 있는 이유를 모르겠군요."

그가 가리키는 곳엔 당가의 세 사람이 앉아 있었다.

당소민은 객청 안의 무림명숙들이 일제히 자신을 바라보자 당황해서 얼굴이 빨개졌다.

심학준이 다시 말했다.

"대저 세상일에는 정도라는 것이 있습니다. 상대가 아무리 극악무도한 자들이라고 해도 우리마저 같은 수단을 써서야 되겠습니까?"

발끈한 당소민이 벌떡 일어섰다.

"흥! 우리가 뭘 어쨌다고 그런 얘기를 하는 거죠?"

"중론이 그렇다는 겁니다."

그러면서 그는 동조를 구하는 표정으로 좌우를 둘러보았다.

그러나 당가와 척을 지고 싶어 하는 사람은 좌중에 단 한 명도 없었다.

"우리 당가가 무림맹에 도움이 안 된다는 말씀인가요?"

"사실 당가에선 독과 암기 말고는 딱히 내세울 만한 것이 없지 않습니까?"

"흥! 설마하니 화산파가 힘이 빠진 덕에 겨우 말석을 차지한 종남파보다 못하겠어요?"

"뭣이라고!"

심학준의 얼굴이 벌겋게 상기되었다.

종남파가 단상에 올라올 수 있었던 것은 종남파가 잘해서라기보다는 화산파의 부재 덕분이었다.

화산파는 장문인이 항주 삼태산에서 중상을 입은 이후에 봉문을 선언한 상태라 무림대회에 참가할 수가 없었다.

심학준은 무림대회에 참가한 이후 종남파의 존재감을 드러내기 위해 많은 노력을 했다. 오늘 당가를 상대로 시비를 건 것도 그 일환이라고 할 수 있었다.

그런데 손녀뻘 되는 계집아이에게 아픈 곳을 찔리고 말았으니 화가 나지 않을 수 없었다.

그가 검병에 손을 얹자 원각대사가 황급히 만류했다.

"장문인께서는 참으십시오!"

그러자 당소민이 앙칼진 어조로 말했다.

"놔두세요. 검을 뽑은 이후에 어떠한 일이 벌어지건 그 책임은 전적으로 장문인에게 있을 테니까요."

심학준의 표정이 굳었다.

애초 이 다툼은 그가 자초한 일이었다.

당가에서 반발하더라도 다른 문파의 사람들이 자기편을 들어주고, 결국 정정당당한 무림맹으로 거듭나는 데 자신이 큰 몫을 했다고 소문이 나는 것. 그게 원하던 바였는데, 당가의 아가씨가 모욕적인 말을 하는 데 격분해서 그만 검을 쥐고 만 것이다.

심학준은 식은땀을 흘렸다.

모두가 보는 앞에서 손을 내리자니 당가의 어린아이에게 굴복하는 것으로 비칠 것이 분명했다.

그 치욕은 감당하기 어려웠다.

그렇다고 검을 뽑자니 후환이 두려웠다.

이런 자리에서 당가에 검을 겨눈다는 것은 당가와 종남파, 둘 중 하나가 멸문으로 갈 수도 있는 중차대한 도발이었다.

당소민이 어린 것을 보고 자기가 너무 경솔했다는 생각이 들었지만 후회하기엔 이미 늦은 상황.

그때 구원자가 나타났다.

"당가가 무림맹의 일원이 되려는 것은 독을 쓰기 위함이 아닙니다. 반대로 독을 막기 위해서 여기에 온 것입니다."

모두의 시선이 쏠린 곳에 진평이 서 있었다.

그는 목소리를 가다듬고 말을 이었다.

"마교는 단지 교도들의 힘만 키운 게 아닙니다. 그들은 미혼약이나 독약 같은 수단도 총동원하고 있습니다. 이미 지난번 마교와의 접전 때 그들의 미혼향으로 인해 우리 측에 많은 피해가 있었습니다. 뿐만 아니라 마교에 포섭된 소주의 한 문파에서도 비슷한 독을 가루 형태로 사용하고 있었습니다. 만약 무림대회장에 그런 가루나 연기가 뿌려진다면 우리는 누구를 믿고 의지해야 하겠습니까?"

그 말에 모두의 시선이 다시 당소민으로 향했다.

당소민은 손으로 입을 가리며 웃었다.

"호호호! 진소협 말씀 그대로예요. 저희는 이미 소주에서 사용된 미혼분의 성분 분석을 끝냈어요. 해약까지 만들어두었죠."

여기저기서 경탄성이 터져 나왔다.

사실이 그렇다면 사천당가는 독물이 아니라 약선으로 대접받아야 마땅한 것이다.

심학준은 사람들의 시선이 당가에 쏠린 틈을 타서 슬그머니 손을 내리고 자리에 앉았다.

신이 난 당소민이 말했다.

"한자리에 사람이 많이 모이면 화약으로 독을 퍼뜨릴 수도 있고 음식이나 물에 탈 수도 있고, 또 바람 방향에 맞추어 무색무취의 독을 공기 중에 퍼뜨릴 수도 있어요."

순간 객청 안이 조용해졌다.

당소민은 생글생글 웃으며 말하지만 듣는 사람 입장에선 소름 끼치는 얘기였던 것이다.

당소민의 말이 이어졌다.

"하지만 적이 어떤 독을 쓰더라도 우리가 있는 한 절대로 당하지 않을 테니까 아무 걱정 마세요."

누가 시작했는지 모르지만 박수가 나왔다.

얘기를 듣고 보니 당가에서 정말 중요한 역할을 해줄 수 있었다. 또한 상황이 안 좋아서 무림맹이 위기에 몰린다면 당가의 도움을 빌어 이쪽에서 공격적으로 독을 쓸 수도 있는 일이었다.

모두가 자신을 주목하고 중히 여긴다는 느낌이 들자 당소민은 신이 났다.

그녀는 진평을 향해 환한 미소를 지어 보였다.

구석에 앉아 차나 홀짝거리면서 사람들의 경계의 눈길만 받고 있다가 이렇듯 상황이 반전된 게 모두 진평 덕분이라고 생각한 것이다.

다회가 끝나고 그녀는 진평에게 감사의 인사를 하려고 했다. 하지만 그를 찾을 수 없었다.

진평도 따로 사람을 찾아 나섰던 것이다.

그가 찾는 사람은 설가영이었다.

아미파와 어울리더니 통 산 아래로 내려오지를 않아서 매화가 새겨진 철적을 보여줄 기회가 없었다.

설가영을 찾은 곳은 탑림 근처에 새로 만든 대규모 객사였다. 마당에 친 천막 아래 걸상을 놓고 수십 명의 남녀가 모여 있었는데 다들 옷차림이며 생김새가 범상치 않았다.

진평과 홍패, 구재원이 다가가자 설가영과 황수주, 장여락이 먼저 알아보고 달려와 반가이 맞았다.

"어서 오세요! 오라버니."

"여긴 뭐지?"

"강호 후기지수들의 모임이랍니다. 우리끼리는 용봉지연(龍鳳之宴)라고 하죠."

"용봉지연?"

"예. 문주님, 장주님들은 객청에서 모이고 함께 온 소문주, 소장주들은 여기서 모이는 거죠."

얘기를 듣고 둘러보니 과연 강호의 신진 고수들은 다 모인 것 같았다. 나이도 다들 젊어서 삼십대가 한두 명 보일 뿐, 나머지는 대부분 이십대였고 용모들도 빼어났다.

진평이 슬쩍 돌아보니 구재원이 코를 벌름거리고 있었다. 가문을 대표하여 무림명숙들과 자리를 함께하는 것도 좋지만 속마음은 이곳에서 또래들과 어울리고 싶은 것이었다.

진평은 설가영을 슬쩍 나무랐다.

"여기서 노느라 안 내려왔던 거야?"

"저 보고 싶으셨어요?"

"아니."

엇나가는 대화를 하고 있는데 비단 무복을 잘 차려입은 건장한 청년 두 명이 다가왔다.

두 명 중 검미가 쭉 뻗고 구레나룻이 턱까지 이어진 청년이 진평을 위아래로 한 번 쏘아본 후 물었다.

"매삼랑(梅三娘). 이 자가 당신을 귀찮게 합니까?"

설가영은 손으로 입을 가리며 웃었다.

"호호! 아니에요. 제가 흠모하는 오라버니랍니다."

그러면서 진평의 팔을 바짝 끌어안고 옆으로 섰다.

구레나룻 기른 청년은 당황하는 기색이 역력했다. 동시에 진평을 보는 두 눈 가득 질투심이 번졌다.

진평은 어이가 없었다.

꼴을 보아하니 설가영에게 반한 모양인데, 주변을 대충 둘러보아도 어여쁜 여인들 천지인 판에 왜 하필 면구 쓴 설가영에게 관심을 가지는지 도무지 이해가 되지 않았다.

설가영 쪽을 돌아본 진평은 그녀의 얼굴이 예전과 다르다는 사실을 알아차렸다.

화장이 짙어서 면구의 평범하고 냉막한 인상이 많이 사라져 있었다. 눈썹은 우수에 찬 듯 가늘게 휘어져 있고, 머리카락은 한쪽으로 빗어 올린데다 걸을 때도 골반이 좌우로 흔들리는 게 자꾸 시선을 끌었다.

설가영은 면구를 핑계 삼아 진평 홀릴 기술들을 연습하는 중이었던 것이다.

그녀는 진평에게 두 청년을 소개했다.

"이쪽은 숭양문(崇陽門)의 소문주 홍만조(洪萬助) 소협, 이쪽은 만승문(萬勝門) 소문주 서윤적(徐允積)소협이세요."

두 청년은 가슴을 펴고 고개도 바짝 세웠다.

자기들 문파에 대한 자부심이 대단해 보였다.

진평도 그들 문파라면 들어본 적이 있었다.

둘 다 경사에 자리 잡고 있어서, 주로 강남에서만 지낸 진평이 그들 문도를 만나거나 거래를 해본 적은 없지만 제법 알려진 세가였다.

이번엔 설가영이 진평을 소개했다.

"이쪽은 일점진구주 진대협이세요."

그러자 뻣뻣하던 홍만조와 서윤적의 상체가 동시에 숙여졌다.

"소주에서 마교 장로 권중련을 때려죽였다는 진삼 대협이란 말입니까?"

"정말 호림공 진대협이십니까?"

진평으로선 좀 당황스러웠다.

일점진구주란 소리가 알려진 걸 보니 당소민도 이곳에 자주 오는 게 분명했다.

"그렇소. 내가 진삼입니다."

그러자 홍만조와 서윤적은 바로 포권을 했다.

"만나 뵙게 되어 영광입니다!"

"말씀은 많이 들었습니다만, 이렇게 젊은 분인 줄은 몰랐습니다. 매삼랑 덕분에 귀한 분을 뵙게 되었군요."

구레나룻의 청년 서윤적의 눈빛엔 이제 질투심보다 경외의 감정이 더 강하게 드러났다.

그만큼 최근에 이어진 진삼의 행적은 세인들 사이에서 화제가 되었던 것이다.

두 청년은 진평을 천막 아래로 안내했다.

"여보게들! 이분이 누군지 아는가?"

두 사람이 다투어 진평을 소개하자 모여 있던 청년 고수들이 일제히 일어나서 분분히 포권을 하고 자기소개를 했다.

진평으로서는 이름을 다 기억하기도 벅찰 정도였다.

진평 역시 구재원과 홍패를 소개하고 합석했다.

그 자리엔 무당파, 아미파, 공동파의 제자들도 있었지만 경사에서 온 세가의 자제들이 가장 많았다.

그러다 보니 다들 얼굴빛이 훤하고 체격들도 좋았다. 그야말로 금의옥식(錦衣玉食)으로 살아온 게 한눈에 훤히 보일 정도였다.

다들 자존심들도 대단해서 진평이라면 몰라도 홍패와 구재원에게는 누구 하나 눈길조차 주지 않았다.

그러나 이런저런 얘기가 오가며 자리가 무르익어갈수록 진평보다는 구재원의 말수가 점점 늘어났다.

진평은 의도적으로 말을 많이 하지 않으려 했고, 구재원은 타고난 친화력을 조금씩 드러냈기 때문이다.

결국 구재원은 청성파 제자를 물리친 뇌정산장의 소장주라는 자기 존재감을 사람들에게 확고히 인식시키는 데 성공했다.

세가의 공자들이라서 그런지 화제도 좀 달랐다.

마교의 발흥을 막기 위해 모였음에도 불구하고 어느 가문의 누가 돈을 얼마 써서 자리를 얻었다는 둥, 왕진이 홍옥보다 황옥을 좋아한다는 둥, 세속적인 얘기들이 많았다.

그중에 진평과 설가영의 귀를 쫑긋하게 만드는 얘기도 나왔다.

"자네들 얘기 들었나? 이번에 조정에서 천하의 모든 은광(銀鑛)을 조사하여 장부에 기록하고 그동안 사사로이 채굴하던 자들을 모조리 잡아들인다고 하더군."

"그게 정말인가?"

깜짝 놀라는 반응을 보이는 사람은 많든 적든 은광과 연관이 있는 세가의 자제들이 분명했다.

"은광을 폐쇄하고 버려둔 지 이미 십 년이 지났는데 왜 이제 와서 갑자기 그런 조사를 하는 거지?"

"그걸 몰라서 묻나? 자기네 사람들에게 나누어주고 공납을 받으려는 속셈이지."

"허어! 아주 돈독이 올랐군."

"그나저나 그런 큰일을 앞두고 있으면서 경사가 왜 그렇게 조용했지? 우리가 떠나올 때까지 아무 낌새도 없었는데."

그러자 처음 얘기를 꺼낸 청년이 말했다.

"이번 조사를 동창이 맡았나 봐. 그러니 황상께 표를 올리기 전에 개별적으로 찾아가서 입막음 조로 돈을 요구했다고 봐야겠지."

"조사에 걸린 사람만 동창의 방문을 받았을 테니 소문 날 일도 없었겠군."

"바로 그 얘기야."

"젠장! 돈에 환장한 놈들 같으니라고."

그 말에 여기저기서 맞장구치는 소리가 들렸다.

그들에게 동창은 멸시와 저주의 대상이었다.

진평은 고소를 금할 수 없었다.

조금 전까지 환관에게 얼마의 뇌물을 바쳐야 어느 자리를 얻을 수 있는지 정보를 교환하던 자들이 이젠 동창이 재물을 탐한다고 욕하고 있으니 참으로 가소로운 일이었다.

나쁜 놈들이지만 자기들이 관직을 얻을 때는 이용해도 된다는 식이니 이중적인 행태라 할 수 있었다.

한 청년이 물었다.

"은광이 모두 막히면 장차 어찌 되는 건가?"

"그야 은의 가치가 떨어지겠지."

"어째서 그렇다고 생각하는가?"

"몰래 캐던 은보다 공납을 전제로 캐는 은이 훨씬 많을 테니 그야 당연한 일 아닌가?"

그러자 한 청년이 말했다.

"그 반대일세. 은의 가치가 오를 거야."

사람들 시선이 그에게 쏠렸다.

그는 하북 조가장(曹家莊)의 소가주 조병건(曹丙乾)이었다. 다른 사람들에 비해 연배가 좀 있는 그는 식견과 경륜이 탁월해서 조가장이 그다지 유명한 문파가 아님에도 불구하고 사람들 사이에서 신망을 얻고 있었다.

그가 확신에 찬 어조로 말했다.

"십 년 전에 은광이 폐쇄된 원인이 무엇인지를 알면 답이 나오지. 채광량이 충분하지 않아서 폐쇄한 것이거든. 그런데 지금 다시 캔다고 해서 달라질 일이 무엇인가. 땅속에서 은이 자라나는 것도 아닌데. 결국 은광을 배정해주는 기간 동안 그나마 조금씩 나오던 은의 유통이 꽉 막혀 가치가 올라갈 거고, 공식 채굴이 된 이후에도 지금보다 많은 양을 캐내는 것은 불가능할 테니 은의 가치가 떨어질 일은 없어."

그의 말에 모두가 고개를 끄덕였다. 듣고 보니 구구절절 옳은 말이라 앞으로 꼭 그리될 것 같았기 때문이다.

설가영은 가만히 웃었다.

그리고 슬쩍 진평을 바라보았다.

그는 자기와 아무 관련도 없는 일이라는 듯 무심한 표정을 짓고 있었다. 그러나 그가 이미 은을 잔뜩 사두고 팔 기회만 기다리는 중이라는 사실을 설가영은 알고 있었다.

조병건이 남들보다 빨리 뛴다면 진평은 날고 있는 거나 마찬가지였다.

진평은 얘기를 듣기보단 마당에 모인 청년 고수들을 관찰하는 데 여념이 없었다.

그들 중에 눈에 띄는 고수는 없었다.

대부분 구재원과 비슷한 수준이었다.

진평은 그들의 행동을 관찰하여 모두 세 무리로 분류할 수 있었다.

동창에 등 떠밀려 온 문파가 절반 정도 되었고, 나머지 반은 또 성왕부의 영향권에 있는 문파와 그 어디에도 속하지 않은 문파로 나뉘었다.

객청의 다회에서는 자신들의 소속이 비교적 뚜렷하게 드러나는 편이었는데, 이곳은 그와 달리 그 분류가 좀 애매한 편이었다.

아무래도 젊은 사람들이다 보니 문주나 가주들이 자세한 속사정을 얘기해주지 않았거나, 혹 들었더라도 여전히 정의감을 더 중시하는 듯했다.

그렇게 파악을 끝낸 진평은 뭔가 이상하다는 느낌을 받았다. 마당에는 남자들뿐만 아니라 아리따운 소저들도 적지 않았는데 그들 중 자기에게 눈길을 주는 사람이 단 한 명도 없었다.

처음엔 점잔을 빼느라 그러는 줄 알았는데 그게 아니었다. 다른 청년들에게는 연신 추파를 던지던 소저도 자신과 눈이 마주치면 얼른 눈길을 돌려서 다른 데를 보곤 했다.

구재원도 벌써 서너 명과 바쁘게 시선을 교환하고 있었고 줄곧 입을 다물고 있는 홍패에게까지도 시선을 주는 여인이 있는데, 자기에게만 아무도 관심을 보이지 않는 것이다.

진평은 상황을 알아차렸다.

"으으……."

그는 두 주먹을 불끈 쥐고 설가영을 노려봤다. 설가영은 왜 그러냐는 듯 천연덕스럽게 눈을 말똥거렸다.

진평은 속으로 외쳤다.

'너! 이 상황 어떻게 수습할 거야!'

누구 입에서 나왔는지는 알 수 없었다.

가장 의심스러운 건 대책 없이 마음속 얘기를 마구 해대는 당소민이지만, 설가영이 앙큼하게 소문을 퍼뜨렸을 가능성도 배제할 수는 없었다.

꽃 같은 미녀들이 수십 명인데 아무도 자기를 거들떠보지 않는다는 사실이 슬프기 짝이 없었다.

그리고 자기에 대한 소문이 이미 퍼졌다고 생각하고 나니 아까부터 자기를 바라보는 눈빛 하나가 심상치 않았음을 새삼 깨닫게 되었다.

그 시선의 주인공은 거령문(巨靈門)의 소문주 이릉화(李凌和)

라고 자신을 소개했던 곱상한 청년으로, 유난히 흰 피부에 얇고 붉은 입술을 가지고 있었다. 그는 시선이 마주칠 때마다 자신에게 야릇한 눈빛을 보냈는데 아무리 생각해도 심상치 않았다.

마침 눈이 마주친 이릉화가 흰 이를 드러내 보이며 미소를 지었다. 순간, 진평은 온몸에 소름이 돋는 것을 느꼈다.

적우, 취불과 마주 섰을 때보다 훨씬 더 끔찍했다.

진평은 얼른 외면했고 이후로는 이릉화가 있는 쪽으로 고개조차 돌리지 않았다.

숭양문 소문주 홍만조가 갑자기 생각났다는 듯 얘기를 꺼냈다.

"자네들. 당금 무림 최고의 고수가 누구라고 생각하나?"

그 말에 모두가 눈을 빛냈다.

누가 가장 셀까? 하는 것은 무(武)의 길을 걷는 사람이라면 누구나, 항상 품게 되는 의문인 것이다.

진평도 궁금증을 느꼈다.

한 청년이 생각해볼 것도 없다는 듯 말했다.

"아무래도 소림방장이겠지?"

"난 마교 교주일 것 같은데."

"그는 아직 세상에 모습을 드러내지 않았으니까 일단 제외해야지."

"항주에서 동창의 천호가 어떤 복면인에게 졌다는 얘기를 들었는데. 그가 최고 고수 아닐까?"

"항주라면 화산파 장문인을 쓰러트린 복면인을 꼽아야지."

"혹시 두 사람이 동일인 아닐까?"

"그거야 복면을 벗기 전에는 모르는 일이지."

저마다 떠들어대는 얘기를 듣고 있던 홍만조가 말했다.

"난 진짜 강호제일인을 알고 있네."

"그게 누구인가?"

"장지균(張志均). 그게 그의 이름이지."

주변이 술렁거렸다.

"그런 사람은 들어본 적이 없는데."

홍만조는 자신 있는 어조로 말했다.

"두고 보게. 이제 삼천군현(三千郡縣)이 모두 그의 이름을 알게 될 테니까."

그러자 몇몇이 그의 말에 동조했다.

"맞아. 나도 소문을 들은 것 같아."

궁금증을 느낀 사람들이 홍만조를 채근했다.

"그에 대해 아는 대로 얘기해보게."

홍만조는 헛기침으로 목을 고른 후 얘기를 시작했다.

"장지균의 집은 본래 산동에 있었지. 그의 아버지는 소림의 속가제자였지만 이름이 널리 알려질 정도는 아니라서 작은 표국을 경영하고 있었다더군. 표국 경영도 시원치 않아서 자꾸 늘어나는 빚에 결국 표국이 남의 손에 넘어갈 지경이 되었지.

그러던 어느 날, 신비인이 찾아와 비밀스러운 표물 운송을 부탁한 거야. 원래는 그런 표행을 수락하지 않는 게 정상이지만 빚 때문에 맡을 수밖에 없었고, 결국 그것이 마지막 길이었지."

"그래서 어떻게 되었나?"

"표국은 빚 때문에 망했고 어머니는 어린 아들을 데리고 남편을 찾아 나섰지. 하지만 아녀자의 몸으로 자식까지 데리고 길을 떠난다는 게 얼마나 어려운 일인가. 결국 강도를 만나 모녀가 함께 죽게 되었지."

"저런……!"

"그런데 마침 그곳을 지나던 이인(異人)이 장지균을 구해주었고 총명하고 근골이 잘 발달된 것을 보고 자기 제자로 삼았지."

"그 이인이 누구인가?"

"자네들도 들어봤을걸. 우내팔정의 한 사람인 불패권왕 조국명(趙國明). 바로 그분이 장지균을 거둔 거야."

여기저기서 탄성이 나왔다.

우내팔정이 세상에 모습을 드러냈다는 데 놀라고, 그런 기연을 만났다는 사실이 부러워서 내는 소리들이었다.

홍만조의 얘기가 이어졌다.

"불패권왕의 진전을 모두 이어받은 장지균은 최근에 자기 집에서 표사로 일하던 사람을 만나 그에게서 아버지의 행적을

들을 수 있었지. 그리고 조사를 한 결과 그 일련의 일들이 마교와 관련되어 있다는 결론을 내렸다네. 그래서 이번 무림대회에 참가하기로 했네."

"이리로 온단 말인가?"

"오래지 않아 도착할걸세."

사람들은 웅성거렸다

장지균의 무림맹 합류는 반가운 일이었다.

그가 정말 불패권왕의 제자이고, 무공이 뛰어나다면 무림맹의 전력에 크나큰 보탬이 될 것이 분명했기 때문이다.

진평은 다른 의미에서 흥미를 느꼈다.

불패권왕이라면 바로 수로맹주 곽예걸의 사부였다.

장지균이 불패권왕의 소재를 안다면 의형의 오랜 숙원을 해결할 수 있게 되는 것이다.

자리를 파할 시간이 되자 진평이 설가영에게 말했다.

"내려가서 함께 지내자."

"싫어요."

의외의 반응이었다.

"연화루에 빈방 많아. 좁고 사람도 많은 객사에서 불편하게 있을 필요 없잖아."

"아뇨. 배우는 게 얼마나 많은데요."

"그녀들은 머리로나 검술로나 너보다 나은 게 없을 텐데 뭘 배운다는 거야?"

하지만 진평은 모르고 있었다. 아미파 제자들이 아니라 용봉지연에서 배우는 게 많다는 것을.

여인이 남자의 관심을 끌려면 어떻게 해야 하는지, 남자는 어떨 때 애가 닳는지, 모두가 좋은 공부거리였다. 설가영은 일전에 진평에게 안아달라고 한 게 얼마나 바보 같은 행동이었는지 절실하게 깨닫고 후회하는 중이었다.

남자를 정말 자신의 것으로 만들려면 진심을 드러내어 보이는 것도 좋고 화장술이나 걸음걸이를 익히는 것도 좋지만, 그보다 훨씬 더 효율적인 기교들이 많다는 사실을 여러 문파의 여인들을 통해 배우고 있었다.

진평이 내려가자고 하는 것도 이곳에 있는 수많은 청년 경쟁자들 때문임이 분명했다.

설가영은 활시위를 튕기듯, 또 낚싯대를 당기듯 진평을 자극했다.

"전 여기가 좋아요. 안 갈 거예요."

그런데 진평의 반응이 여느 남자들과는 달랐다.

"그래? 그럼 잘 지내."

하고는 아무 미련도 없이 돌아서는 것이었다.

가슴이 철렁한 설가영은 얼른 따라가서 진평의 팔에 매달려 콧소리를 냈다.

"오라버니. 화났어요?"

진평은 피식 웃었다.

"너 그거 하지 마. 넌 너다울 때가 가장 예뻐."

부끄러움을 느낀 설가영의 양볼이 면구 밖까지 보일 정도로 빨갛게 달아올랐다.

진평 앞에서 콧소리를 내며 애교를 부린 기녀들이 이제까지 얼마나 많았겠는가. 그런데 이제 와서 그걸 흉내 내고 있는 자신이 한심하다는 생각이 든 것이다.

그나마 다행인 것은 본래 모습이 예쁘다고 칭찬해주었다는 점이었다. 설가영은 마음을 다잡았다. 실수한 것은 실수한 거고, 앞으로 조심해서 잘하면 되는 것이다.

"그런데 은은 언제 팔 생각이세요?"

진평의 입가에 알 듯 모를 듯 미소가 번졌다. 화제를 바꾸는 걸 보니 자기가 말하는 바를 알아들은 모양이었다.

"그거야 서총관이 알아서 할 일이지. 그에게 일임했으니까. 어쩌면 이미 팔았을지도 몰라."

"그럼 얼마나 번 거예요?"

"적어도 오 할은 되지 않을까 싶은데."

"우리 재산이 십만 냥이었다면 십오만 냥으로 불어난 건가요? 그럼 몇 달 사이에 오만 냥이란 거액을 번 거잖아요?"

진평은 미소 지었다.

"십만 냥이었다면 그랬겠지."

설가영은 궁금증을 참을 수 없었다.

"도대체 우리 방의 재산은 얼마나 되는 거죠?"

"그건 비밀이야. 방주 외에는 알아선 안 돼."

"살짝만 가르쳐주세요. 대략적인 수치만."

설가영은 자기도 모르게 또 콧소리를 냈다.

이번엔 진평도 나무라지 않았다.

사실 같은 콧소리라도 누가 그 소리를 내느냐에 따라 느낌이 다르기 마련이었다.

"십만 보다는 많아."

"그렇게 막연하게 말고요."

그러나 진평은 더 이상 입을 열지 않고 산을 내려갔다.

제8장
불패권왕의 제자

불패권왕의 제자 장지균에 대한 소문은 금세 퍼져서 모르는 사람이 없게 되었다.

사람들은 반신반의하는 분위기였다.

본래 강호가 말이 많은 곳이다 보니 직접 눈으로 보기 전에는 믿을 수 없었던 것이다.

무림대회가 보름 앞으로 다가오자 소림사와 인근의 저자는 정파 무림인들로 가득 찼다.

참석하기로 한 문파들은 거의 다 모였고, 무림첩을 받지 못한 문파들 중에도 참석자가 많았기 때문에 어디를 가나 발 디딜 틈 없이 붐볐다.

그즈음, 그토록 소문이 무성하던 장지균이 마침내 소림사에 모습을 드러냈다.

그는 외모부터 인상적이었다.

팔 척 장신에 팔과 허리가 길고 두 눈엔 정광이 충만했으며, 거구임에도 불구하고 걸음걸이는 구름을 밟듯 경쾌했다.

얼굴도 잘생긴 호남형이었다. 짙은 눈썹과 강인한 턱선이 사나이다운 매력을 풍겼고 목소리는 울림이 깊으면서도 부드러웠다.

"소림방장을 뵙습니다."

그는 마중 나온 원각대사에게 정중하게 예를 올렸다.

"아미타불……. 어서 오십시오. 말씀은 많이 들었습니다."

원각대사는 그를 안으로 안내하여 무당 장문인 자령진인, 아미파의 정향사태, 곤륜파 장문인 안덕생 등에게 소개시켜주고 함께 차를 마셨다.

한 사람의 입맹에 그렇게 여러 사람이 모이는 것은 이례적인 일이었다.

대개는 지객당의 수좌승이 접수를 받는 게 보통이었다.

그런데 네 명이나 모인 것은 그만큼 장지균에 대한 호기심이 크다는 증거였다. 소림방장, 무당장문인도 불패권왕의 제자가 과연 어떤 인물인지 궁금했던 것이다.

장지균은 지극히 공손한 태도를 유지했다.

그럼에도 불구하고 각 파의 장문인들이 그를 경시하지 못한 것은 줄기줄기 내뻗는 강렬한 기도 때문이었다.

자기도 모르게 정신이 번쩍 들고 침이 마를 정도였으니 과연 불패권왕의 제자라는 말이 허언은 아닌 듯했다.

곤륜파 장문인 안덕생이 호기롭게 말했다.

"자네 아주 마음에 드는군!"

"감사합니다, 선배님."

"나와 술 한 잔 하지 않겠나? 소개해줄 친구도 있네."

장지균은 배사(拜辭)했다.

"말씀은 고맙습니다. 하지만 제가 익힌 내공심법에는 술이 상극이라 마시지 않고 있습니다. 죄송합니다."

"허! 그것참 안 됐군."

장지균이 원각대사와 차를 마시는 동안 더 많은 사람들이 그를 보기 위해 몰려들었다. 그는 동행 없이 혼자 왔기 때문에 숭양문의 객사에 함께 머무르기로 했는데, 지객당에서 그곳까지 가는 길 좌우를 무림인들이 가득 메울 정도였다.

장지균이 걸어가는 모습을 보며 구경꾼들 사이에서 과연 불패권왕의 제자라는 말들이 튀어나왔다.

그는 평온한 얼굴에 살짝 미소까지 머금은 채로 걸을 뿐이었지만 길 좌우에 서 있던 사람들은 자기도 모르게 한두 걸음씩 뒤로 물러났다. 장지균이 내뿜는 압도적인 기운에 본능적으로 두려움을 느낀 것이다.

멀찍이서 보고 있던 설가영이 말했다.

"여기서도 확연히 느껴지네요. 굉장한 고수예요."

진평이 맞장구를 쳤다.

"그건 그렇군."

산 아래서 지내자는 제안을 설가영이 거절하자 결국 진평은 매일 아침 자신이 올라오는 방법을 택했다.

구재원이 워낙 사람 사귀는 것을 좋아하기 때문에 그의 곁에 있어주기 위해서라는 게 표면상의 이유였지만, 사실은 설가영의 옆에 붙어 있으면서 무림세가 공자들의 접근을 막는 것이 진짜 목적이었다. 그 작전은 성공적이었다. 세가의 젊은이들 모두 진평을 인정했기 때문에 설령 매삼랑의 고혹적인 자태에 홀렸다가도 곧 정신을 차리고 거리를 두었던 것이다.

자존심 강한 세가의 공자들이 진평의 실력을 인정한 것은 그가 점창파의 손효월과 평수를 이루었다는 소문 때문이기도 했지만 그보다는 아미파 제자들의 공로가 더 컸다.

그녀들은 마교 장로 권중련을 물리친 진평의 무위에 대해 침이 마르도록 칭찬을 아끼지 않았다. 그도 그럴 것이 꼼짝없이 죽을 걸로만 생각하고 있던 차에 진평이 나타나서 그 악귀 같은 자를 물리치고 자기들을 구해주었으니 강한 인상을 받을 수밖에 없었던 것이다.

진평으로서도 용봉지연이 도박장보다는 나았다. 가끔 괜찮은 사람도 있었기 때문이다. 문제는 마음껏 술을 마실 수 없다는 점인데, 도박장 때문에 자리를 비울 수 없다는 홍패 대신 곽완이 가세한 덕분에 심심하지는 않았다.

설가영도 진평이 옆에 있어주는 것을 좋아했다.

그녀는 수시로 진평이 어디까지 견디는지 그 한계선을 확인했다. 적어도 용봉지연 안에서는 그녀가 주도권을 쥔 것이다.

멀어지는 장지균을 보며 설가영이 말했다.

"우리 모임에 초청해야겠어요. 수로맹주님이 바라는 소식을 얘기해줄지도 모르잖아요."

진평은 고개를 가로저었다.

"안 올걸."

"왜 그렇게 생각하세요?"

"그는 지금 결전을 앞둔 전사의 모습이야. 집중에 방해되는 그 어떤 일도 하지 않으려고 할 거야."

설가영은 이해할 수 없었다.

"무림대회는 아직 많이 남았는데 왜 벌써부터 그러는 거죠? 마교에 대한 원한이 그렇게 큰 걸까요?"

"글쎄……."

진평으로서도 알 수 없는 일이었다.

한 가지 분명한 것은 그의 압도적인 기도가 자신의 호승심을 자극하고 있다는 점이었다.

장지균의 태도에 대한 진평의 예상은 적중했다.

여러 사람이 그와 친분을 쌓기 위해 만나기를 청했지만 장지균은 어떠한 초청에도 응하지 않았다.

아예 방 밖으로 나오지도 않아서 숭양문 문주 홍세웅(洪世雄)이 대신 거절하느라 애를 먹었다.

그러다 보니 남의 얘기하기 좋아하는 사람들이 사이에 장지균이 늘 화제의 중심이 될 수밖에 없었다.

그를 건방지다고 하는 사람도 있고 부상을 입었기 때문일 거라고 추측하는 사람도 있었다.

진평은 처음 장지균에 대한 소문이 돌 때부터 기린맹에 그에 대한 조사를 맡겼지만 아직까지 아무것도 알아낸 게 없었다.

그러나 진평은 조급해하지 않았다. 무림대회에 온 이상 자연히 그 실체가 드러날 거라고 생각한 것이다.

대회 개시일이 다가오자 산 아래 평원에는 거대한 단이 세워졌다. 워낙 많은 사람이 몰렸기 때문에 행사장의 규모도 그에 비례해서 커질 수밖에 없었다.

소림승들은 각 문파의 자리를 배정하고 공사를 마무리하느라 눈코 뜰 새 없이 바빴는데, 진평은 그들을 보며 참 대단하다는 생각을 했다. 이런 대규모 행사를 준비하려면 신경 쓸 일이 한두 가지가 아니었다. 참가하는 사람은 달랑 몸만 오면 되지만, 객을 맞는 소림사 입장에선 수천 명의 무림인들이 최대한 만족하고 서로 분쟁을 일으키지 않도록 세심하게 배려해야 하는 것이다.

준비가 모두 갖추어지자 소림의 원각대사와 무당의 자령진인은 목욕재계한 후 향을 올리고 점을 쳐서 대회 개시 날짜와 시간을 받았다.

워낙 중요한 행사이다 보니 하늘과 땅, 그리고 신명들이 모두 감응하기를 바라는 마음에 택일까지 한 것이다.

진평은 기린맹의 남은 인원을 동원하여 숭산 주변에 별도의 경계망을 펼치도록 했다. 마교가 뭔가 수작을 부릴지도 모르기에 대비를 한 것이다.

그러나 어떠한 움직임도 감지되지 않았다.

다행이라 생각하면서도 약간은 불안한 상황이었다.

마침내 무림대회 당일.

정도 무림인 수천 명이 아침 일찍부터 대회장으로 몰려들었다. 단상에 자리를 배정받지 못한 군소문파들은 빨리 도착해야 단과 가까운 자리를 잡을 수 있기 때문에 새벽부터 서둘러 움직였다.

진평은 구재원, 홍패 등과 함께 뇌정산장이란 표찰이 붙은 자리에 앉았고, 설가영은 대회장 중앙의 구파일방이 모인 곳에 아미파 제자들과 함께 시립했다. 그녀는 아미파 도복과 비슷한 옷을 입고 머리도 그들처럼 쪽을 져서 얼핏 보면 아미파 제자인 것처럼 보였다.

시간이 되어 징소리와 함께 원각대사가 단 위에 모습을 드러내자 수천 명의 군웅들이 일제히 함성을 질렀다.

무공을 익힌 사람들이 한꺼번에 내지르는 소리는 지축이 진동할 정도로 어마어마했다.

원각대사는 모두의 환호가 가라앉기를 기다려 차분히 입을 열었다.

"아미타불……. 이렇듯 많은 영웅들께서 불원천리하고 척마멸사의 깃발 아래 모인 것은 실로 무림의 크나큰 복이라 할 것입니다."

다시 한 번 함성과 박수가 터져 나왔다.

동시에 과연 원각대사라는 수군거림도 퍼져 나갔다.

소리를 높이지 않아도 대회장의 맨 뒤에 있는 사람에게까지 또렷하게 들리는 음성. 보통 내공으로는 흉내 내기조차 어려운 일이었다.

원각대사는 최근 마교의 준동과 이번 모임의 취지에 대해 자세히 얘기했다.

군웅들 모두 알고 있는 내용이었지만 대회장에서 함께 들으니 기필코 싸워 이기고야 말겠다는 의지가 더욱 고조되었다. 뜻을 같이하는 사람들이 한자리에 이렇게 모였다는 사실만으로도 서로에게 자극이 되는 것이었다.

원각대사는 무림맹이 장차 나아갈 방향에 대해서도 얘기를 꺼냈다. 어떤 형태로 조직을 꾸리는 게 효율적일 것 같다는 대략적인 의견을 제시하는 것이었다.

그런데 한 사람이 일어서서 말을 끊었다.

"장문방장께 드릴 말씀이 있습니다."

모두의 시선이 쏠렸는데 그는 바로 장지균이었다.

원각대사가 온화한 미소와 함께 말했다.

"장소협께서 하실 말씀이 있으신 모양이군요."

"그렇습니다. 일의 순서가 잘못된 것 같습니다. 맹의 조직을 구성하기에 앞서 맹주를 선출하는 게 먼저 아닙니까?"

군웅들이 웅성거렸다.

원각대사는 고개를 끄덕인 후 대답했다.

"맞습니다. 안 그래도 바로 다음에 그 말씀을 드리려고 했습니다. 저는 지난번 회맹 때 외람되이 임시 맹주직을 맡았지만 여러모로 부족하다고 생각하던 중이었습니다. 오늘 이 자리에 천하의 영웅들이 모두 모였으니 새로운 맹주를 선출함이 가할 것입니다."

대회장이 일시에 소란스러워졌다.

원각대사가 맹주가 된 것은 분명 임시 조치이긴 했지만 그보다 나은 다른 선택은 없다 여기고 있었다. 그 후 진행된 일들에 대해서도 모두들 만족하는 편이었다.

원각대사가 계속 무림맹주 자리를 지킬 것이라 생각하고 그의 구상을 듣고 있었는데 난데없이 새 맹주를 뽑으라고 하니 당황스러운 일이 아닐 수 없었다.

자령진인이 일어나서 말했다.

"장문인. 생각을 바꿔주십시오. 장문인이 아니면 누가 능히 중책을 맡을 수 있겠습니까?"

다른 문파의 장문인과 문주들도 같은 의견을 내놓았다.

그러나 원각대사는 고개를 가로저었다.

"보십시오. 지난번 모임과는 비교도 안 될 만큼 많은 문파가 이 자리에 모였습니다. 그런데 임시 맹주가 계속 자리를 탐한다면 그것은 과한 욕심입니다."

자령진인이 다시 말했다.

"정당한 절차에 따라 새로 맹주 뽑기를 원하십니까? 좋습니다! 그럼 우리 무당파는 소림방장을 추천합니다."

그러자 다른 문파의 수장들도 앞다투어 원각대사를 추천했다. 원각대사는 곤혹스러운 표정을 감추지 못했다.

"허어…… 이것 참."

그때 동쪽 단상에서 한 사람이 일어나 말했다.

"우리 숭양문은 장지균 대협을 추천합니다."

그러자 기다렸다는 듯이 장지균을 추천하는 문파들이 줄을 이었고 대회장은 큰 혼란에 휩싸였다.

장지균이 비록 불패권왕의 제자이고 압도적인 기도를 선보였다고는 해도 군웅들의 시각에서 그는 무림초출이나 마찬가지였다. 그런데 무림맹주라니. 언감생심, 말도 안 되는 얘기였다.

구재원이 궁금한 표정으로 진평에게 물었다.

"숙부님. 이게 어찌 된 일이죠?"

"세가들이 미리 짜고 온 거야."

진평은 장지균을 추천하는 문파들의 면면을 보고 공통점을 발견했다. 그들은 용봉지연에서 동창의 사주를 받은 문파라고 분류했던 자들이었다.

그동안 청성, 점창, 개방을 보내 무림맹 장악을 시도하던 동창이 세 문파로는 역부족임을 깨닫고 고수 한 명을 뽑은 뒤 여러 세가를 그 배경으로 세워 단숨에 무림맹주를 노리는 게 분명했다.

진평은 살짝 미간을 찌푸렸다.

마교와의 대결에 동창의 힘이 필요하다는 사실은 그도 인정하는 바였다. 하지만 동창의 하수인이 무림맹주가 되는 건 바라지 않았다.

장지균을 추천하는 무리의 수장이라고 할 수 있는 홍세웅이 가슴까지 기른 수염을 쓰다듬으며 큰 소리로 말했다.

"원각대사께서도 분명히 말씀하셨습니다. 지금 마교의 힘은 우리가 상상하는 것 이상입니다. 이런 위급한 시기에 무림맹주직을 수행하려면 무엇이 가장 필요하겠습니까? 생각해 보십시오."

군웅들의 웅성거림이 잦아들었다.

홍세웅이 힘주어 말했다.

"무림맹주는 응당 마교 교주를 쓰러트릴 고강한 무공을 지니고 있어야 합니다. 그게 불가능하다면 천 명을 모으고 만 명을 모아도 다 소용없는 일이 될 것입니다. 전장에서 적과 대치하고 있는데 우리의 수장이 적의 수괴에게 진다면 무슨 힘으로 싸움을 할 수 있겠습니까?"

군웅들 사이에서 '옳소!' 소리가 연이어 터져 나왔다. 그것은 미리 짜고 동조하는 세가가 아니라 일반 군소방파에서 나오는 소리였다.

무인들은 단순했다.

강한 자가 정의이자 명분인 세계에서 살다 보니 홍세웅의 말이 곧바로 먹혀들어갔다.

무림맹주는 필히 마교 교주를 이길 수 있어야만 한다. 그게 안 되면 무림맹의 존재 이유가 없다고까지 할 수 있었다.

분위기가 바뀌자 원각대사를 지지했던 구파일방의 장문인들은 당혹스러운 표정으로 서로를 봤다.

그들은 원각대사만큼 맹주직을 잘 수행할 사람이 없다는 사실을 알고 있었다. 하지만 고강한 무공의 필요성에 대해서도 어느 정도 인정할 수밖에 없었다.

개방 방주 이허충이 나섰다.

"그럼 홍문주의 의견은 무엇이오? 여기서 맹주 자리를 놓고 비무라도 벌이자는 말씀이오?"

그 말에 단 아래 서 있던 군웅들이 술렁이기 시작했다.

무림 최고의 고수들이 맹주 자리를 놓고 비무를 벌인다. 그야말로 가슴 설레는 얘기였다.

이허충은 살이 쪄서 가늘어 보이는 눈으로 좌중을 훑어본 후 흡족한 미소를 머금었다.

진평은 그런 그를 보고 동창과 청성, 점창 역시 세가들과 한통속이라는 사실을 알 수 있었다.

이허충은 머리가 많이 빠져 듬성듬성했으며 볼과 턱의 살이 늘어져서 몹시 욕심이 많고 음흉해 보이는 인상이었다. 그런 사부 밑에 곽완 같은 제자가 있다는 게 불가사의하게 느껴졌다.

군웅들의 기대감이 고조되는 것을 보고 때가 되었다고 판단했는지 장지균이 단 한가운데로 걸어 나와 섰다.

그는 가만히 서 있을 뿐인데도 단이 꽉 차 보일 정도의 강력한 기도가 느껴져서 사람들 모두 경탄을 금치 못했다.

장지균은 구파일방 쪽과 동쪽 단상, 서쪽 단상, 그리고 남쪽의 군웅들에게 차례로 포권을 한 후 말했다.

"불초한 제가 감히 이 자리에 나서는 것이 가당치 않다는 사실은 잘 알고 있습니다. 하지만 제 아버지의 원수이기도 한 마교가 천하를 어지럽히는 꼴은 차마 볼 수 없기에 부끄러움을 무릅쓰고 이 자리에 섰습니다. 부디 선배 고인들께서 제게 가르침을 주시고 무림맹주의 중책을 맡아주시기 바랍니다."

그의 등장으로 분위기는 완전히 비무를 벌이는 쪽으로 넘어가버렸다. 단 아래 군웅들 모두가 원하는 일이었고, 단상에 자리 잡은 무림명숙들의 얼굴에도 서서히 욕심이 번지기 시작했다.

원각대사가 맹주 자리에 욕심 없음을 표명한 지금, 누구라도 능력만 있으면 무림맹주가 될 수 있는 길이 열린 것이다.

문제는 장지균이었다.

굳이 불패권왕의 제자라는 얘기가 없더라도, 그는 존재 자체만으로도 무시무시한 위압감을 풍기고 있었다.

맹주 자리에 욕심은 나지만 괜히 나서서 망신당하고 싶지는 않은 상황. 모두가 눈치만 볼 뿐 나서지를 않자 장지균이 말했다.

"불치하문(不恥下問)이란 말이 있습니다. 나이 어리고 강호 경험 적은 자에게 패한다고 해서 특별히 부끄러운 일은 아닐 것입니다."

그 말에 무당파에서 한 사람이 일어섰다.

장지균이 자신들 쪽을 보면서 그런 말을 한 데는 분명한 요지가 있었다. 역사와 전통으로 따질 때 소림사 다음은 무당인데, 자기가 어리다고 해서 점잔만 빼고 있지 말고 나와서 한번 싸워보자는 뜻이었다.

군웅들은 들떴다.

처음부터 볼만한 대결이 이루어졌기 때문이다.

무당파에서 나선 도사는 등택여(鄧澤呂)로 자령진인의 수제자였다. 나이는 삼십대 중반으로 장지균과 비슷하지만 무림에서 쌓은 명성은 비교할 수 없을 정도로 차이가 났다.

무위와 명성 양면에서 가히 무당파의 미래라고 할 수 있는 등택여와 불패권왕의 제자를 자칭하는 장지균. 두 사람이 단의 중앙에 마주 서자 군웅들은 일시에 조용해졌다.

등택여가 말했다.

"나는 검을 쓸 것이오. 당신도 무기를 드시오."

장지균은 주먹을 쥐어 보였다.

"내 무기는 이것입니다."

등택여는 고개를 끄덕였다.

무공 수위가 올라가면 설령 적수공권이라고 해도 얼마든지 치명적인 위력을 발휘할 수 있음을 알기에 더 권할 생각이 없었다.

장지균이 등택여에게 물었다.

"무당파 장문인께서 나오지 않으신 이유가 무엇입니까?"

등택여의 얼굴에 불쾌함이 번졌다.

"사부님까지 나서실 필요가 없기 때문이오."

장지균은 알았다는 듯 고개를 끄덕였다.

"그렇군요."

등택여가 여전히 불쾌한 표정으로 물었다.

"승부는 어떻게 가리는 것이 좋겠소?"

"무공의 고하만 확인하고 부상은 입히지 않는 선에서 끝내는 게 좋을 것 같습니다."

등택여는 못마땅한 표정을 지었다.

무공 수준에 현격한 차이가 나지 않는 한 부상 없이 확연한 우위를 드러내는 것은 결코 쉬운 일이 아니었기 때문이다.

그러나 그건 상대도 같은 조건이니까 거절할 이유는 없었다.

"좋소! 그렇게 합시다."

"자! 그럼……."

장지균이 양손을 가슴 앞으로 들어 올려 주먹을 쥐는 동시에 발을 굴렀다. 쿵! 하는 진각 소리와 함께 권풍(拳風)이 일어 등택여의 도포 자락을 펄럭이게 만들었다.

등택여는 순간 온몸에 소름이 끼치는 것을 느꼈다.

싸움을 시작하기도 전에, 그의 주먹이 일으킨 바람에 닿는 것만으로도 온몸의 힘이 빠지는 기분이었다.

마치 호랑이를 바로 앞에서 맞닥뜨린 토끼가 겁에 질려 도망도 못 치고 바들바들 떠는 것과 같은 느낌.

등택여는 급히 진기를 끌어 올리며 못난 생각을 떨쳐버렸다. 모두가 보는 앞에 무당의 명예를 걸고 나섰는데 제대로 싸워보기도 전에 두려워하는 마음을 가졌다는 사실이 믿어지지 않았다.

그는 기합을 내지르며 선공을 가했다.

푸른 검기가 가을 아침의 서리처럼 선연한 기운을 내뿜는 태청검법(太淸劍法)이었다.

여기저기서 탄성이 터져 나왔다.

그리고 그 소리의 여운이 채 끝나기도 전에 쿵! 소리와 함께 등택여가 나동그라졌다.

군웅들 모두 뭐가 어떻게 된 건지 몰라 어리둥절한 표정을 지었다. 전후사정을 헤아려보면 두 사람이 접전을 벌여 등택여가 당한 것으로 보이는데 정작 장지균은 가슴 앞에 모았던 주먹 중 왼주먹을 한 뼘쯤 앞으로 내밀었을 뿐, 처음과 똑같은 자세였다.

아무도 장지균이 어떻게 손을 썼는지 보지 못한 것이다. 잠시 사이를 두었던 환호성이 격렬하게 터져 나왔다.

설마 무당파의 등택여를 상대로 이토록 압도적인 신위를 보이는 고수가 세상에 있을 거라고는 아무도 예상치 못했던 것이다.

극히 일부에 불과했지만 장지균의 움직임을 본 사람도 있었다.

구파일방의 수뇌들과 진평이 바로 그들이었다.

홍패가 놀란 표정으로 물었다.

"형님. 방금 어떻게 된 겁니까?"

"굉장하군. 손이 너무 빨라서 무당파 도사는 자기가 당했다는 사실도 알아차리지 못한 채 기절했을 거야."

진평은 온몸의 신경들이 일제히 몸부림치며 일어서는 느낌을 받았다. 동창에서 준비를 철저히 했을 거라는 생각은 했지만 이 정도일 줄은 몰랐던 것이다.

구재원이 말했다.

"숙부님이 점창파 도사를 어깨치기로 쓰러트릴 때하고 비슷한 상황이군요."

그것과는 좀 달랐다.

하지만 확실한 건 장지균의 무공이 수로맹주 곽예걸과는 그 궤를 완전히 달리한다는 점이었다.

어쩌면 불패권왕의 제자라는 건 주먹을 쓴다는 사실 때문에 대충 갖다 붙인 이야기일 수도 있었다.

그렇다면 수로맹주를 위해서는 실망스러운 일이었다.

장지균은 쓰러진 등택여에게 다가가 혈을 눌러주었다.

그러자 등택여가 벌떡 일어서더니 좌우를 두리번두리번 살펴 떨어트린 검부터 찾았다.

그러다가 겨드랑이에 통증을 느끼고 신음을 토했다.

"늑골 하나에 금이 갔을 겁니다. 내상은 최대한 없도록 했으니 며칠 정양하면 나으실 겁니다."

등택여는 진기를 움직여 보았다.

과연 장지균의 말대로 특별한 내상의 징후는 없었다.

잠시 생각한 등택여는 포권을 하며 고개를 숙였다.

"손속에 인정을 두어 주셔서 고맙습니다. 제가 졌습니다."

비슷한 수준이면 재도전이라도 해보겠지만 장지균은 자신의 실력으로는 도저히 넘을 수 없는 존재였다.

등택여가 검을 찾아 무당파 자리로 돌아가자 장지균은 좌우를 둘러본 후 다시 말했다.

"제게 가르침을 주실 다른 분은 안 계십니까?"

대회장이 일시에 조용해졌다.

이제까지 장지균에 대한 얘기는 어디까지나 소문일 뿐이었다. 그러나 방금 등택여를 쓰러트림으로 해서 이젠 모두의 인정을 받게 되었다고 할 수 있었다.

잠시 시간이 지나 장지균이 다시 말했다.

"가르침을 주실 분은 나와 주십시오."

사람들의 생각은 같았다. 무당의 등택여를 그렇게 압도적인 한 수로 제압할 인물이 과연 당금 무림에 누가 또 있을까 하는 의문, 그리고 자신의 능력을 등택여와 비교해보는 것. 결론은 자명했다. 무림맹주 자리에 대한 욕심은 버릴 수밖에 없었다.

그러나 포기하지 않는 사람도 있었다.

"내가 그대의 일권을 받아보겠소."

단 중앙으로 나선 사람은 놀랍게도 공동파의 장문인인 옥청진인(玉靑眞人)이었다.

그는 사십대 후반의 비교적 젊은 장문인으로 최근 공동파의 부흥을 이끈 인물이자 대단한 야심가이기도 했다.

그는 등택여가 너무 쉽게 진 게 마음에 걸렸다.

어쩌면 무당파와 장지균 사이에 어떤 거래가 있었을지도 모른다는 생각이 들었고, 일단 의심이 일자 참을 수가 없어서 결국 나서게 된 것이다.

설령 대결이 정당했다고 하더라도 자신의 검술이 등택여보다는 월등히 낫다는 자신감이 있기 때문에 한 번 도전해볼만한 일이었다. 잘만 되면 구파일방의 말석만 차지하던 설움을 일거에 뒤집을 수도 있었다.

옥청진인이 맞은편에 서자 장지균은 목례를 한 후 공손한 어조로 물었다.

"장문인께서는 무기를 쓸 생각이십니까?"

"난 검을 사용할 생각이네."

그러면서 자신의 애검을 뽑아들었다. 새파란 검기가 줄기줄기 뻗쳐서 얼핏 보기에도 명검임을 알 수 있었다.

"좋습니다. 그럼 시작할까요?"

장지균은 조금 전 등택여와 대결할 때와 똑같은 자세를 취했다. 순간, 옥청진인은 전신을 압박해 오는 기운을 느꼈다.

'아까의 대결이 짠 게 아니었구나!'

옥청진인은 깜짝 놀랐지만 후회는 하지 않았다. 이 한 번의 대결로 많은 것이 바뀔 수 있기 때문이었다.

처음 나올 때는 선배답게 삼 초를 양보하거나 선수를 양보한다고 말해서 호기를 보일 생각이었는데 그건 곧바로 포기했다.

그리고 등택여처럼 사나운 꼴을 당하지 않도록 선공도 취하지 않기로 했다. 아무래도 방어하는 입장이 상대의 움직임을 파악하기에 수월하니까 일단 몇 합 손을 나눠본 후에 대응책을 정하겠다는 게 그의 계획이었다.

군웅의 눈과 귀가 집중된 가운데 마주 선 두 사람은 한동안 석상처럼 미동도 하지 않았다.

먼저 움직인 건 장지균이었다.

그의 보법은 특이하게도 무릎을 붙인 채 걷는 자세여서 발자국 사이의 간격이 좁았다. 하지만 믿을 수 없을 만큼 빠른 속도로 순식간에 옥청진인의 코앞에 도착했다.

옥청진인은 크게 놀라 검을 휘둘렀다. 칠상권(七傷拳)과 더불어 공동파가 자랑하는 통천검법(通天劍法)이었다.

소름 끼치는 파공음과 함께 새파란 검기를 내뿜는 그의 검술은 과연 일파의 장문인다웠다.

반면, 거기에 맨주먹으로 대항하는 장지균은 몹시 위태로워 보였다. 금방이라도 주먹과 팔에 상처가 나서 피가 낭자해질 것만 같았다.

그러나 그런 일은 벌어지지 않았다.

대신 쩡! 소리와 함께 옥청진인의 장검이 부러지는 소리가 들렸다.

살과 뼈로 이루어진 장지균의 주먹은 날카로운 장검을 부러뜨린 후, 그 기세 그대로 앞으로 나아가 옥청진인의 경악한 얼굴 앞에 딱 멈추었다.

옥청진인으로서는 기가 막힐 노릇이었다.

너무나 빨리, 허망하게 패배해서 현실이 아니라 꿈을 꾸고 있다는 생각이 들 정도였다.

허공에 떠올랐던 장검 토막 떨어지는 소리가 등 뒤에서 들리자 장지균은 겨누고 있던 주먹을 거두어 들였다.

그리고 정중한 자세로 포권을 했다.

"가르침에 감사합니다."

옥청진인도 어색하게 마주 포권을 했다.

"장대협의 무공은 정말 명불허전이군요."

말투까지 단번에 바뀌었다.

조금 전까지만 해도 선배 티를 냈지만, 직접 경험해보고 나니 장지균이 틀림없이 무림맹주가 될 거라 생각하게 된 것이다.

옥청진인이 물러가자 장지균은 다시 단의 중앙으로 가서 큰 소리로 물었다.

"어느 분이 또 가르침을 주시겠습니까?"

대회장은 조용했다.

애당초 무당의 등택여가 나와서 졌기 때문에 이곳에 모인 사람의 구 할 이상은 희망을 접은 상태였다. 장지균의 도발이 주효해서 귀찮은 도전들을 한꺼번에 차단한 것이라고 볼 수 있었다.

무엇보다 결정적인 것은 옥청진인의 패배였다.

등택여는 그렇다고 쳐도, 구파일방의 장문인을 그렇게 쉽게 이겨버리는 고수가 있을 거라고는 정말 상상도 못한 일이었다.

한참을 기다려도 나서는 사람이 없자 숭양문 문주 홍세웅이 다시 일어섰다.

"더 이상의 도전자가 없다면 장대협이 무림맹주가 되는 데 이의가 없는 것으로 알겠습니다. 반대하시는 분은 지금 말씀해주십시오."

누구도 나서지 않았다.

진평은 미간을 찌푸렸다.

이런 분위기라면 정말 장지균이 무림맹주가 될 수도 있었다. 그것은 진평이 바라는 바가 아니었다.

그는 구파일방의 수장들을 살펴보았다.

원각대사는 참선이라도 하는지 표정에 아무런 변화가 없었다. 그는 전부터 맹주직에 욕심이 없었기 때문에 장지균이 맹주가 된다 해도 전혀 개의치 않을 것 같았다. 소림승들 중에는 못마땅한 표정을 보이는 이도 있었지만 장문방장이 물러섰는데 제자들이 나설 수도 없는 노릇이었다.

무당파 자령진인도 움직이려 하지 않았다. 등택여가 패한 마당에 장문인이 다시 나선다는 게 마치 맞고 온 아이 때문에 어른이 쫓아나가는 모양새라 별로 보기 좋지 않다고 생각하는 것이었다.

진평은 다른 장문인들을 보았다.

개방과 청성과 점창은 동창의 편이니 나설 리가 없었다. 남은 건 아미, 곤륜, 천산, 공동, 종남파인데 공동파 장문인은 이미 패했고, 아미파 정향사태나 천산파의 호연승(呼延勝), 호연성(呼延成) 형제는 문주 대신 참석했기 때문인지 싸울 의지가 없어 보였다. 그리고 종남파 장문인 심학준은 며칠 전부터 이유를 알 수 없는 복통에 시달리느라 안색이 해쓱해져 있었다.

그들을 모두 빼고 나면 남는 건 결국 안덕생뿐이었지만 진평은 그의 성품을 누구보다 잘 알고 있었다.

그는 사람 사귀는 것을 좋아하고, 자기 문파의 중흥을 위해서도 늘 신경을 쓰지만 무림맹주 자리를 원할 사람은 아니었다.

곤륜산에서 지낸 기간이 길어 중원 물정에는 그다지 밝지 못하기 때문에 다른 사람이 더 적임자라고 생각하는 것이다.

만약 승부를 가리기 위해 장지균과 싸우라고 하면 누구보다 먼저 나서겠지만 무림맹주 자리를 놓고 겨루는 자리라면 나설 사람이 아니었다.

홍세웅이 목소리를 높였다.

"아무도 반대하는 사람이 없다면 장대협의 무림맹주 취임 절차에 대해 얘기를 시작해야겠군요. 하하하!"

군웅들이 웅성거리기 시작했다.

종남파 장문인 심학준이 말했다.

"홍문주는 서두르지 마십시오."

중요한 결정이 너무 급작스럽게 내려지는 것 같아서 일단 제지하는 것이었다.

홍세웅이 말했다.

"나는 서두르는 게 아닙니다. 하지만 모두 드러난 일을 일부러 늦출 이유도 없지 않습니까? 말씀해 보십시오. 장대협 외에 다른 대안이 있습니까?"

심학준은 대답을 하지 못했다.

그러자 숭양문에 동조하는 여러 세가에서 장대협을 맹주로 모시자는 소리가 나왔다. 그 소리는 곧 군소 방파들 사이에도 울림을 만들었다.

다른 세가들처럼 미리 짜고 온 건 아니지만 장지균이 보여준 무위만으로도 충분히 자격이 있다고 생각하는 것이었다.

분위기는 급격하게 기울어졌다.

지난번 모임에는 구파일방 중에서도 일부만 모였을 뿐이지만, 이번 무림대회는 달랐다. 구파일방보다 훨씬 많은 세가들이 참석했고 그들의 목소리가 월등히 컸다.

홍세웅이 흡족한 표정으로 군웅들을 둘러본 후 말했다.

"그럼 장대협을 무림맹주로 추대하겠습니다."

환호성이 막 터져 나오려는 찰나, 한 사람이 자리에서 일어섰다.

"난 반대요."

목소리의 주인공은 다름 아닌 진평이었다.

『풍운강호』 5권에서 계속

SWALLOW KNIGHTS TALE Ⅱ
김철곤 글 · 김성규 그림
판타지 장편소설
FANTASY STORY
『드래곤 레이디』, 『SKT』의 작가 김철곤.
초인기 FPS게임 'A.V.A'의 아트디렉터 김성규.
최고의 두 스타일리스트가
혼신을 담아 그려간 판타지 대작!
전작을 뛰어넘는 웃음, 예측을 불허하는 반전!
뒤틀린 세계와 싸우는 그들의
마지막 이야기가 시작된다!
dream books
드림북스

장르문학을 세공하는 판타지 소설계의 장인(匠人)
『아트 메이지』, 『하이로드』의 작가
기천검 판타지 장편소설
케노스 전기
KENOTH BIOGRAPHY
명예의, 명예에 의한, 명예를 위한 전사 케노스!
전사의 새로운 패러다임을 제시한다.
dream books
드림북스

천풍전설
장담 신무협 장편소설
ORIENTAL FANTASYSTORY & ADVENTURE
『쌍룡기』, 『암천제』에 이은 장담의 강호이야기
하늘의 바람이 머무는 그곳. 『천풍전설』!
사형의 죽음, 비밀임무, 구룡회의 몰살.
피의 각축장으로 변한 강호에 천풍이 불어온다!
dream books
드림북스

드래곤 나이트
박제후 판타지 장편소설
FANTASYSTORY & ADVENTURE
원수의 심장에 겨눈 불꽃의 검은 아직 타오르지도 않았으니,
눈보라에 섞여 들려오는 용의 고통 소리에 귀 기울여라!
박제후 판타지 장편소설
『드래곤 나이트』
갈증이, 갈증이 가시지 않는다.
핏줄을 타고 흐르는 용의 혈통을 일깨워
몰락과 소멸의 그림자 위에 복수의 불길을 피워 올리리라!
dream books
드림북스